STEFANII

Commissaire Finot und d

Buch

Das normannische Dieppe steht ganz im Zeichen des bevorstehenden Weihnachtsfestes, als ein Mord die Stadt erschüttert: Patrice Aubert, ein Witwer um die fünfzig, wurde erschlagen aufgefunden. Der erste Verdächtige lässt nicht lange auf sich warten. War Landwirt Burel der Mörder? Sein Ruf litt arg unter Auberts falscher Anschuldigung, den Tod seiner Frau verursacht zu haben. Doch je länger Finot und seine Leute ermitteln, umso unklarer wird das Bild. Wer ist Täter, wer Opfer? Als Finot schon glaubt, noch mal ganz von vorne anfangen zu müssen, wendet sich das Blatt. Plötzlich scheint klar, wer Aubert umgebracht hat. Aber können sie es der Person auch nachweisen? (Band 8)

Autorin

Stefanie Richter wurde 1972 in Köln geboren und lebt und schreibt nach einem Psychologiestudium und einigen Jahren wissenschaftlicher Arbeit heute in Bückeburg im Schaumburger Land

Bisher erschienen

COMMISSAIRE FINOT lässt nicht locker
COMMISSAIRE FINOT sucht das Mädchen
COMMISSAIRE FINOT tappt im Dunkeln
COMMISSAIRE FINOT trifft ins Schwarze
COMMISSAIRE FINOT und der Schlüssel
COMMISSAIRE FINOT geht auf Reisen
COMMISSAIRE FINOT will nicht tanzen

Stefanie Richter

Commissaire Finot und die unheimliche Begegnung

Ein Normandie-Krimi

Der vorliegende Krimi spielt in Dieppe und Umgebung, und viele der beschriebenen Schauplätze gibt es wirklich. Dennoch sind sämtliche Figuren und Geschehnisse frei erfunden. Ähnlichkeiten mit lebenden oder verstorbenen Personen sind rein zufällig und nicht beabsichtigt.

September 2024

Alle Rechte vorbehalten
Copyright © 2024 Stefanie Richter
Umschlaggestaltung: S. Richter unter Verwendung von Cover Creator und einer privaten Abbildung
ISBN: 9798338736883
Imprint: Independently published
Stefanie Richter, D-31675 Bückeburg, srichter@finot.de

I

1

„Die gestohlene Figur ist der Marienerscheinung von Lourdes nachempfunden", sagte Madame Caron und rückte die Brille im runden Gesicht zurecht.

„Weißes Gewand und blauer Gürtel?", fragte Pauline stirnrunzelnd.

Die ehemalige Pfarrsekretärin nickte.

Sie war vorbeigekommen, um die freien WG-Zimmer zu besichtigen. Neben Pauline gehörte noch Yvonne zur Wohngemeinschaft; das dritte Mitglied Hortense hatte sich überraschend verabschiedet.

Sie wohnte jetzt bei *Vogue Homme*, der in Wirklichkeit Raymond Picard hieß und ein attraktiver Privatier und Gentleman war. Die umtriebige Seniorin hatte sich Hals über Kopf in ihn verliebt – da war sie gerade erst mit Pauline und Yvonne zusammengezogen.

Das kommende Weihnachtsfest wollte Hortense stilvoll mit ihrem Liebsten in seiner Wohnung verbringen. Finot kannte diese nur aus Erzählungen. Knarzendes Parkett, hohe Decken, Stuck.

Gut für Pauline und Yvonne, denn es hatte einige Unstimmigkeiten im Trio gegeben. Die aktuelle Kandidatin war Finots Ansicht nach ein potenzieller Treffer. Sie wirkte genauso zupackend wie Yvonne, während sie auch etwas Verschmitztes an sich hatte, das ihn an Pauline erinnerte. Von allen Interessentinnen, die er mitbekommen hatte, schien sie ihm bisher die passendste.

„Das wäre jetzt das eine Zimmer", sagte Yvonne, wobei sie *eine* betonte.

Madame Caron, die Arme hinter dem Rücken verschränkt, machte zaghaft ein paar Schritte nach vorne, die anderen folgten. So auch Blanche, Finots Hündin.

Derweil Madame Caron sich interessiert umsah, erschnüffelte sie jede Ecke, als wäre es das erste Mal.

„Wer, glauben Sie, hat die Maria gestohlen?"

Die Frage hätte Finot auch gern gestellt, aber Pauline hatte ihn auf Anraten ihrer Enkelin gebeten, *nicht den Polizisten raushängen zu lassen.*

Er war der Kandidatin schlicht als *„un bon ami"* vorgestellt worden. Und das war nicht einmal gelogen. Er war zwar *auch* Kommissar und Paulines ehemaliger Untermieter, vor allem aber ein guter Freund.

Madame Caron trat prüfend auf das Parkett und fuhr mit der flachen Hand über die weiß gestrichene Wand. „Ich habe ja die Messdiener im Verdacht ..." Ihre Arme verschwanden wieder hinter dem Rücken. „Nicht nur die Maria fehlt, auch ein paar Krippenfiguren."

Wie der Pfarrer auf den Diebstahl reagiert habe, fragte Finot verhalten, winkte aber schnell ab, als Pauline ihm einen strengen Blick zuwarf. „Nicht so wichtig ..."

„Jetzt ist da diese neue Krippe ...", fuhr Madame Caron fort. „Eigentlich nur ein Bild, das mit einem Projektor an die Wand geworfen wird. Maria, Josef und das Christkind sind nur ein Schatten ihrer selbst, wenn ich das mal so sagen darf." Trocken fügte sie hinzu: „Na ja, so muss ich wenigstens nicht Staub wischen."

Die drei Damen lachten.

Als Nächstes erkundigte sich Pauline, warum Madame Caron in einer WG leben wolle. Die Frage stand auf einer Liste aus dem Internet, die die Enkelin der Oma für die Besichtigungen zugeschickt hatte.

Ihre Kinder hätten die Stadt verlassen und sie wünsche sich etwas mehr Gesellschaft im Alltag. Zwar sei sie immer noch sehr in der Kirche aktiv, aber doch viel zu oft allein.

„Kennen Sie Pfarrer Vidal?" Madame Caron glitt mit den Fingern die Fensterrahmen entlang.

Finots Erfahrung nach war Pauline nicht sonderlich fromm. Solange er bei ihr gewohnt hatte, war sie kein einziges Mal im Gottesdienst gewesen. Dementsprechend wunderte er sich nicht, als sie sagte: „Nein, leider nicht."

„Fast zwanzig Jahre als Sekretärin in *Saint-Rémy* – da lernt man sich kennen." Sie habe kurz nach dem Pfarrer dort angefangen. „Er kümmert sich wirklich gut um alles, nicht nur die Gottesdienste – seine Predigten sind eine wahre Freude! Auch um die Verwaltung, Gemeinde-Aktivitäten, Seelsorge, den Kommunionsunterricht ..." Er verstehe sich ausgezeichnet mit den jungen Leuten und sei immer für eine Überraschung gut.

Sie schüttelte den Kopf: „Das hält zwar fit, ist auf Dauer aber auch ein bisschen anstrengend ..."

Ihre Stundenzahl sei wegen Geldmangels immer weiter gekürzt worden, bis sie sich etwas anderes habe suchen müssen. „Auch für die Renovierung der Kirche fehlen die Mittel!"

Finot hatte den Spendenaufruf gesehen.

„Wenn es nur das Geld wäre", fuhr sie fort. „Viel schlimmer ist, dass uns die Geistlichen davonlaufen! Einen Gottesdienst könnte man ja zur Not auch woanders abhalten. Aber ohne jemanden mit Beziehungen nach ganz oben ..." Sie zeigte zur Decke.

Lachend ging's weiter ins zweite Zimmer, Blanches Pfoten klackten leise auf dem Parkett.

Madame Caron versicherte sich, dass es dort wirklich nach Osten herausging, „also Morgensonne", und sah sich suchend nach den Steckdosen um.

„Und was sind so Ihre Hobbys?", horchte Yvonne zaghaft nach. Die Frage hatte Finot auch auf der Liste gesehen.

„Ich spiele kein Instrument, da kann ich schon mal Entwarnung geben", sagte sie mit einem hintergründigen

Lächeln. „Ansonsten handarbeite ich gerne, ich lese und koche."

Wenn Madame Caron jetzt noch *schwimmen* gesagt hätte, wäre Pauline ihr wohl um den Hals gefallen.

Sie gingen zurück in die Küche, wo die Aufteilung der Hausarbeit und der gängige Tagesablauf besprochen wurden. Finot sah vor seinem inneren Auge, wie Pauline weitere Fragen auf ihrer Liste abhakte: War Madame Caron eine Frühaufsteherin oder Langschläferin? War sie bereit, abwechselnd mit den Mitbewohnerinnen Bad und Flur zu putzen? Ob es okay sei, dass es für die Küche keinen besonderen Plan gebe?

Diese Fragen waren schnell geklärt, sodass die Damen von der Pflicht zur Kür wechselten und auf Weihnachten zu sprechen kamen.

Wie sie das Fest zu verbringen gedenke, fragte Pauline.

„Zuerst ist natürlich der Gottesdienst dran", begann Madame Caron. Anschließend werde sie mit ihren Kindern und Enkeln das klassische Weihnachtsessen, *le réveillon*, genießen. Selbstverständlich werde *une dinde aux marrons* serviert, Truthahn mit Maronen.

Damit ähnelte ihr Weihnachtsfest wohl dem der meisten Franzosen. Gleichzeitig wurde Finot beim Thema *Tradition* daran erinnert, dass er glasierte Maronen kaufen wollte. Sie waren so süß, dass er nur eine oder zwei davon essen konnte, doch sie gehörten für ihn zu Weihnachten dazu.

Geschenke hatte er so gut wie keine, aber es war ja auch noch Zeit – Hauptsache, der Ablauf stand: Heiligabend würden Laura und er mit Pauline und Yvonne in der WG verbringen, am Weihnachtstag getrennt ihre Familien besuchen.

Eingeläutet wurden die Weihnachtsfeierlichkeiten mit einem gemütlichen Beisammensein im Kommissariat, inklusive Verkauf von selbst Gebasteltem für einen guten

Zweck. Hippo hatte sich bereit erklärt, Weihnachtsschmuck anzufertigen, Finot überlegte noch, was er beitragen konnte. Leider machte Jérôme, Pförtner und selbst ernannter Organisator des Events, bereits ordentlich Druck.

Auch bei Madame Caron spielte Wohltätigkeit zum diesjährigen Fest eine Rolle. „In der Innenstadt, gleich bei der Kirche, gibt es einen Suppenstand. Kommen Sie doch mal vorbei …!" Kunden könnten Geld spenden. „Um weniger gut betuchten Menschen eine Portion auszugeben."

Finot hatte gerade erklärt, dass er das gerne mache, da klingelte sein Telefon.

„Chef?" Es war Martine, seine Mitarbeiterin.

Sie hatte nur ein Wort gesagt, aber ihr Tonfall sprach Bände.

„Wir haben einen Mord, leider. Sie müssen Pauline und Yvonne das Auswahlverfahren überlassen. Ein Toter in der Kirche."

Er setzte zu einem Ausruf an: *In der Kirche?*

Zum Glück konnte er sich im letzten Moment zurückhalten. „Wo genau?"

„Wo genau? Das Opfer liegt in der Nähe des Altars."

„Ich meine den Namen", sagte Finot nebulös und lief ins Nebenzimmer, um sich vernünftig äußern zu können.

Aber Martine hatte schon geschaltet. „Ah, verstehe. Sie wollen wissen, um welche Kirche es geht. Die *Église Saint-Rémy*."

„*Saint-Rémy?*" Finot seufzte.

Na, dann frohe Weihnachten …

2

Finot nahm Pauline beiseite und erklärte ihr, was los war. Dann verabschiedete er sich von den anderen Damen. Yvonnes ahnte sicher, dass ein Notfall vorlag; Madame

Caron kannte ihn nicht ausreichend, um den Stimmungswechsel zu bemerken.

Beim Opfer handelte es sich laut Martine um einen Mann mittleren Alters, was wahrscheinlich hieß, dass er um die fünfzig Jahre alt war. Er sei erschlagen worden, hatte sie noch hinzugefügt und dabei schwer geseufzt. „Und das in einer Kirche! Ausgerechnet! Meine Mutter wäre entsetzt gewesen!"

Als Atheist schockte Finot die Tatsache weniger, doch ihm war klar, dass das für Gläubige eine ganz andere Bedeutung hatte.

Im Gehen zog er umständlich den Reißverschluss seiner Jacke zu. Es war nicht richtig kalt, aber die Feuchtigkeit ging ihm durch und durch. Laura hatte ihm nahegelegt, eine Mütze zu kaufen. Und obschon er jede Art von Kopfbedeckung hasste, steckte seit ein paar Tagen ein unauffälliges Exemplar in seiner Jackentasche.

Jetzt hätte er das Teil nur noch herausholen und aufsetzen müssen.

Finot bog in die *Grande Rue* ein, die größte Einkaufsstraße Dieppes. Einen Moment stutzte er über die vielen Menschen, dann erinnerte er sich, dass Weihnachtsmarkt war.

Und das zum ersten Mal in der über tausendjährigen Geschichte der Stadt; die Verantwortlichen hatten sich das Spiel bei den Nachbarn lange genug angeguckt.

Rouen Givrée, das frostige Rouen, hatte nicht nur den *Marché de Noël* mit zahlreichen Holzbuden und Lichterketten zu bieten. Es gab außerdem eine Eisbahn sowie ein Riesenrad.

Trotzig wurden jetzt auch in Finots Heimat bei *Mon beau sapin* und anderen Liedern Kunsthandwerk und Leckereien feilgeboten.

„O Tannenbaum ...", sang Finot tonlos mit. Er selbst hatte seit Jahren keinen Baum mehr gekauft. Wie auch immer; im Vergleich zu Rouen hatte Dieppe zwar noch einiges dazuzulernen, aber das Ergebnis konnte sich durchaus sehen lassen.

Er bog rechts ab und lief am erwähnten Suppenstand vorbei auf die *Église Saint-Rémy* zu. Der gotische Chor stammte aus dem sechzehnten, die Fassade im Renaissance-Stil aus dem siebzehnten Jahrhundert. Wie immer schien Finot, als könnte sich die Kirche nicht entscheiden, ob sie symmetrisch oder asymmetrisch sein wollte. Vielleicht lag es am seitlich gelegenen Turm, der mit dem von Säulen gezierten mittleren Teil um Aufmerksamkeit stritt.

Das beigefarbene Mauerwerk war von einem grauen Schleier überzogen. Finot stellte sich vor, dass man es einfach mal kräftig schrubben müsste, aber Madame Caron und dem Spendenaufruf zufolge war das vermutlich eine sehr laienhafte Einschätzung.

Der Platz vor der Kirche war größtenteils abgesperrt; neugierige Nasen hatten sich mit ihren Einkaufstaschen und Smartphones nicht nur am Suppenstand, sondern auch rund ums Flatterband verteilt. Ein paar Uniformierte waren schon dabei, die Leute zu befragen.

Als Finot einem Beamten seinen Ausweis präsentierte und unter der hochgehaltenen Absperrung durchkroch, kam Bewegung in die Sache. „Sind Sie der Kommissar? Was ist passiert? *Monsieur le Commissaire?*"

Unbeirrt steuerte Finot den Eingang an und nickte dem dort stehenden Uniformierten zu. Er würde sich um Blanche kümmern, während Finot die Lage sondierte. Die Begrüßung Mensch-Hund fiel herzlich aus; man kannte sich.

Es war kühl, feucht und muffig in der Kirche, doch hätte der Kontrast zwischen außen und innen nicht größer sein können: Vor Finot breitete sich das reich bestuhlte Kirchenschiff aus. Über ihm ein eindrucksvolles

Kreuzrippengewölbe, außerdem kunstfertige Fensterbilder, Ornamente in Gold, wuchtige Ölgemälde.

„Prächtig" war das Wort, das ihm spontan in den Sinn kam.

Er sah sich nach Laura um, die normalerweise leicht an der blonden Mähne auszumachen war. Doch die Kluft der Kriminaltechnik inklusive Haube war der ultimative Gleichmacher, sodass es etwas länger dauerte.

Da sie in ihre Arbeit vertieft war, machte er sich nicht bemerkbar, sondern suchte seinen Mitarbeiter Hippo unter all den fleißigen Menschen. Er unterhielt sich gerade mit einem Klon Lauras und hob aus der Ferne grüßend die Hand.

Als Nächstes war Martine an der Reihe; sie stand neben der Leiche. Dass sie vergleichsweise klein war, fiel gar nicht auf, weil der hoch aufgeschossene Gerichtsmediziner Serge Courtois auf dem Boden hockte und seinen Untersuchungen nachging.

„*Salut*", sagte Finot knapp. Dann gingen seine Augen nach unten zum Opfer, das halb bäuchlings, halb seitlich auf dem Steinboden lag. Die Größe des Mannes schätzte Finot auf einen Meter neunzig, gekleidet war er in eine rote Jacke, darunter ein dünner, grauer Pullover über einem hellblauen Hemd. Außerdem trug er Jeans und winterlich dicke, schwarze Schuhe.

An der Stirn klaffte eine große Wunde, eine Blutlache hatte sich rundherum ausgebreitet. In den dunklen Haaren, wo sie nicht blutig verklebt waren, erkannte man vereinzelte graue Strähnen. Seine Brille war ihm von der Nase gerutscht.

Was war passiert? Hatte sich der Mann überrascht zum Täter umgedreht und war dann niedergeschlagen worden? Oder hatte er ihn kommen sehen, aber keine Angst gehabt, weil sie sich kannten?

Die Antwort hing wohl mit der Beziehung zwischen den beiden und der Mordwaffe zusammen, aber Finot machte gerade den zweiten, dritten oder wievielten Schritt auch immer vor dem ersten.

Er wandte sich an Martine: „Was haben wir?"

Seine Mitarbeiterin zählte die bereits bekannten Fakten auf: „Patrice Aubert, Alter vierundfünfzig, verwitwet. Direkte Angehörige keine, nur eine Tante und zwei Cousinen in der Nähe von Dijon. Beruf Mathematiker – er hat bei einer großen Versicherung gearbeitet, der ABI France."

Serge, immer noch auf dem Boden kniend, ergänzte, dass Patrice Aubert vor etwa anderthalb Stunden an Ort und Stelle gestorben sei. „Wahrscheinlich infolge des Schlages, aber nagele mich nicht darauf fest."

„Ein Sturz als Todesursache fällt raus?"

Der Gerichtsmediziner nickte.

„Womit wurde er erschlagen?"

Serge zeigte auf Martine, die wiederum in einer Art Kettenreaktion in Richtung Kriminaltechnik wies: „Da hinten, bei Madame Travert ... Äh, Laura."

Finot stutzte; seit wann waren die beiden per du?

Er schüttelte sich, das tat jetzt nichts zur Sache.

Bevor er zu Laura hinüberging, bat er Martine, sich um die Zeugenbefragung zu kümmern. „Möglicherweise hat einer der Passanten etwas beobachtet – oder jemand in den Läden und Wohnungen drumherum." Zur Veranschaulichung drehte Finot seinen Zeigefinger in der Luft.

„Läuft schon. Und wenn ich hier alles geklärt habe, fahre ich zu seiner Wohnung." Nach dieser Verkündung trottete sie davon.

Finot sah sich nach Laura um und entdeckte sie vor der Krippe. Genauer gesagt vor der Wand, auf die sie projiziert wurde: Die Umrisse des Stalls sowie Maria, Josef, das Christuskind und ein paar Tiere grenzten sich dunkel vom hellen Hintergrund ab.

Laura hielt eine in Plastik gehüllte Holzfigur in den Händen, die etwa einen halben Meter groß und fünfzehn bis zwanzig Zentimeter breit war.

„Sag mir, dass es nicht die Maria war!"

„Doch", erwiderte Laura resigniert. „Die Heilige Bernadette dreht sich im Grabe um."

„Darf ich mal?" Er nahm die Figur entgegen und hob sie in der Tüte wiederholt an, um das Gewicht zu schätzen. „Was meinst du, anderthalb bis zwei Kilo?"

Sie nickte. „Vor allem der Marmorsockel dürfte schwer sein. Da klebt auch das meiste Blut dran."

„Wo kommt die Figur plötzlich her?" Finot gab das Mordwerkzeug zurück. „Ich dachte, sie wäre verschwunden."

Er umriss, was er in der WG erfahren hatte. Dabei sah er Laura und sich wie ein Außenstehender vor seinem inneren Auge. In diesem Moment hätte man sie eher nicht für ein Paar gehalten. Gerade waren sie einfach zwei Kollegen, die Informationen austauschten. Das Bild war ganz unwillkürlich aufgetaucht, er wusste auch nicht, warum.

Hippo stieß zu ihnen und bekam die letzten Worte mit. „Neben der Maria wurden auch ein paar Krippenfiguren gestohlen, daher die Sache mit dem Projektor." Bevor Finot fragen konnte, erklärte er: „Die anderen Figuren sind noch nicht zurück."

„Verstehe." Dann fehlte eigentlich nur noch eine Sache. „Wer hat das Opfer gefunden?"

„Der Pfarrer, er ist hinten in der Sakristei."

3

In der Sakristei setzte sich der Prunk in schwächerer Form fort. Dunkle Möbel, an den Wänden eindrucksvolle

Gemälde und ein großes Kreuz. In merkwürdigem Kontrast dazu und wohl als Konzession an die Pflicht hatte man eine moderne Uhr über die Tür gehängt.

Der Pfarrer war dabei, Gewänder in einem wuchtigen Holzschrank zu sortieren. Als er Finot und Hippo gewahr wurde, ließ er davon ab, schloss die Tür und drehte den großen Schlüssel um. Er rückte sorgsam zwei Kerzenständer gerade, die auf einer mit weißem Tuch bedeckten Kommode standen, und wandte sich ihnen mit ernstem Gesicht zu.

Pfarrer Vidal war ein großer Mann mit Brille und dunklen, grau gesträhnten Haaren. Er war weltlich in Jeans, Pullover und Daunenweste gekleidet und eine harmlose Erscheinung, die Finot spontan nicht mit Madame Carons Worten über seinen anstrengenden Charakter in Einklang bringen konnte.

Aber woran hätte er diesen auch festmachen sollen? Allenfalls an den grauen Augen, aber die schauten im Moment nicht schalkhaft, sondern betrübt drein. Und es war ja nur natürlich.

„*Bonjour Monsieur le Curé*, mein Name ist François Finot."

„Ihr Mitarbeiter hat schon angekündigt, dass Sie mit mir sprechen werden ..." Die Stimme des Mannes war tief, ruhig und sicher.

Finot nickte. „Sie haben Patrice Aubert gefunden?"

„Ich habe drüben im Büro", er zeigte zur Tür, „ein bisschen Schreibkram und ein paar Telefonate erledigt. Vor einer guten Stunde bin ich dann los, um mir eine Suppe zu holen. Das Büro ist in einem anderen Gebäude, aber ich bin durch die Kirche gegangen, der Weg ist kürzer."

„Kennen Sie den Toten? Gehörte er zur Gemeinde? Kam er öfter in den Gottesdienst?"

Vidal schüttelte bedauernd den Kopf. „Ich habe ihn noch nie gesehen."

„Die Kirche ist um diese Tageszeit immer offen?", fragte Hippo.

„Ja, zwischen zehn und achtzehn Uhr."

Finot überlegte, dass der Mörder ein großes Risiko eingegangen war, dort zuzuschlagen. Er konnte ja nicht voraussetzen, mit Aubert allein zu sein. Dieser Umstand sprach dafür, dass es sich um eine ungeplante Tat handelte.

„Haben Sie irgendwas gehört?", fragte er weiter. „Einen Streit, Schreie?"

Der Pfarrer schüttelte erneut den Kopf. „Drüben im Büro bekommt man nicht mit, was in der Kirche vor sich geht."

„Ist Ihnen heute oder in den letzten Tagen etwas komisch vorgekommen? Waren zum Beispiel merkwürdige Besucher in der Kirche?"

Finot wusste, dass *komisch* und *merkwürdig* sehr dürftige Umschreibungen waren. Entscheidend sei die Abweichung von der irgendwie gearteten Normalität, fügte er hinzu.

Vidal verneinte nach einem Moment des Nachdenkens.

„Ich wundere mich wirklich, dass es keine Zeugen geben soll", hakte Hippo nach. „Ist es nicht sonderbar, dass Täter und Opfer allein in der Kirche waren?"

Das konnte der Pfarrer nicht bestätigen. Es gebe immer mal wieder einsame Momente im Gotteshaus. Und einsam sei in diesem Zusammenhang positiv gemeint.

„Seit wann ist die Figur wieder da?" Erneut Finot.

Vidal zog fragend die Mundwinkel herunter. „Ich weiß es nicht. Jedenfalls war sie noch nicht zurück, als ich das letzte Mal geguckt habe."

„Das letzte Mal geguckt? Wo wurde sie normalerweise aufbewahrt?"

Der Pfarrer zeigte auf die Kommode mit der weißen Decke. „Ich habe heute Vormittag ein paar Kerzen rausgeholt." Er kratzte sich an der Schläfe. „Andererseits ist kaum zu erwarten, dass der Dieb sie brav zurücklegt?"

Finot gab ihm recht. „Die Maria wurde aber aus der Sakristei entwendet?" Wenn es so war, würde das den Kreis der Verdächtigen auf diejenigen eingrenzen, die einen Schlüssel für den Raum hatten.

„Nein, sie verschwand zusammen mit den anderen Krippenfiguren, nachdem wir alles in der Kirche aufgestellt hatten. Noch am selben Tag. Ich hab's bemerkt, als ich losging, um abzuschließen. Das war Ende November."

Ungläubig fügte Vidal hinzu: „Glauben Sie etwa, der Dieb ist der Mörder? Dass er mit dem Opfer aneinandergeraten ist, als er die Figuren zurückbringen wollte?"

„Es ist zumindest nicht ausgeschlossen", erwiderte Finot. „Warum?"

„Ach, nur so."

Nur so? Warum erschien ihm das unwahrscheinlich?

Kaum hatte Finot den Gedanken hinter sich gelassen, fielen ihm Madame Carons Worte wieder ein.

Er fragte: „Sie hatten die Messdiener im Verdacht?"

„Die Messdiener?", rief Vidal unnötig laut und zeigte auf die Tür. „Gehen wir doch in mein Büro, dann müssen wir hier nicht so ungemütlich herumstehen."

Sie verließen die Kirche durch eine Hintertür und betraten nach ein paar Metern ein weltliches Nebengebäude. Durch einen mit Holz vertäfelten Flur ging es in Vidals Arbeitszimmer.

Auf der Fensterbank standen verschiedene Pflanzen, an einer Pinnwand hingen Postkarten. Darüber hinaus die üblichen Regale mit Ordnern und Büchern, christliche Motive in goldenen Rahmen und natürlich ein Kreuz über der Tür. An der Garderobe hing eine leuchtend rote Jacke.

Sie setzten sich an einen runden Besuchertisch, wo Vidal die Hände übereinanderlegte. „Wie kommen Sie darauf, dass die Messdiener etwas mit dem Diebstahl zu tun haben?"

„Das habe ich nicht gesagt."

„Wie auch immer, ich habe der Sache keine größere Bedeutung beigemessen. Vielleicht waren es einfach irgendwelche Leute, die mit dem Verkauf der Figuren ein bisschen Geld verdienen wollten."

„Das heißt aber auch, dass es keine Vorkehrungen gegen Diebstahl gab?"

„So weit kommt es noch!", empörte sich der Pfarrer, ruderte aber schnell zurück: „Nicht, dass hier ein falscher Eindruck entsteht: Die wirklich wertvollen Gegenstände sind natürlich vor Diebstahl geschützt, schon aus Gründen der Versicherung. Um hier Gemälde oder sonstige Wertgegenstände zu stehlen, müsste man entweder einen Schlüssel haben, den Tresor-Code kennen oder die Alarmanlage umgehen. Aber ein paar hölzerne Krippenfiguren und eine Maria? Mit Verlaub, so wertvoll sind die nun auch wieder nicht. Und ein Mindestmaß an Vertrauen sollte ich als Pfarrer schon mitbringen."

„Das in diesem Fall missbraucht wurde", gab Hippo zu bedenken, aber der Geistliche reagierte nicht.

„Anzeige wollten Sie nicht erstatten?"

Vidal hob die Augenbrauen und schwieg sich weiter aus.

Finot bat um eine Liste der Messdiener, dann wechselte er das Thema. „Was ist das eigentlich für eine Figur?"

„Es handelt sich um eine Replik der bekannten Marienstatue von Joseph-Hugues Fabisch."

Bekannt ...?, dachte Finot.

„Fabisch hat sie Mitte des neunzehnten Jahrhunderts nach den Beschreibungen der Heiligen Bernadette erstellt."

Ein leichtes Lächeln umspielte Vidals Gesicht. „Leider fand sie die Figur nicht besonders gelungen. Sie war der Erscheinung offenbar nicht sehr ähnlich …"

„Wie kam die Maria in den Besitz der Kirche?"

„Keine Ahnung, da muss ich mich erkundigen."

Finot bat ihn, das zu tun, dann setzte er zur Verabschiedung an.

„Moment, die Liste!", sagte Vidal und machte sich an seinem Rechner zu schaffen. Der Drucker spuckte ein Blatt Papier aus, das der Pfarrer im Vorbeigehen griff und Finot in die Hand drückte.

Sie gelangten durch die Kirche zurück zum Eingang, wo Blanche wartete. So sehr sie sich freute, Finot zu sehen, so schwer fiel ihr der Abschied von dem freundlichen Kollegen. Aber es musste sein.

Als sie sich losgeeist hatten, besprach Finot mit seinem Mitarbeiter das weitere Vorgehen. Er bat ihn, Auberts Smartphone in Augenschein zu nehmen, seinen Computer, die Konten … „Das Übliche halt."

„Vidal?", fragte Hippo, ohne von seinem Notizbuch aufzuschauen. „Ein wasserdichtes Alibi sieht anders aus."

„Tja, den sollten wir uns auch ein bisschen genauer ansehen. Die Frage ist, ob es irgendwelche Verbindung zu Aubert gibt … Ach ja, und lassen Sie seine Kleidung bitte auf Spuren überprüfen!"

„Okay. Und Sie?"

Direkte Angehörige hatte Aubert laut Martine nicht, nur entfernte Verwandte außerhalb von Dieppe. Kollegen vor Ort müssten sich darum kümmern, sie zu informieren. Finot erklärte, dies zu veranlassen und dann mit den Messdienern zu sprechen.

4

Genauer gesagt würde er nicht mit *den* Messdienern sprechen, sondern mit einem von ihnen, Damien Jacquet.

Er war bereits achtzehn, was Finot die Befragung erleichterte.

Der Junge wohnte in einer Gegend mit Einfamilienhäusern älteren Datums. Hier und da machte sich Renovierungsbedarf bemerkbar, waren Risse im Mauerwerk zu sehen, war die Farbe an Fensterrahmen abgeblättert. Doch das Heim der Jacquets wirkte tadellos. Es lugte auch kein Unkraut zwischen den Bodenplatten hervor, alle Büsche waren sorgsam zurückgeschnitten.

Ein schlanker, junger Mann mit blond gelockten Haaren und randloser Brille öffnete die Tür.

„Damien Jacquet?"

„Ja …?" Erwartungsvoll sah er Finot an.

Mit dem Ausweis in der ausgestreckten Hand nannte er seinen Namen. „Ich bin von der Kriminalpolizei Dieppe."

„Ist irgendwas mit meinen Eltern?", frage er ängstlich. „Ich dachte, sie wären bei der Arbeit …"

„Nein, nein", wehrte Finot ab. „Mit Ihren Eltern ist alles in Ordnung. Pfarrer Vidal hat mir Ihre Adresse gegeben. Könnten wir uns kurz unterhalten?"

Damien schien sich etwas zu entspannen. „Klar." Mit Blick auf Blanche fügte er hinzu: „Der Hund muss leider draußen bleiben, mein Vater mag keine Haustiere." Er zuckte mit den Achseln. „Tut mir leid."

„Kein Problem!" Finot bat Blanche zu warten und folgte Damien ins Haus.

Einen Flur, der diesen Namen verdiente, gab es nicht; sie standen direkt im Wohnzimmer. Durch die schmale Terrassentür und das danebenliegende Fenster kam um diese Uhrzeit nicht mehr viel Licht hinein, und auch drinnen brannte nur eine Stehlampe.

Damien machte eine weitere Lampe an.

Finot fiel daraufhin zunächst das große Kreuz an der Wand hinter dem Esstisch auf. Noch vor dem etwa zehnjährigen Mädchen mit Pagenkopf, das dort saß und malte.

„Meine Schwester Alizée", sagte Damien.

„*Salut Alizée!*"

Sie grüßte schüchtern zurück und nahm den nächsten Buntstift.

„Es gab einen Mord in der Kirche", erklärte Finot mit gedämpfter Stimme, Alizée musste es ja nicht mitbekommen. „Und nein, dem Pfarrer ist nichts passiert. Wie gesagt, ich habe Ihre Adresse von ihm."

Damien atmete trotzdem auf. Dann zeigte er zur Terrassentür. „Sollen wir uns nach draußen setzen?"

Die Gartenmöbel waren wie erwartet schon eingemottet, aber es stand noch eine alte Holzbank da. Auf dem Boden drumherum trockenes Laub und Äste.

Als Finot Alizée durch die Scheibe am Tisch sitzen sah, kam er ins Grübeln. Die Szene weckte irgendeine Assoziation in ihm … Dabei ging es weniger um das, *was* er sah, als um die Atmosphäre.

Er schüttelte den Gedanken ab und holte sein Smartphone hervor. „Kennen Sie einen Mann namens Patrice Aubert?" Er zeigte Damien das Foto.

Der junge Mann studierte es ausgiebig. „Nein, ich habe ihn noch nie gesehen. Und der Name sagt mir leider auch nichts."

Finot steckte sein Smartphone zurück in die Hosentasche. „Dann würde ich Sie gern nach der gestohlenen Marienfigur fragen."

„Die Marienfigur?" Damiens Stimme zitterte.

„Das Opfer wurde damit erschlagen."

In plötzlicher Panik riss der Junge die Augen auf. Selbst im Dämmerlicht konnte Finot das Weiß darin erkennen. „Mit der Marienfigur? Die müsste doch eigentlich …"

Der Satz blieb unvollendet.

„Die müsste doch eigentlich?", wiederholte Finot. Inzwischen hatte er keine Zweifel mehr, dass Madame Carons Verdacht richtig war.

„Sie haben die Maria und die anderen Krippenfiguren aus der Kirche ... entwendet?"

Damien senkte den Blick. „Vorübergehend mitgenommen würde ich sagen. Nach Weihnachten wären sie überraschend wieder aufgetaucht."

Finot trat auf ein trockenes Blatt, es zerfiel knisternd in kleine Stücke. „Was sollte das Ganze?"

Stockend berichtete Damien, dass auf der Sommerfreizeit die Idee aufgekommen sei, die Krippe moderner zu gestalten. Er schob seine Brille hoch. „Das normale Ding ist auf Dauer ein bisschen langweilig." Seufzend fuhr er fort: „Jedenfalls gab es eine große Diskussion; der Pfarrgemeinderat war dagegen. Sie konnten sich aber auch nicht dazu durchringen, *beide* Krippen aufzustellen ..."

„Und dann haben Sie die Figuren mitgenommen?"

Er nickte.

Es war also wirklich ein Streich gewesen, soweit nicht verwunderlich. „Wie hat der Pfarrer reagiert?"

Damien fuhr sich durchs Haar. „Wie meinen Sie ...? Ich dachte, er hätte Sie hergeschickt?"

„Ja und?"

„Ach nichts ...", wehrte er verwirrt ab. „Weiß mein Vater eigentlich schon, was passiert ist?"

„Ihr Vater ...? Wie kommen Sie ... nein."

Er nickte und erhob sich. „Ich hole mir schnell eine Jacke."

Kaum war Damien im Wohnzimmer, stand seine Schwester auf und lief zur Haustür. Sie sagte irgendwas zu ihrem Bruder, aber der schüttelte den Kopf und zeigte Richtung Terrasse.

Und wieder dachte Finot, dass ihn die Szenerie an etwas erinnerte ...

Aber natürlich, dieses Gemälde von Edward Hopper! Das mit den Leuten in der Kneipe.

Wenn er nur wüsste, wie es hieß!

Zurück auf der Terrasse meinte Damien: „Ich weiß nicht, ob ich ..." Er knetete nervös seine Hände. „Andererseits geht es um Mord ..." Erneut brach er ab und setzte wieder an: „Hat der Pfarrer nichts gesagt?"

„Was sollte er denn sagen?"

„Es war ..." Er wandte sich ab und rief: „Ach Mist!" Dann gingen seine Augen zurück zu Finot. „Es war seine Idee."

„Der *Pfarrer* hatte die Idee?"

Diese neue Wendung überraschte Finot dann doch.

„Ja. Er ist manchmal ein bisschen ... unkonventionell."

Finot bezweifelte, dass *unkonventionell* der richtige Ausdruck war.

Ärger stieg in ihm auf: Der Mann hätte die Sache hier wirklich abkürzen können! Am liebsten hätte er sofort zum Telefon gegriffen und ihn zur Rede gestellt, aber er wollte das Gespräch mit Damien nicht unterbrechen.

Und noch etwas kam ihm in den Sinn: Warum hatte Vidal nichts gesagt? Weil er der Mörder war? Oder weil er Damien die Chance geben wollte, den Diebstahl für sich zu behalten?

So oder so, Finots Misstrauen war stärker denn je.

„Progressiv, modern ...", fuhr Damien fort, als hätte er den ersten Gedanken gelesen. „Egal, wie Sie es nennen."

„Wann wurde das mit dem vorgeblichen Diebstahl beschlossen?"

„Es war seit dem Erntedank-Gottesdienst im Gespräch", erzählte Damien, der plötzlich gelöst wirkte.

„Endgültig entschieden haben wir dann kurz vor dem Termin, an dem die Krippe aufgestellt werden sollte."

„Wir?", hakte Finot nach.

„Pfarrer Vidal, Théo und ich."

Die Kontaktdaten dieses Théos würde er sich später geben lassen. „Wer war außer Vidal, Ihnen und Ihrem Freund eingeweiht?"

„Niemand, aber die älteren Messdiener und viele Erwachsene dachten sich schon, dass wir dahinterstecken. Also Théo und ich. Den Pfarrer hatte wohl keiner auf dem Schirm."

Nach einer Pause fügte Damien hinzu: „Der Pfarrgemeinderat wollte, dass Vidal den Diebstahl meldet, aber der meinte nur, dass er für die paar Holzfiguren keinen Aufstand machen will …"

„Und weiter? Wie hat er sich zu dem Verdacht geäußert, dass Sie – also die Messdiener – dafür verantwortlich sind?"

„Er sagte, er würde mit uns sprechen und dann erst mal abwarten."

Damien ging zur Terrassentür und beantwortete eine Frage seiner Schwester, die gewunken hatte. Dann setzte er sich wieder zu Finot.

Dem war inzwischen etwas frisch geworden, aber die Mütze zog er trotzdem nicht auf. „Sie hatten also auf eine Verzögerungstaktik gesetzt?"

„So in etwa …"

„Wo wurden die Figuren aufbewahrt?"

„Bei Théo in der Garage. Er wohnt drei Häuser weiter." Damien wies nach rechts und nahm sein Smartphone zur Hand. „Ich rufe ihn an und sage, dass Sie vorbeikommen?"

Als das erledigt war, fragte Finot den Jungen nach seinem Alibi.

Er sei in der Schule gewesen, erklärte er. „Nächstes Jahr mache ich Abitur."

Sie erhoben sich, um wieder reinzugehen.

„Ach, noch eine Sache", sagte Finot leichthin. „Wusste Pfarrer Vidal, wo die Figuren versteckt waren?"

Damien sah ihn misstrauisch an. „Nein, er wollte es nicht wissen. Warum?"

Finot winkte ab. „Nicht so wichtig."

Zurück im Haus lief Alizée zu ihrem Bruder und nahm seine Hand, nur um sich dann mit leuchtenden Augen an Finot zu wenden: „Ist das Ihr Hund da draußen? Darf ich ihn mal streicheln?"

„Ja natürlich. Es ist eine Hündin. Sie heißt Blanche und freut sich bestimmt!"

Damien beobachtete das Schauspiel versonnen und sagte nach einer Weile: „So, das reicht jetzt, der Herr Kommissar muss weiter!"

Finot verabschiedete sich und lief zum Auto, um Überzieher für die Schuhe, Handschuhe und eine Beweismitteltüte zu holen. Den Anruf bei Pfarrer Vidal sparte er sich auf; der Mann musste vorerst nicht wissen, dass Damien geredet hatte.

Dann ging's weiter zu Théo.

5

Der Junge erwartete ihn vor der Garage, einen fragenden Ausdruck im Gesicht. „Ein Mord in der Kirche, echt? Mit der Maria?"

Finot nickte, als er ihm die Hand gab. „Sind Ihre Eltern da?"

Théo schüttelte den Kopf.

Am Telefon erläuterte Finot der Mutter die Lage. Er wolle die Garage in Augenschein nehmen, wahrscheinlich müsse sie auch von der Kriminaltechnik untersucht werden.

Die Mutter erklärte, sich direkt auf den Weg zu machen und fügte zerknirscht hinzu: „Mein Sohn kann Ihnen ja so lange zeigen, wo die Figuren versteckt waren."

Finot folgte Théo einen kleinen Gang entlang zu einer Seitentür der Garage.

Der Junge öffnete sie.

„Nicht abgeschlossen?"

„Wenn wir dran denken, schließen wir abends ab, kommt aber selten vor. Es steht nur Gerümpel drin, meine Eltern parken vor der Garage, nicht drinnen."

Finot präparierte sich und ging hinein. Den Jungen bat er, an der Tür zu warten. „Wo müssten die Krippenfiguren sein?"

„An der Rückseite", dirigierte er ihn, „linke Ecke, hinter dem alten Rasenmäher. Eine schwarze Tüte."

Finot kletterte über ein paar Bretter, stellte ein Fahrrad weg und umrundete einen großen Pappkarton, in dem sich ein Staubsauger befunden hatte. An der genannten Stelle entdeckte er die Tüte.

Vorsichtig bugsierte er sie aus ihrer Lücke und warf einen Blick hinein auf ein Dutzend hölzerner Krippenfiguren. Er beförderte alles in den Beweismittelbeutel und drehte sich zur Tür. „Die Maria stand daneben? War sie auch verpackt?"

„Ja, in einer zweiten Tüte."

„Ich beschlagnahme das." Finot hielt den Fund in die Höhe. Anschließend kletterte er zur Tür zurück und verließ die Garage.

Im Schein einer Straßenlaterne klopfte er sich den Staub von der Hose. „Wer wusste, dass die Sachen hier waren?"

Dass jeder Zugang gehabt hatte, war ja schon klar.

Leider.

„Eigentlich nur Damien und ich."

„Pfarrer Vidal?"

Théo schüttelte den Kopf. „Ich hab's ihm jedenfalls nicht gesagt." Er wandte sich einem näher kommenden Auto zu und lief rot an. „Das müsste meine Mutter sein …"

Der Pkw wurde schwungvoll auf die Einfahrt gelenkt und abrupt gebremst, die Tür ging auf. Erst danach bemerkte Théos Mutter, dass sie noch angeschnallt war. Fluchend ließ sie den Gurt flitschen und stieg aus. „Théo!", begann sie, hielt aber schnell inne. *„Monsieur le Commissaire …"*

Hände wurden geschüttelt.

„Und Sie hatten wirklich keine Ahnung, was vor sich ging?", fragte Finot.

Resigniert schüttelte sie den Kopf.

„Pfarrer Vidal hat es vorgeschlagen!", rief Théo.

Seine Mutter wandte sich mit rollenden Augen ab. War sie wütend über Vidals Beteiligung? Oder darüber, dass ihr Sohn alle Schuld von sich wies?

Vielleicht beides.

„Hat sich zuletzt jemand an der Garage zu schaffen gemacht?", fragte Finot. „Haben sich Leute vor Ihrem Haus herumgetrieben, die Sie nicht kennen? Unbekannte Fahrzeuge, die länger geparkt waren? In denen jemand saß?"

Mutter und Sohn verneinten.

Die Alibis waren schnell geklärt. Théos Mutter hatte zur Tatzeit gearbeitet, genau wir ihr Ehemann, mit dem Finot telefonierte. Alle drei Kinder, Théo und die jüngeren Geschwister, waren in der Schule gewesen. Letztere hielten sich gerade noch bei Spielkameraden auf.

Finot bat Théo, zur Aufnahme der Aussage ins Kommissariat zu kommen. Dort würden auch seine Fingerabdrücke abgenommen, um sie mit denen auf der Figur zu vergleichen. Er könne sich mit Damien zusammentun, dem habe er das Gleiche gesagt.

„Hm, ja, okay", antwortete er kleinlaut.

Wieder im Auto dachte Finot über die weiteren Schritte nach: Neben der kriminaltechnischen Untersuchung der Garage stand noch Laufarbeit auf dem Programm. Ein paar Uniformierte müssten hier in der Straße von Tür zu Tür gehen und die Nachbarn befragen.

Hatte jemand von dem Diebstahl gewusst? War irgendeiner der Nachbarn in der Garage gewesen oder jemand dabei beobachtet worden, als er sich daran zu schaffen machte?

Pfarrer Vidal zum Beispiel?

Der Mann und seine Rolle bei dem Mord waren Finot nicht geheuer. Warum hatte er nicht erzählt, dass Damien und Théo hinter dem Diebstahl steckten? Nur, um sie zu schützen? Oder ging es vor allem um seinen eigenen Schutz?

Er trommelte ungeduldig mit den Fingern aufs Lenkrad, aber der Fall würde sich nicht durch Herumsitzen lösen lassen.

Den Kopf voller Fragen startete er den Motor.

6

Zehn Minuten später, Finot stand an einer roten Ampel, rief Pauline an. Er drückte den Knopf auf der Freisprechanlage. *„Allô?"*

„Störe ich Sie?"

„Ganz und gar nicht, ich bin gerade im Auto unterwegs."

„Hat es mit Ihrem neuen Fall zu tun? Patrice Aubert?"

„Warum wundert es mich nicht, dass Sie den Namen kennen?"

Pauline lachte auf, wurde aber schnell wieder ernst. „Wir wollten uns gerade verabschieden, da bekam Madame Caron einen Anruf. Der Pfarrer hatte irgendwen informiert, und dann hat die Neuigkeit schnell die Runde gemacht.

Ein Mord bietet an sich ja schon genug Anlass für Spekulationen. Aber dann noch in einer Kirche …" Sie seufzte und wechselte das Thema. „Es wird mir wohl nicht gelingen, Ihren Beruf vor Madame Caron geheim zu halten …?"

Finot setzte den Blinker, machte einen Schulterblick und bog rechts ab. „Kommt sie als Mitbewohnerin in Betracht?"

„Nun ja … Was ist Ihr Eindruck?"

„Ich denke, sie wären ein gutes Trio."

„Hm", machte Pauline unbestimmt und erklärte, dass die ehemalige Pfarrsekretärin noch eine Alternative in petto habe. „Eine kleine Wohnung in einer Seniorenresidenz. Gesellschaft hätte sie dort auch … Na, mal sehen."

Am Ende der Straße stand ein Polizeiauto vor der Tür eines Miethauses; er hatte sein Ziel fast erreicht.

„Madame Caron meinte, er wurde mit dieser Marienfigur erschlagen?"

„Moment …" Finot rangierte sein Auto in die Parklücke hinter dem Streifenwagen. „So, da bin ich wieder."

„Die verschwundene Maria? War sie wieder da? Oder hat der Mörder sie mitgebracht? Und warum hat er Aubert ausgerechnet damit getötet? Hat es irgendeine Bedeutung?"

„Das sind sehr gute Fragen", sagte Finot.

Fragen, mit denen er sich beschäftigen müsste.

„Also dann", sagte Pauline. „Vergessen Sie die *marrons glacés* nicht!"

„Keine Sorge", beruhigte er sie und rief dann unvermittelt aus: „Ich hab's, Nighthawks!"

„Wie bitte?"

Er lachte. „Entschuldigung, der Name eines Gemäldes, der mir eben nicht eingefallen ist. *À tout à l'heure!*"

Finot stieg aus, betrat mit Blanche das Haus und nahm die paar Stufen in den ersten Stock.

Eine ältere Frau in Kittelschürze lugte aus der Nachbarwohnung. „Sind Sie auch von der Polizei?"

„*Bonjour*", murmelte Finot und drückte auf die Klingel.

Er spürte ihren durchdringenden Blick im Rücken, doch als Martine schließlich im Türrahmen erschien, war die Nachbarin verschwunden. Finot stellte sich vor, wie sie die Lage über den Türspion weiter im Auge behielt.

„Oh je, oh je!", sagte Martine zur Begrüßung. Die dunklen, lockigen Haare standen als Ausdruck ihres aufgewühlten Zustands wild vom Kopf ab. „Kommen Sie!"

Finot betrat den Flur und sah sich um. An der Garderobe hingen einige Jacken, in einem Regal stapelten sich mehrere Paar Schuhe. Eine Kommode mit Festnetztelefon darauf, an der Wand ein Kunstdruck.

So weit nichts Ungewöhnliches.

„Ich habe mit seinem Makler telefoniert", sprudelte es aus Martine heraus, während sie Finot bedeutete mitzukommen. „Aubert wohnte eine ganze Weile in Neufchâtel-en-Bray – dazu gleich mehr – und danach vorübergehend in einem Haus hier in der Nähe. Das hat er dann offenbar verkauft; unter anderem, um mehr Geld zur Verfügung zu haben … So hat es jedenfalls der Makler dargestellt."

Martine blieb abrupt stehen, Finot lief fast in sie hinein.

Er lugte vom Flur aus ins Wohnzimmer. „Geld zur Verfügung zu haben? Wofür?" Teure Möbel und sonstige Luxusgegenstände waren es jedenfalls nicht.

Die Einrichtung war schlicht gehalten, wenn auch nicht die Art von schlicht, die nur so vor Reichtum strotzte. Hier gab es kein Leder oder Chrom, weder teures Holz noch Designerstücke. Es war eine bescheidene Art von schlicht, gemischt mit einem gewissen Maß an Unfertigkeit – als hätte Aubert nicht viel Zeit darauf verwendet, sich einzurichten.

In einer Ecke standen ein paar nicht ausgepackte Umzugskartons. *Bücher* war in akkuraten Lettern draufgeschrieben, *Fotoalben*, *Geschirr*.

Martine wartete im Türrahmen eines anderen Zimmers und streckte den Zeigefinger aus. „Vielleicht hierfür?"

Sie zeigte auf ein Pflegebett mit Galgen, wie Finot es von seinem Vater kannte, daneben ein kleiner Tisch. Er stellte sich vor, dass dort Medikamente gelegen hatten, Taschentücher, ein Buch. Bestimmt waren auch Wasserflasche und Trinkglas dabei gewesen.

Ein kleines Fernsehgerät war an der gegenüberliegenden Wand befestigt. Auf einer Kommode, und ebenfalls vom Bett aus gut zu sehen, waren Fotos ausgestellt. Sie zeigten vor allem Aubert und eine zierliche Frau mit freundlichen Augen und zurückhaltendem Lächeln.

Seine Frau?

Am rechten Rand der Kommode stand ein kleiner Kasten mit Bildschirm und Bedienelement. Finot nahm einen Schlauch in die Hand, der zusammengerollt dabei lag. Es gab noch weiteres Zubehör, das er nicht zuordnen konnte. Was war das? Ein medizinisches Gerät?

Er legte den Schlauch zurück und betrachte erneut das Bett. Es war ordentlich gemacht, so als wäre alles für den Patienten oder die Patientin vorbereitet. Vor seinem inneren Auge sah er ein Paar Hausschuhe, die darauf warteten, dass jemand hineinschlüpfte.

„Aubert hat seine Frau gepflegt, sie ist vor einigen Monaten verstorben. Eine schwere Lungenerkrankung."

In Reaktion auf Finots fragende Miene zeigte Martine Richtung Eingang: „Das habe ich von der Nachbarin."

„Hatte sie noch mehr zu erzählen?"

„Wie man's nimmt ... Die Eheleute waren wohl ziemlich ruhig, abgesehen von Madame Auberts Husten, den die Nachbarin sogar drüben hören konnte. Aubert bekam so gut wie nie Besuch, auch nicht in letzter Zeit. Und er hat auch nicht erzählt, dass er zur Kirche will."

„Schade ..."

Martine nickte. „Er ging aber regelmäßig zum Friedhof, was ja keine große Überraschung ist ..." Sie wippte ungeduldig mit dem Fuß. „Sollen wir dann weitermachen?"

Das nächste Zimmer sah aus wie ein Büro. Neben dem Schreibtisch und vielen Aktenordnern entdeckte Finot ein Tagesbett. Darauf eine Decke, ordentlich zusammengelegt.

Martine zeigte auf die Ordner. „Er hat alles dokumentiert: jeden Arztbrief, die Korrespondenz mit dem ehemaligen Anwalt ..."

„Anwalt?", wiederholte Finot. „Ehemalig?"

„Er hat das Mandat niedergelegt", sagte Martine schnell. Sie schien etwas viel Wichtigeres erzählen zu wollen. „Auberts Meinung nach wurde die Krankheit seiner Frau durch vergiftete Lebensmittel verursacht. Genauer gesagt durch Käse."

„Käse? Doch nicht etwa Neufchâtel?"

„Sie erinnern sich an den Skandal mit der illegalen Müllentsorgung in der Nähe von Rouen?"

Finot nickte. Es ging um Abfälle einer Öl-Raffinerie, die Nickel und andere giftige Stoffe enthielten und die man eigentlich thermisch hätte entsorgen müssen. Stattdessen hatte man sie mit Sand gemischt und als angeblich unproblematisches Industriegut in einer Grube verscharrt.

Das durch die Giftstoffe verunreinigte Sickerwasser war nach Bekanntwerden des Skandals regelmäßig abgeführt und zusammen mit dem Grundwasser überwacht worden. Ob es weitere Sanierungsmaßnahmen gegeben hatte, zum Beispiel Erde abgetragen worden war, wusste Finot nicht.

Ein Abfallmanager war angeklagt worden, ebenso die Verantwortlichen von Département und Raffinerie sowie der Betreiber der Grube. Sie alle hatten ihre Kontrollfunktion vernachlässigt, bewusst getäuscht oder weggeguckt, um Geld zu sparen.

„Meines Wissens war Neufchâtel-en-Bray gar nicht direkt betroffen", sagte Finot.

„Das ist ja das Problem! Aubert hat auf Biegen und Brechen versucht, einen Zusammenhang herzustellen. Ich meine zwischen der Krankheit und dem Käse, inklusive Gutachten und allem Drum und Dran. Man hat sogar überprüft, ob sich die giftigen Stoffe in Madame Auberts Körper angereichert haben."

„Und?"

Sie schüttelte den Kopf.

„Hätte er seiner Theorie zufolge nicht selbst auch krank sein müssen?", fragte Finot weiter.

Martine zeigte mit dem Finger auf Finots Brust und nickte, dann beugte sie sich über den Schreibtisch. „Es steht hier irgendwo." Sie wühlte einen Stapel Blätter durch, nur um dann konzentriert aus dem Gedächtnis zu berichten: „Er behauptete, nicht betroffen zu sein, weil er ständig hin und her gependelt ist. Er war nur am Wochenende zu Hause und hat angeblich nicht viel Käse gegessen."

„Gependelt?"

„Damals arbeitete er noch in Paris. Mit viel Glück konnte er sich zur ABI France nach Dieppe versetzen lassen, als seine Frau immer kränker wurde. Sie sind dann erst in das Haus gezogen und kurz darauf in die Wohnung."

Wie traurig, dachte Finot. Anscheinend war das Paar zunächst davon ausgegangen, dass sie sich erholen würde. Andernfalls hätten sie wohl kaum ein Eigenheim gekauft?

„Die Sache mit dem Käse war also eine Sackgasse?", fragte er.

„Sieht so aus.

Finot fotografierte Namen und Telefonnummer des Anwalts von einem beliebigen Brief ab und zeigte auf die Regale. „Die Dokumente müssen alle durchgearbeitet werden."

Martine nickte ergeben. „Habe ich mir schon gedacht." Sie hatte auch an etwas anderes schon gedacht und Aubert von Kollegen im Kommissariat durch den Computer jagen lassen: „Unser Mordopfer ist nicht vorbestraft …"

„Aber?", fragte Finot.

„Er hat öffentlich Stimmung gegen den Käseproduzenten gemacht, einen Monsieur Burel."

Den Mann müsste er sich genauer angucken! „Irgendwelche Verbindungen zur Kirche?"

„Nein."

„Sind Ihnen bei der ersten Durchsicht die Namen Damien und Théo untergekommen? Zwei Messdiener?"

„Nein."

Zum Abschluss linste Finot noch schnell in Auberts Schlafzimmer und die Küche, dann war er durch.

„Bis später, Martine!"

Er schlich an der Nachbarwohnung vorbei und setzte sich ins Auto. Ein Telefonat war angesagt.

„Aubert ist tot?", tönte es über die Freisprechanlage. „Ermordet?" Die Überraschung in der Stimme des Anwalts klang echt. „Puh, das ist … Ich weiß gar nicht, was ich sagen soll!"

„Das kann ich gut verstehen", sagte Finot und ließ ihm ein bisschen Zeit, die Nachricht zu verdauen.

„Der Fall hat mich fertiggemacht", begann der Anwalt schließlich. „Aubert verstand einfach nicht, was Sache war. Niemand hatte Schuld daran, dass seine Frau krank wurde, vor allem nicht der Käse ..."

„Es gab doch Gutachten", warf Finot ein.

„Ja, aber die sagten nur, dass der Zusammenhang nicht auszuschließen ist." Er wiederholte: „Nicht auszuschließen, daran hat er sich geklammert ... Was er nicht zur Kenntnis genommen hat, war, dass die Wahrscheinlichkeit gegen Null tendiert ... Er hat etwas aus den Gutachten herausgelesen, das einfach nicht drinstand."

Finot schwante, wovon der Mann sprach, hatte er doch selbst genügend Berichte der Gerichtsmedizin gelesen. Da waren Aussagen selten wahr oder unwahr, sie besaßen Wahrscheinlichkeiten. Manchmal grenzten diese aber auch an Sicherheiten, war der Deutungsspielraum geringer. Ein solcher Fall schien hier vorgelegen zu haben.

„Der Mann tat mir leid", fuhr der Anwalt fort. „All die Trauer und Wut! Ich konnte ihn gut verstehen, trotz allem. Für Burel war es allerdings auch nicht einfach ..."

„Burel?"

„Der Käseproduzent."

Ach ja!

„Sie kennen sich?", fragte Finot.

„Nicht persönlich." Der Anwalt atmete tief durch. „Hören Sie, *Monsieur le Commissaire*, ich bin auf Probleme dieser Art spezialisiert und es ist meine Aufgabe, aufseiten des Mandanten zu sein. Aber ich musste ihm in aller Deutlichkeit sagen, dass die Klage ... nicht sehr aussichtsreich ist. Alle entnommenen Proben – Käse, Wasser, Boden – waren unauffällig und es gab keine Häufung von Krankheitsfällen in der Stadt." Aufgewühlt fügte er hinzu: „Und das alles wäre auch nicht anders gewesen, wenn er es mit weniger mächtigen Gegnern zu tun gehabt hätte!"

Eine Sache wunderte Finot nach der Vorrede: „Darf ich fragen, warum Sie das Mandat übernommen haben?"

„Das würde ich auch gerne wissen", erwiderte der Anwalt trocken. „Ich bin da irgendwie hineingestolpert, das passiert mir nicht noch mal! Und ich habe das Mandat ja schließlich auch niedergelegt. Ich nehme an, Sie wissen Bescheid …?"

„Ja", sagte Finot, bedankte sich für die Auskunft und beendete das Gespräch.

So sehr er Auberts Reaktion menschlich verstehen konnte, so sehr verstand er auch die Position des Anwalts. Es schien ihm, als spiegelten Not und Hilflosigkeit des einen letztlich nur die Gefühle des anderen.

Er startete den Motor und machte sich auf den Weg ins Kommissariat.

7

Gegen sieben saß Finot am Schreibtisch und spürte ein Grummeln im Magen, das sich bei genauerer Betrachtung als gähnende Leere entpuppte. Es war Zeit für den Feierabend und etwas zu Essen.

Er rief Laura an. „Hunger?"

„Und ob!"

Voller Vorfreude stand er um halb acht am *Place du Puits-Salé* mit dem hübschen Brunnen. Sonst ein kleines Highlight, ging das Bauwerk neben den ganzen Verlockungen des Weihnachtsmarktes dieser Tage unter.

Finot fing unwillkürlich an zu grinsen, als er Laura in ihrem karierten Mantel entdeckte. Dazu trug sie einen dicken Schal und Pudelmütze. Die Hände in den Taschen kam sie gedankenverloren auf ihn zu, so als wäre sie ganz allein auf der Welt.

Niemand sonst schien Notiz von ihr zu nehmen, wie war das möglich? Wie konnten die Leute ihre

Einzigartigkeit nicht bemerken und seine Begeisterung nicht teilen?

Andererseits war es gar nicht so schlecht, das Geheimnis für sich zu behalten. Ein bisschen egoistisch vielleicht, aber damit ließ es sich leben.

„Ah, da bist du ja!" Finots Mütze wurde mit einem zufriedenen Nicken quittiert. Sie küsste ihn und beugte sich anschließend herunter, um Blanche zu begrüßen.

„*Soupe à l'oignon* gefällig?", fragte Finot und hielt ihr den Arm hin, sodass sie sich unterhaken konnte.

„Oh ja! Und ein Glas Wein!"

Am Stand roch es einladend-würzig nach Zwiebeln und Käse und die Vorstellung, etwas Warmes in den Bauch zu bekommen, ließ Finot frohlocken. Er bestellte zwei Portionen Suppe, für Laura ein Glas Chardonnay und sich selbst einen Merlot.

Und dann stand die Köstlichkeit vor ihnen! Dampfend und gekrönt von zwei Scheiben Baguette und einer unanständigen Menge geschmolzenen Käses.

Sie stießen an und probierten den vorzüglichen Wein. Anschließend nahmen sie den Kampf mit den Käsefäden auf, die beim Versuch zu essen immer länger wurden.

„Hilfe!", rief er fröhlich. „Das nimmt ja gar kein Ende!"

Doch allmählich wurde das Löffeln einfacher und Finot nutzte die Gelegenheit, nach bekannten Gesichtern Ausschau zu halten. Würde sich Madame Caron hierher verirren?

Statt der ehemaligen Pfarrsekretärin geriet ein Mann um die siebzig in sein Blickfeld. Er hatte einen schmutzig-weißen, zotteligen Bart und spärliches weißes Haar, das kranzförmig um seinen Schädel wuchs und hinten zu einem dünnen Pferdeschwanz zusammengebunden war.

Finot überlegte, ihm seine Mütze anzubieten, aber der Mann schien nicht zu frieren. Seine viel zu große, alte

Jacke hing offen über einem grauen Wollpulli, dazu trug er eine beigefarbene Hose mit ausgefranstem Saum.

Eine der Standverkäuferinnen stellte ihre Teetasse ab und fragte freundlich: „Für Sie auch eine Suppe?"

Der Mann schüttelte den Kopf. „Nein, nein ...!" Er sah sich verwirrt um. „Ich muss wissen, was passiert ist!"

Dann lief er weiter.

„Aufgeschoben ist nicht aufgehoben", murmelte Finot, kam aber ins Grübeln. Was war los mit dem Mann?

Laura hob ihr Glas, um ihm erneut zuzuprosten. „Du wirst es nicht herausfinden", sagte sie.

„Wovon sprichst du?"

Sie zeigte mit dem Daumen in die Richtung, in die der Unbekannte verschwunden war. „Du wirst nicht herausfinden, was sein Problem ist."

„Kannst du Gedanken lesen?"

Kopfschüttelnd sagte sie: „Es steht groß und breit auf deinem Gesicht."

Nach dem Essen schlenderten sie Hand in Hand über den Markt, an jeder Bude erklang ein anderes Weihnachtslied. Sie blieben hier stehen und dort, bewunderten Kitsch und Kunsthandwerk. Eine Tüte Macarons landete in Lauras Handtasche.

An einem weiteren Stand wurden Krippenfiguren und andere Holzarbeiten verkauft. Laura blieb stehen, nahm eine fein gemaserte, glänzende Schale in die Hand und betrachtete sie ausgiebig. „Ich frage mich, warum Aubert ausgerechnet mit einer Maria erschlagen wurde."

„Wie bitte?", sagte Finot, aber dann wurde ihm klar, dass er bereits verstanden hatte. „Das würde ich auch gerne wissen ..." Er beugte sich herunter, damit sie sich leichter unterhalten konnten. „Wollte der Mörder irgendwas damit ausdrücken? Hatte er eine Botschaft?"

Laura ließ von der Schale ab. „Etwas in die Richtung habe ich auch schon überlegt."

Ihr Blick ging wieder zu der Holzarbeit und dann zum Verkäufer. Über die Musik hinweg rief sie: „Die ist toll, die hätte ich gern. Sie wird meiner Schwester sicher gut gefallen!"

„Meinst du, es geht um die Marienerscheinung von Lourdes?", fragte Finot, während der Verkäufer die Schale einpackte. „Um den Wallfahrtsort? Darum, dass Aubert und seine Frau auf ein Wunder gehofft haben?"

Laura zückte ihr Portemonnaie, zahlte und nahm eine Papiertüte entgegen. „Vielen Dank, *au revoir!*"

Sie gingen weiter.

„Ich weiß es nicht. Aber ja, möglich."

Finot legte den Arm um sie. „Menschlich gesehen könnte ich es jedenfalls gut nachvollziehen."

„Ich auch", sagte Laura, „selbst als Wissenschaftlerin. Vielleicht gerade deshalb, weil mir die Grenzen des Erklärbaren", sie malte Anführungszeichen in die Luft, „bewusst sind?" Es könne ja durchaus sein, dass man in fünf, zehn Jahren Fakten hätte, die ein Wunder erklärten.

„Ist es dann noch ein Wunder?", fragte Finot.

Sie zuckte mit den Achseln. „Manche Leute werden tatsächlich ohne erkennbaren Grund gesund – selbst solche, die mit Gott nichts am Hut haben."

„Es ist also nicht der Glaube, der Berge versetzt?"

Noch ein Achselzucken. „Die Frage ist, was dahintersteckt, wenn eine Krankheit spontan verschwindet." Mit ironischem Unterton fügte sie hinzu: „Eine höhere Macht ist da meines Wissens selten im Spiel."

Finot ließ sich das durch den Kopf gehen und fügte hinzu: „Zum Problem wird es meiner Meinung nach, wenn jemand die Notlage anderer ausnutzt und falsche Hoffnungen schürt, um Geld zu machen. Oder wenn eine angemessene Behandlung zugunsten von Quacksalberei abgelehnt wird …"

Laura sah ihn an. „War das bei Madame Aubert der Fall?"

„Nein, danach sieht es nicht aus", sagte er und drückte sie fester an sich.

II

8

Beim Spaziergang am nächsten Tag hatten Finot und Blanche den Strand fast für sich. Kein Wunder so früh am Morgen, und Touristen verirrten sich im Winter auch kaum nach Dieppe.

Viel ungewöhnlicher als der leere Strand war etwas anderes, und Blanche kostete es intensiv aus: Es hatte geschneit!

Sie lief wie wild hin und her, wackelte aufgeregt mit dem Schwanz und wusste gar nicht, was sie zuerst erleben sollte. Für die Hündin schien es so etwas wie ein Wunder zu sein.

Und sie hatte recht. Zwar waren Weihnachtslieder auch in der Normandie mit Schnee assoziiert, breitete dieser bei *Papa Noël* seinen weißen Mantel aus, doch war der Dezember in Dieppe normalerweise eher regnerisch.

Das Winterwetter war selbstverständlich *die* Nachricht in der lokalen Presse. Klar war aber auch, dass es genauso schnell wieder verschwinden würde, wie es gekommen war. Die für den Vormittag geplante Fahrt nach Neufchâtel-en-Bray – wo er sich nach dem Umweltskandal erkundigen wollte – machte Finot deshalb keine Sorgen. Bis dahin war die weiße Pracht längst verschwunden.

Er lachte in sich hinein. *Weiße Pracht!* Der Ausdruck führte wahrlich in die Irre, ließ er doch an eine von Sonnenlicht überflutete Berglandschaft denken, an Pferdeschlitten und gemütliche Holzhütten. Tatsächlich lag ein grauer Schleier über allem und der Himmel war bedeckt.

Blanche stupste Finot mit der Schnauze an, sie wollte spielen. Also beugte er sich hinunter, nahm etwas matschigen Schnee und versuchte, eine Kugel zu formen. Erfolglos, das Wasser triefte sofort aus seinen Händen.

Dann also doch der alte Ball. Finot griff in seine Tasche und warf ihn ein Stück nach vorne, Blanche hinterher. So arbeiteten sie sich langsam den Strand entlang und er versank in Gedanken.

Zurück vom Weihnachtsmarkt hatte er mit Laura auf dem Sofa gesessen und einen spannenden Film geguckt. Er war ein paar Tage vorher im analogen Fernsehen gelaufen und von allen möglichen Leuten im Kommissariat empfohlen worden.

Bei einer nervenzerreißenden Szene hatte sie gesagt: „Ich glaube, Martine und Marc wollen schwanger werden!"

Die beiden Frauen hatten sich auf einen Kaffee getroffen; offenbar war es dabei zu einer Enthüllung gekommen. Oder eher einer Andeutung, sonst hätte Laura ja nicht glauben müssen.

So oder so, über Martines Familienplanung wollte er nun wirklich nichts wissen. Finot hielt sich die Ohren zu und begann, die Marseillaise zu singen. Auf die Schnelle fiel ihm nichts anderes ein.

Laura packte ihn an der Schulter und rief: „Vielleicht ist sie sogar schon schwanger!" Und: „Das Tangotanzen hat gewirkt!"

„Ich höre nichts!", sagte Finot und dankte Gott, dass er sich bei dem Kurs durchgesetzt hatte. Nicht, dass Nachwuchs wirklich noch ein Thema gewesen wäre, aber froh war er trotzdem.

„Ist Hippo eigentlich liiert?"

„Wie bitte?" Finot führte das Schauspiel fort.

Er wusste es nicht. Aus irgendwelchen Gründen hatte sich das Thema nie ergeben, und anlasslos fragen wollte er auch nicht.

Es war nicht so, dass ihn Hippos Privatleben nicht interessierte; er fand nur, dass dieser selbst entscheiden sollte, wann es zur Sprache kam.

Finot kehrte in die Gegenwart zurück und registrierte den salzigen Wind und die rauschenden Wellen, die ihm wegen seines Kopfkinos entgangen waren.

„Noch drei Mal, dann müssen wir los!", sagte er. Und – Zufall oder Genialität, er wusste es nicht: Nach genau drei weiteren Würfen zeigte Blanche kein Interesse mehr an dem Spiel.

Auf dem Gang durch die langsam erwachende Stadt machte Finot bei der Bäckerei Halt und kaufte *Pains aux raisins*. Auch wenn er nichts gegen Autofahren hatte, war er froh, den Arbeitsweg zu Fuß erledigen zu können.

Im Kommissariat stahl er sich unauffällig an Jérômes Glaskasten vorbei. Oder versuchte es zumindest.

„Sie müssen sich noch in die Liste eintragen!", rief der Pförtner.

Mist!

Es ging um den Verkaufsstand auf der Weihnachtsfeier, und es klang nicht nur wie ein Befehl, es war auch einer. „Um vierzehn Uhr geht's los, um achtzehn Uhr schließen wir."

Der Nachmittag war in halbstündige Abschnitte eingeteilt und jeweils zwei Kolleginnen und Kollegen sollten in den dreißig Minuten den Verkauf übernehmen. Zwölf Leute hatten sich schon eingetragen.

Jérôme zeigte nacheinander auf die freien Felder. „Sie haben die Wahl ..."

„Suchen Sie sich was aus", sagte Finot und fotografierte den Plan ab, nachdem Jérôme seinen Namen aufgeschrieben hatte.

Ob er auch irgendwas verkaufen wolle?, fragte Jérôme weiter, während er sich über den kahlen Schädel strich. Unlängst hatte er die verbliebenen Haare noch vom

Nacken aus nach vorn gekämmt, aber damit war offenbar Schluss.

„Muss es selbst gebastelt sein?", fragte Finot scheinheilig.

„Selbstverständlich!"

Wohl in Reaktion auf seinen hilflosen Gesichtsausdruck fuhr Jérôme fort: „Sie sind doch Hobby-Fotograf. Sie könnten ein paar Fotos hübsch rahmen."

Das war eine geniale Idee! Dankbar bot Finot ihm ein Rosinenbrötchen an.

Der Pförtner verzog das Gesicht. „Rosinen? *Ce n'est pas mon truc.*"

„Nicht Ihr Ding?"

Jérôme zeigte auf seinen Proviant, ein mit Käse belegtes Baguette, was Finot wiederum an die Zwiebelsuppe und den knorrigen, älteren Mann denken ließ.

Er erzählte Jérôme von ihm.

„Ein langer Bart sagen Sie? Glatze am Oberkopf und Zopf? Das wird Zacharie sein."

„Zacharie?"

„Ich weiß nicht, ob es sein richtiger Name ist. Und ich habe auch keine Ahnung, wie er mit Nachnamen heißt. Er streunt in der Stadt herum, ist überall und nirgends. Es heißt, er habe mehrere Schicksalsschläge erlitten und sei darüber verrückt geworden."

Verrückt, dachte Finot, so hätte er Zacharie auch beschrieben. Dabei war es ein ziemlich nichtssagendes Wort, das mehr über die Unwissenheit des Nutzers sagte als über die bezeichnete Person.

Er verabschiedete sich und ging zu Motas' Sekretärin Louise, der er ein Rosinenbrötchen überreichte. Dann lief er auf dem Weg ins Büro am Drucker vorbei.

Moment, was war das denn? Finot blieb abrupt stehen und ging ein paar Schritte zurück zum Ausgabeschacht.

Gegen seinen Willen nahm er die Ausdrucke heraus und sah sie sich genauer an. Er erkannte einen Weihnachtsbaum, eine Glocke, einen Stern, den Weihnachtsmann.

Es waren Umrisse, mit wundersamen Zeichen gefüllt: Kreuze, Ellipsen, Punkte, gerade und gebogene Linien – an beiden Enden durch senkrechte Striche begrenzt oder in der Mitte mit einem oder zwei schrägen Strichen versehen. An manchen Stellen waren Zahlen angegeben.

Hippo näherte sich, schaute mit gerunzelter Stirn auf die Druckerausgabe und dann zu Finot. „Ah!" Er zeigte auf die Ausdrucke. „Darf ich?"

Etwas schuldbewusst reichte Finot sie weiter. „Klären Sie mich auf?"

„Häkelmuster", erwiderte Hippo freundlich; die Neugierde seines Vorgesetzten schien ihn nicht weiter zu stören. „Ich bastele doch Weihnachtsschmuck für den Basar."

„Sie *häkeln* Weihnachtsschmuck?"

In Finots Kindheit hatte man gefaltetes Papier mit der Schere oder Strohhalme mit Faden bearbeitet.

Hippo nickte und erklärte, er habe sich mithilfe von Internet-Videos das Häkeln beigebracht.

Auf der Stelle bekam Finot ein schlechtes Gewissen: Was hatte er zu bieten? Gerahmte Fotos!

Als Nächstes dachte er, dass Hippo bei solch aufwendigen Hobbys gar keine Zeit für eine Freundin, einen Freund hatte.

Sein gar nicht mehr so neuer Mitarbeiter war und blieb ihm ein Rätsel ...

9

„Oh, wie schön!", sagte Hippo, als sie in Finots Büro zur Lagebesprechung zusammenkamen. Er zückte sein Feuerzeug und zündete die Kerze an, die Louise zusammen mit ein paar duftenden Tannenzweigen auf der Fensterbank drapiert hatte.

„Martine ist beim Arzt und verspätet sich ein bisschen."

„Beim Arzt?"

Hippo zuckte die Achseln. „Ich soll Ihnen ausrichten, dass in den Läden und Häusern rund um die Kirche keiner irgendwas von dem Mord mitbekommen hat. Niemand hat eine verdächtige Person in die Kirche gehen oder aus der Kirche rauskommen sehen."

Er fischte ein Rosinenbrötchen aus der Tüte. „Martine nimmt dann jetzt die Aussagen der Messdiener auf; sie werden nach und nach ins Kommissariat kommen."

Solange Hippo kauend seine Aufzeichnungen sortierte, schweiften Finots Augen im Zimmer umher. Sie blieben auf der Uniform hängen, die er kürzlich von zu Hause mitgebracht und ans Regal gehängt hatte. Ob sie wohl noch passte? Er hatte sie mangels offizieller Anlässe seit gefühlt hundert Jahren nicht mehr angehabt.

Wie auch immer; die Kluft war uralt, entsprach nicht mehr den Richtlinien und musste erneuert werden. Das wiederum war mit einem gewissen Aufwand verbunden, den Finot geistig ins neue Jahr verlegt hatte. Allein die Vorstellung, sie anzuprobieren, bereitete ihm schlechte Laune.

Er verscheuchte den Gedanken und wandte sich Hippo zu, der mit Vidals Lebenslauf loslegte. Der Pfarrer sei Anfang der Sechzigerjahre in der Nähe von La Rochelle geboren worden. „Er hat Theologie studiert, dann war er Diakon und nach der Priesterweihe Kaplan, beides in Poitiers." Parallel habe er das Priesterseminar im Bistum La Rochelle-Saintes besucht. Alles in allem sei das offenbar der gängige Werdegang für katholische Geistliche.

„Seit zwanzig Jahren ist er nun Pfarrer der Gemeinde. Er gilt als progressiv, erlaubt zum Beispiel Messdiener*innen*

– setzt sich überhaupt für Frauen in der Kirche ein – und befürwortet die Segnung gleichgeschlechtlicher Paare."

Das würde ihm nicht nur Freunde eingebracht haben, dachte Finot. „Irgendwelche Verbindungen zu Aubert?"

Hippo schüttelte den Kopf. „Zumindest keine offensichtlichen. Unser Opfer scheint nie in einer Kirche aktiv gewesen zu sein, hat sich nie zuvor länger in Poitiers oder La Rochelle aufgehalten und auf seinem Smartphone oder Rechner ist weder von Vidal noch *Saint-Rémy* die Rede."

„Verstehe." Tiefergehende Verbindungen würden vermutlich erst zutage treten, wenn sie umfassender in den Fall eingetaucht waren und wussten, wo sie suchen mussten. „Was ist mit der Kleidung des Pfarrers?" Finot hatte am Morgen vergessen, Laura danach zu fragen.

Madame Travert sei noch dabei, sie zu untersuchen, sagte Hippo.

„Ich hab' versucht nachzuvollziehen, was Aubert gestern gemacht hat", fuhr er fort. „Also bevor er in die Kirche ging …"

Interessiert hob Finot die Augenbrauen, aber sein Mitarbeiter machte eine beschwichtigende Geste. „Versprechen Sie sich nicht zu viel davon!" Aubert sei bis etwa zwölf Uhr dreißig im Büro gewesen und habe dann Feierabend gemacht, da er noch Überstunden abzubummeln hatte.

„Ein Mitarbeiter erzählte, dass er Aubert wegen des Regens ein paar Meter mit dem Schirm begleitet hat. Leider musste er dann in eine andere Richtung." Etwas schwermütig ergänzte Hippo: „Es war aber wohl nicht so schlimm, da es schnell wieder aufhörte zu regnen."

Finot verstand ihn gut: Nass oder nicht, es spielte aus einer höheren Warte keine Rolle. Der arme Mann war ermordet worden!

Hippo biss in sein Rosinenbrötchen, kaute und nahm einen Schluck Kaffee. „Nach Aussagen des Kollegen, mit dem er ein Büro teilt – ich habe selten jemanden kennengelernt, der so nuschelt! – hat Aubert sich ganz normal verhalten, sprich er war genauso wortkarg wie immer. Das Mittagessen hat er allein eingenommen, in seinem Lieblingsrestaurant. Es gab *Steak haché* und eine Auswahl an Desserts, ich habe da nachgefragt."

„Typ Eigenbrötler?"

Sein Mitarbeiter nickte. „Die Sache mit seiner Frau, ihre Krankheit, die juristische Geschichte, das war allgemein bekannt, aber Aubert hat nicht viel darüber geredet. Er wollte auch keine Hilfe, hat sich bei niemandem das Herz ausgeschüttet oder Ähnliches." Hippo fügte noch hinzu: „Als er noch in der Pariser Filiale gearbeitet hat, sah es mit seiner introvertierten Art wohl ähnlich aus – da habe ich auch direkt angerufen ..."

„Gute Idee!"

Hippo sah zu Finot herüber. „Ja, möglich, aber unterm Strich war das alles nicht sehr ergiebig ... Man ist bestürzt über seinen Tod, klar, aber niemand kann es sich erklären. Es gab auch keine besonderen Vorkommnisse in letzter Zeit."

„Hat er irgendwem erzählt, dass er in die Kirche will oder einen besonderen Termin hat?"

„Negativ."

„Er war nicht dafür bekannt, besonders gläubig zu sein?"

„Wenn es so wäre, hätte ich es direkt erzählt ..."

Einstimmiges Seufzen.

„Noch mal zurück zu Auberts Tagesablauf", sagte Finot. „Vom Restaurant aus ist er direkt zur Kirche gegangen?"

„Nein, er war noch bei der Apotheke, um eine Salbe abzuholen, die er telefonisch bestellt hatte. Sie erinnern sich dort an ihn, weil es zu einem Missverständnis kam."

„Ein Missverständnis?"

„Ja. Die Mitarbeiterinnen, mit denen ich gesprochen habe, gingen beide davon aus, dass die jeweils andere Kollegin seine Salbe anrührt. Am Ende war sie also gar nicht fertig. Aubert hat es dem Anschein nach mit Fassung getragen und meinte, er würde am nächsten Tag wiederkommen."

„Verstehe. Kam er den Damen komisch vor? Irgendwelche Auffälligkeiten? In den Läden drumherum? Auf der Straße?"

„Leider nein", sagte Hippo bedauernd.

Das war wirklich frustrierend. „Was ist mit der Telefonliste?"

Hippo klopfte sich ein paar Krümel von den Händen und konsultierte seine Notizen. „Er hat gestern nur beruflich telefoniert, das habe ich überprüft. Gleiches gilt für den Festnetzanschluss im Büro. Es ist kein Telefonat dabei, das man für seinen Besuch in der Kirche verantwortlich machen könnte." Er schob Finot zwei Blätter mit den Verbindungen herüber.

„Und hier noch die Textnachrichten." Ein dritter Zettel folgte. „Da wird *Saint-Rémy* auch nicht erwähnt."

„Ist das nicht merkwürdig?" Finot tippte sich mit dem Zeigefinger auf die Lippen. „Der Mann geht ganz normal zur Arbeit und spaziert anschließend zu einer Kirche, die er nie besucht hat – wenn Vidal die Wahrheit sagt. Dort wird er mit einer von Messdienern geklauten und spontan wieder aufgetauchten Marienfigur erschlagen."

„Sehr gut zusammengefasst", sagte Hippo.

„Warum war er in der Kirche? Zufall? Ein plötzlicher Anfall von Frömmigkeit? Oder gab es einen anderen Grund? Und was ist mit dem Mörder? Was hatte er da zu suchen? Hatte er die Figur dabei? Oder wurde sie vor dem Mord zurückgebracht und stand schon da?"

Hippo kratzte sich am Kinn. „Wenn der Mörder die Figur mitgebracht hat, muss er sie aus der Garage gestohlen haben."

„Was für ein Aufwand!", gab Finot zu bedenken. „Er hätte doch einfach eine andere Tatwaffe nehmen können."

Hippo nickte und ging gedanklich einen Schritt zurück. „Er müsste erst mal gewusst haben, wo die Maria versteckt ist. Was wiederum Théo und Damien verdächtig macht, die aber ein Alibi haben."

„Der Pfarrer wusste ja angeblich nichts von der Garage."

„Glauben Sie ihm?"

„Keine Ahnung …!"

Er bat seinen Mitarbeiter, in der Analyse weiter zurückzugehen. „Versuchen Sie herauszufinden, was Aubert zwei, drei Tage vorher gemacht hat. Und fragen Sie bei seinen Kolleginnen und Kollegen nach, ob draußen jemand Verdächtiges gesichtet wurde."

Vielleicht habe der Mörder Aubert beobachtet, vor seiner Arbeitsstelle Posten bezogen und sei ihm dann zur Kirche gefolgt.

„Mit der Maria im Gepäck?"

„So ungefähr."

„Alles klar!" Hippo machte sich eine Notiz. „Noch eben zum Rest seines Smartphones, ich meine alles, was nicht Telefonie ist. Wenn es danach geht – wenn man vom Digitalen aufs Analoge schließen kann – hat er ein recht freudloses Dasein gefristet. Keine Spiele, nur eine App, mit deren Hilfe man Sternbilder erkennen kann."

Hippos interessiertes Gesicht deutete an, dass er sie sich schon runtergeladen hatte.

„Keine Social Media, keine Fotos – oder nur ein paar …"

„Abgesehen von den Fotos sieht das bei mir ähnlich aus", warf Finot ein.

„Wie auch immer; die Textnachrichten könnten Sie noch interessieren." Er zeigte auf den Zettel, den er Finot zuletzt gereicht hatte.

Aubert und seine Frau hatten tagsüber regelmäßig Nachrichten ausgetauscht. Er fragte: *Wie geht es dir? Brauchst du etwas? War Delphine schon da?*

Madame Aubert hatte zumeist abgewiegelt. Es gehe ihr gut, sie brauche nichts, Delphine sei da gewesen. *Mach dir keine Sorgen, du kannst ganz in Ruhe arbeiten!*

Von ihrer Seite gab es deutlich mehr Emojis als von seiner, aber es gingen einige Herzchen und Küsschen hin und her.

„Delphine ist übrigens die Pflegekraft", warf Hippo ein. „Ich habe schon mit ihr telefoniert, sie hält sich seit ein paar Wochen bei Verwandten in Belgien auf." Es tue ihr alles sehr leid und sie stehe gern zur Verfügung, sollten noch Fragen auftauchen. „Nach den Feiertagen kommt sie zurück nach Frankreich."

Finot fand, dass sie schon eine ganze Menge herausgefunden hatten. Gerade interessierte ihn nur noch ein Punkt: „Was ist mit dieser Käse-Geschichte …?"

Hippo hob den Zeigefinger. „Genau, dazu komme ich jetzt." Er schnappte sich sein Tablet, legte es vor Finot ab und startete ein Video.

Es zeigte drei Männer, die mit gesenkten Häuptern und umringt von Polizisten, Anwälten und der Presse ein großes Gebäude betraten. Finot identifizierte den gotischen Bau als *Tribunal judiciaire,* den Justizpalast von Rouen.

Davor hatten sich einige Protestler versammelt. „Schämt euch!", skandierten sie, „übernehmt endlich Verantwortung!" Finot las ein paar der in die Luft gestreckten Schilder: *euer Profit ≠ unsere Gesundheit!, es gibt keinen Planeten B, gesunde Lebensmittel brauchen gesunde Erde!*

„Das war am ersten Verhandlungstag", erklärte Hippo. „Die Männer sind Vertreter des Départements und der Raffinerie."

Finot wurde ungeduldig, wann kam endlich der Käse? Aber Hippo schien die Sequenz lediglich als Einleitung für einen Zeitungsbericht präsentiert zu haben.

Darin wurden Auberts Situation und seine Anschuldigungen gegen Landwirt Burel erläutert; der Artikel endete mit der Feststellung, dass der Wahrheitsgehalt der Sache gegenwärtig geprüft werde.

Ein weiterer Artikel befasste sich mit der Sicht des Beschuldigten. Im Interview beteuerte Burel, dass sein Käse in Ordnung und der Vorwurf haltlos sei. Er werde sich gegen die Vorverurteilung wehren, Aubert solle sich auf eine Klage einrichten.

„Hat Burel ernst gemacht?", fragte Finot.

„Sieht nicht so aus."

„Merkwürdig! Was wissen Sie über ihn?"

„Bisher nur, dass er keine Vorstrafen hat. Inwieweit ihm die ganze Sache finanziell geschadet hat ...", Hippo zuckte mit den Schultern, „keine Ahnung!"

Finot richtete sich auf; er hatte die schlechte Angewohnheit, nach und nach auf dem Stuhl zusammenzusinken. „Vielen Dank, Hippo, gute Arbeit! Wir nehmen uns den Mann gleich zur Brust."

„Was ist eigentlich mit der kriminaltechnischen Untersuchung der Maria?" Hippo packte seine Unterlagen zusammen.

„Die Ergebnisse müssten heute reinkommen", erwiderte Finot. „Mit der Garage werden Laura und ihre Leute sicher noch länger beschäftigt sein." Er knüllte die Bäckertüte zusammen und warf sie in den Müll. „Sollen wir dann?"

Hippo nickte. „Sie fahren?"
„Kann ich machen."

10

„Was mir gerade einfällt", sagte Finot, als sie die Treppe hinunterliefen. „Gab's eigentlich in der Wohnung noch irgendwas Relevantes? Über Lourdes zum Beispiel?"

Hippo zog die Augenbrauen hoch. „Glauben Sie, Aubert und seine Frau haben auf eine Wunderheilung gehofft? Wegen der Marienfigur?" Er wartete die Antwort nicht ab. „Ich sag' Raphaël Bescheid, dass er darauf achten soll. Er guckt sich gerade alles an, meinte aber schon, dass es ein bisschen dauern werde. Ist doch ziemlich viel …"

Finot kannte den jungen Mann von einem früheren Fall und er war ihm sofort in den Sinn gekommen, als Laura von der freien Stelle erzählt hatte. Der begabte Naturwissenschaftler, unzufrieden mit seiner bisherigen Arbeit, hatte nicht lange gefackelt und unterstützte seit ein paar Wochen Lauras Team bei der *Police Technique et Scientifique*.

„Hat er sich gut eingelebt?"

„Ich glaube schon. Er kommt aber auch zur Weihnachtsfeier, dann können Sie ihn selbst fragen."

Kaum hatten sie Dieppe verlassen, holte Hippo einen Knäuel dünner weißer Wolle aus einem Täschchen. Anschließend entnahm er ihm ein zusammengefaltetes Stück Papier – eine der Anleitungen aus dem Drucker – sowie eine sehr dünne Häkelnadel.

Dann ging es los.

Finot sah es ja nur aus den Augenwinkeln, aber sein Mitarbeiter beeindruckte ihn sehr mit der kniffeligen Handarbeit. Schon das zweite Wunder an diesem Tag. Oder das dritte, wenn man Blanches Rechenleistung einbezog.

Die Fahrt nach Neufchâtel-en-Bray führte sie in südöstliche Richtung am Fluss Arques entlang, der sechs Kilometer landeinwärts durch den Zusammenlauf von Béthune, Varenne und Eaulne entstand.

Weiter ging es an Saint-Aubin-le-Cauf vorbei mit seinen zahlreichen Fischteichen, wo man wunderbar spazieren, aber auch mit dem Fahrrad fahren, picknicken oder angeln konnte.

Sie waren unterwegs ins Pays de Bray, das an ihrem Zielort begann und sich bis nach Beauvais im Département Oise erstreckte. Durch Hecken und Wallhecken abgegrenzte Felder prägten die dortige Landschaft. *La Bocage*, wie sie genannt wurde, war ein Flickenteppich der besonderen Art, von keltischen Bauern vor 2000 Jahren angelegt.

Während die Felder früher durch Sträucher wie Brombeere und Liguster voneinander abgegrenzt wurden, ergänzten Eichen und Eschen mit der Zeit das Bild. Hecken und Bäume bildeten natürliche Umzäunungen für das Vieh, schützten vor Bodenerosion und dienten als Futter oder Holzvorrat.

Eine knappe Dreiviertelstunde später passierten sie den Ortseingang von Neufchâtel-en-Bray. Auf dem Hinweisschild waren eine Kuh und der herzförmige Käse zu sehen, der der Gemeinde ihren Namen gab.

Schon im Hundertjährigen Krieg hatten junge Mädchen einer Legende zufolge englischen Soldaten ihre Liebe gezeigt, indem sie ihnen Käseherzen schenkten. Auch weniger bedeutungsvoll in Rollen zu haben, liebte Finot den Neufchâtel mit Baguette und einem Glas Cidre.

Hippo packte sein Häkelzeug weg, auch wenn es noch etwas dauern sollte, bis sie den Hof der Familie Burel erreichten. Er kündigte sich durch ein paar große, zweckmäßige Gebäude am Straßenrand an. Eines davon war der Kuhstall, oder wie auch immer die korrekte

Bezeichnung bei dieser Größenordnung war. Die Tiere standen friedlich nebeneinander und kauten gemächlich das dargebotene Futter.

Es folgte eine Ansammlung typisch normannischer, lang gestreckter Steinhäuser um einen Platz mit Kies und Begrünung herum. Finot stellte das Auto ab, sie stiegen aus und sahen sich um.

„Da ist es!" Hippo zeigte auf einen Eingang.

Kurz darauf betraten sie den Hofladen.

„Bonjour Messieurs", grüßte eine Frau um die fünfzig in Jeans, Bluse und dicker Strickjacke. Sie war mittelgroß und von kräftiger Statur; ihre mittellangen, aschblonden Haare fielen ihr wie ein Vorhang über die Stirn.

„Bonjour Madame ... Burel?" Finot stellte sich vor. „Das ist mein Kollege Hippo Vian. Wir hatten mit Ihrem Mann telefoniert."

„Ach, die Polizei", entgegnete sie und rief: „Schatz?"

Sie wandte sich wieder an Finot: „Es geht bestimmt um Aubert, habe ich recht?" Ihr Gesicht verriet Unbehagen.

Finot nickte und sah sich interessiert in dem rustikal eingerichteten Laden um. In wuchtigen Holzregalen standen hübsche Einmachgläser mit herzhaften und süßen Produkten. Es gab eine kleinere Auswahl an Gemüse und Obst, außerdem eine Schubkarre mit Kartoffeln. Danach registrierte er die Kühltheke, in der Neufchâtel, andere Käsesorten und Wurst auslagen. In einem Kühlschrank standen Flaschen und Gläser mit Milch, Sahne und Joghurt.

Sein Mitarbeiter war fast so weit, einen der gestapelten Einkaufskörbe zu nehmen und seine Vorräte aufzustocken, Finot konnte es förmlich spüren. Oder jubelte er ihm gerade seinen eigenen Einkaufsdrang unter? Es sah aber auch alles lecker aus!

Oha, da war ja sogar ein Fernseher!

Die Kamera hatte einen großen Raum eingefangen, der mit verschiedenen Geräten und Utensilien ausgestattet war. Zu ihnen gehörten ein riesiger Edelstahl-Bottich, eine Arbeitsplatte, Mischmaschine, Waschbecken, mehrere Gestelle aus Edelstahl sowie weiße Plastikeimer. Viele standen übereinandergestapelt auf dem Kopf, andere waren im Einsatz und mit Musselin bedeckt.

Es ging um die Käseproduktion, und Finot wandte nur widerwillig seine Augen ab, als Monsieur Burel in den Laden kam. Er war ein blasser, stämmiger Mann und in Jeans, Wollpulli und Daunenweste gekleidet.

Finot zog es unwillkürlich zurück zum Bildschirm, wo Burel ebenfalls zu sehen war. Die gleiche Kluft, nur eine Schürze darüber und der Kopf von einer Haube bedeckt. Er saß an einem Tisch und war mit Käse zugange. Oder zumindest einer weißen Masse, die Käse werden würde.

Er riss sich los und sagte: *„Bonjour Monsieur Burel!"*

„Da sind Sie ja …" Der Landwirt wies in eine Ecke. „Es ist zwar kein Kunde da, aber …" Sie traten ein paar Schritte zur Seite. Madame Burel kam hinter der Theke hervor und stellte sich dazu, ein Auge blieb aber immer an der Tür haften.

„Aubert ist also tot?" Der Landwirt fuhr sich mit seiner schwieligen Hand über die Stirn. „Es mag makaber klingen, aber bei seiner Frau im Himmel ist er unter Umständen besser dran als hier auf der Erde."

Auf den Bildschirm füllte Burel gerade etwas von der weißen Masse in eine Herzform aus Edelstahl. Er klopfte den Teig mit dem Handballen fest, drehte die Form um, klopfte wieder. Dann schlug er sie auf den beiden Rundungen einmal fest auf den Tisch. Der Käse fiel heraus und wurde mit einer schnellen Bewegung auf ein Edelstahl-Rost gelegt.

Finot fand, dass der ruppige Ablauf so gar nicht zu dem freundlichen Milchprodukt passte. Aber er tat dem Geschmack auch keinen Abbruch.

Hippo stupste ihn an. „Chef?"

„Bitte entschuldigen Sie", sagte Finot schnell. „Wo war ich? Ach ja, wie war das mit Aubert? Er hat behauptet, Ihr Käse hätte seine Frau krank gemacht?"

Burel schüttelte empört den Kopf. „Von wegen! Mein Käse war und ist sauber! Das wurde bewiesen – mal davon abgesehen, dass unsere Kühe ganz woanders grasen!" Nach einer Pause fuhr der Landwirt fort: „Ich habe selbst Gutachten anfertigen lassen, als der Skandal aufkam. Jeder Kunde, der wollte, konnte sie einsehen. Wir haben es uns sehr viel kosten lassen!" Sein Gesicht lief rot an. „Der Mann war einfach verrückt!"

„Christian!", warf Madame Burel tadelnd ein.

„Hast ja recht, ich sollte mich nicht so aufregen."

„Ich nehme an, Sie mussten Verluste einstecken nach Auberts Vorwürfen?" Schnell fügte Finot hinzu: „Auch wenn sie haltlos waren."

Er machte sich auf eine ausführliche Erklärung gefasst, aber der Landwirt sagte nur: „Es ging, wir hatten Glück. Es war relativ schnell klar, dass die Gegend hier nicht von der Umweltverschmutzung betroffen ist. Die ganze Sache entpuppte sich als Rohrkrepierer."

„Sie haben ihn juristisch nicht belangt?", fragte Hippo.

Burel schüttelte den Kopf. „Anfangs wollten wir das natürlich, aber dann ebbte die Aufregung auch schon ab und der Aufwand wäre größer gewesen als der Nutzen."

Finot machte sich trotzdem innerlich eine Notiz: *Burels Finanzen überprüfen.* War er wirklich glimpflich davongekommen? „Sie waren also wütend?"

„Ja, selbstverständlich!", brauste Burel wieder auf. „Es ging immerhin um meine, um unsere Existenz! Sie möchten auch nicht zu Unrecht beschuldigt werden!"

Ruhiger ergänzter er: „Ich wusste ja vorher nicht, dass kaum einer den Spinner ernst nehmen würde."

Finot fragte ihn nach Auberts Frau. „Haben Sie sie kennengelernt?"

„Sicher, sie war eine gute Kundin – andernfalls hätten die Vorwürfe ja noch viel weniger Sinn ergeben …"

Madame Burel sah ihren Mann kritisch an und ergänzte: „Sie war oft bei uns im Laden. Auch weil Monsieur Aubert am Wochenende gern ausgiebig kochte. Zeit genug hatte sie ja …"

„War sie nicht berufstätig?"

„Nicht wirklich, soweit ich weiß. Sie hat irgendeine Ausbildung gemacht, eine Art Fernkurs, etwas Künstlerisches mit Schmuck, wenn ich das richtig mitbekommen habe."

Irrte er sich, oder klang sie ein bisschen abfällig?

„Wie stand Madame Aubert zu den Vorwürfen?", fragte er weiter. „Hat sie Sie ebenfalls beschuldigt?" Er zeigte auf eines der Herzen in der Kühltheke. „Ihren Käse?"

Monsieur Burel antwortete: „Sie hat versucht, ihren Mann zu beschwichtigen – so weit es in ihrem Zustand möglich war. Die Idee mit dem Käse kam ihm erst, als … als sich abzeichnete, dass sie es nicht schaffen würde."

Mit den Worten: „Es tut mir leid …" begann er wieder zu sprechen. Er schien plötzlich ganz verändert, nicht mehr so aggressiv wie zuvor. Seine Augen waren rot unterlaufen.

„Was tut Ihnen leid?"

Kam jetzt etwa ein Geständnis?

Burel musterte seine großen Hände. „Es tut mir leid, dass Aubert tot ist – dass er umgebracht wurde! Und es tut mir leid, dass seine Frau gestorben ist …" Er hob den Kopf. „Glauben Sie, ich kann nicht verstehen, wie schwer es für ihn war? Für sie? Ich bin doch kein Unmensch!"

Nach dieser Offenbarung breitete sich betretenes Schweigen aus. Die drei Männer ließen ihre Blicke ziellos im Raum umherschweifen.

Madame Burel, weniger gefühlsduselig, sagte ungeduldig: „War es das dann?"

„Fast." Sie mussten noch die Alibis der Burels überprüfen. „Wo waren Sie gestern Mittag?" Er konkretisierte die Zeit.

„Hier auf dem Hof, wie meistens", sagte Monsieur Burel. „Ich habe mich um die leidige Büroarbeit gekümmert."

„Kann das jemand bestätigen?"

„Nicht wirklich", sagte er bedauernd, „ich hab' mich nach dem Essen an den Schreibtisch gesetzt und niemanden gesehen."

„Und Sie?" Finot wandte sich an Madame Burel.

„Ich war in der Küche und habe geputzt. Das hatte ich mir die ganze Zeit schon vorgenommen und gestern schien die Gelegenheit günstig. Der Laden ist mittwochnachmittags sowieso zu."

„Wir werden Ihre Mitarbeiter befragen, um das zu bestätigen", erklärte Finot. „Und wir bräuchten Ihre Fingerabdrücke – zum Abgleich mit denen auf der Mordwaffe." Er bat sie, am nächsten Tag ins Kommissariat zu kommen.

Auf dem Bildschirm an der Wand war inzwischen ein Kühl- und Lagerraum zu sehen. Auf mehreren hohen Regalen tummelten sich unzählige Käseherzen, die wohl ihrer Vollendung entgegenreiften. In der nächsten Einstellung waren zwei Frauen dabei, den fertigen Käse in Papier zu wickeln. Wahrscheinlich war der Film zwischenzeitlich einmal neu durchgelaufen.

Finot kämpfte gegen den Drang an, Käse zu kaufen.

Das musste warten.

11

Weiter ging's Richtung Rathaus, einem niedrigen Backstein-Gebäude mit matt-silbernem Walmdach und einer schmalen Fensterreihe rundherum. Finot hatte nicht nur mit Landwirt Burel, sondern auch dem Bürgermeister einen Termin ausgemacht.

„Schauen Sie mal, der Teeladen!", rief er, als sie aus dem Auto ausstiegen. Finot war ja mehr für Kaffee, aber wie aus dem Nichts heraus fiel ihm wieder ein, dass er Weihnachtsgeschenke brauchte.

Na ja, nicht ganz aus dem Nichts, das Thema hatte schon länger in seinem Unterbewusstsein geschwelt. Ab und zu war es aufgeploppt, aber sofort wieder erfolgreich verdrängt worden. Tags zuvor noch völlig unbedarft, schien es ihm jetzt fünf vor zwölf zu sein.

Die Gelegenheit war günstig; Yvonne aus der WG liebte grünen Tee und bis zum Treffen mit dem Bürgermeister hatten sie noch Zeit. „Ich müsste da mal eben rein."

Hippo schien mehr als bereit, einen kleinen Abstecher zu machen. Vielleicht war sein Mitarbeiter genauso verpeilt, was Weihnachtsgeschenke anging?

Der Laden empfing sie mit einer ganzen Mischung an Aromen. Als passionierter Kaffee-Trinker konnte Finot sie nicht zuordnen, aber es roch angenehm süß, frisch und herb zugleich.

Nach außen hin machte Blanche einen zufriedenen Eindruck, trotzdem fragte er sich, ob es für seine Hündin ähnlich angenehm war. Wie empfand sie all die unterschiedlichen Gerüche bei ihrer feinen Nase? Sicher wusste Finot nur, dass man ihr nicht mit Zitrusfrüchten, Essig, Chili oder Pfeffer kommen musste. Die konnte sie wirklich überhaupt nicht ausstehen.

Er sah sich um; alles schien mit viel Liebe zum Detail arrangiert worden zu sein. Rundherum standen Regale, darin hübsch beschriftete Tee-Dosen, einzelne Packungen mit Tee, aber auch zarte Tassen und Kannen in edlen gedeckten Farben. Auf einem gesonderten Tisch fanden sich weihnachtlich verpackte Tee-Sets.

Finot nahm eines davon in die Hand, kniff die Augen zusammen und las: *Grüner Tee*. Die restliche Beschreibung ignorierte er. „Können die hellsehen?", murmelte er. „Genau so was brauche ich!" Selbst das Einpacken erübrigte sich.

Finot war bereit zu zahlen.

Anders Hippo. Ein Geschenk brauche er auch, erklärte er, und erkundigte sich nach grünem Tee von der südkoreanischen Insel Jeju. „Für meine Schwester."

Wie froh Finot sein konnte, dass sein Bruder und er sich nichts schenkten! Seine Neffen bekämen wie immer einen Umschlag mit Geld und das Geschenk für den Vater, eine warme Decke und ein paar Musik-CDs, hatten sie schon vor Wochen besorgt.

Mit einem gewissen Stolz wurde ihm bewusst, dass ja auch Blanches Geschenk bereits in trockenen Tüchern war! Sie bekam einen neuen Ball und eine Auswahl ihrer liebsten Leckereien. Offenbar war es um seine organisatorischen Fähigkeiten gar nicht sooo schlecht bestellt.

„Südkorea?", fragte die Verkäuferin. Sie war in Finots Alter, trug ein schickes Kleid und hatte das attraktive Gesicht sorgfältig geschminkt. „Ich hab' ja wirklich alles Mögliche hier, aber Südkorea? Nein, tut mir leid!" Sie empfahl Hippo stattdessen einen anderen Tee mit mildem Geschmack und einer gewissen Süße. „Schmeckt bestimmt genauso gut, wenn nicht besser!"

Derweil Hippo an geöffneten Dosen schnupperte, sah Finot sich weiter um. Wie viele Teesorten es gab! Grüne, schwarze, rote, solche aus Kräutern … Hatte er den Tee-Kosmos bisher ganz zu Unrecht vernachlässigt?

„Schauen Sie sich ruhig alles an!", munterte die Verkäuferin ihn auf. „Ich habe auch sehr schönes Geschirr, falls Sie gerade erst mit dem Teetrinken anfangen ..." Es sei ja zum Glück nicht so viel los wie sonst, sodass er in Ruhe stöbern könne.

Inzwischen hatte Hippo sich entschieden. „Hundert Gramm von diesem hier, bitte." Er zeigte auf eine der Dosen.

Die Verkäuferin stellte eine Tüte auf die Waage und füllte den Tee mit einer kleinen Schaufel hinein.

„Wir sind ja immer noch zu früh für unseren Termin mit dem Bürgermeister", sagte Hippo nach einem Blick auf seine Uhr.

Abrupt hielt die Verkäuferin inne. „Sie möchten zum Bürgermeister? Dann sind Sie von der Polizei?"

Wie abgesprochen öffnete sich in dem Moment klingelnd die Ladentür. Ein schlanker, dandyhafter Mann in braunem Mantel, hellrosa Hemd, Jeans und Lederschuhen kam herein. Er war trotz der Jahreszeit gut gebräunt und hatte die silbergrauen Haare an der Seite gescheitelt. „*Salut Marlène*, ich wollte nur schnell ..."

„Hallo Schatz", ging die Verkäuferin dazwischen. „Ich glaube, die Herrschaften möchten zu dir!"

Schatz?

„Monsieur le Maire?"

Sie schüttelten sich die Hände und entschieden, das verabredete Gespräch im kleinen Hinterzimmer zu führen. „Wo wir nun schon mal beisammen sind."

Hippo quetschte sich neben die Tür, Finot krümmte sich auf dem Schreibtischstuhl zusammen. Dem Bürgermeister blieb nur, sich halb auf den Schreibtisch zu setzen.

Viel lässiger hätte Mann kaum aussehen können.

„Für die Stadt entpuppte sich der Skandal als Sturm im Wasserglas", begann Bürgermeister Lefebvre, „auch wenn ich den Schaden für die Umwelt natürlich nicht kleinreden will."

Sein Smartphone, das er mit der Vorderseite nach unten auf den Tisch gelegt hatte, piepte. Er drehte es um, prüfte das Display und legte es zurück.

„Neufchâtel-en-Bray liegt zwar nahe der Abladestelle, mehr aber auch nicht. Alle je erhobenen Boden- und Wasserproben waren in Ordnung und unsere touristische Infrastruktur hat nicht wirklich gelitten."

„Wie kommt Monsieur Aubert dann darauf, dass seine Frau an vergifteten Lebensmitteln starb?", fragte Hippo.

Eine rationale Erklärung gebe es nicht, er habe den Gutachten einfach nicht getraut.

Madame Lefebvre kam dazu, die sich im Laden noch um ein paar Kunden gekümmert hatte. „Meine Mitarbeiterin Jacqueline hat heute frei …"

Da niemand mehr ins Zimmer passte, blieb sie im Türrahmen stehen.

Sie erinnerte an den Fall Grézieu-la-Varenne, wo auf dem Gebiet einer ehemaligen Industrie-Wäscherei ohne vorherige Sanierung ein Wohngebiet entstanden war. Die Besitzer hatten zum Teil jahrelang auf Grund gelebt, der mit krebserregendem Trichlorethylen, einem Lösungsmittel aus dem Waschpulver, verseucht war. „Das ist ja im Vergleich eine ganz andere Hausnummer!"

Finot wollte ein Bein über das andere schlagen, ließ es aber bleiben, weil Blanche zu seinen Füßen saß und dafür hätte aufstehen müssen. „Wie würden Sie Aubert und seine Frau beschreiben? Waren sie gut in die örtliche Gemeinschaft integriert?"

Mit Blicken stimmte sich das Ehepaar ab, wer antworten würde; die lautlose Wahl fiel auf den Bürgermeister: „Madame Aubert hatte viel Kontakt zu den Leuten hier; war auf jedem Fest dabei, ging zum

Wochenmarkt, in die Bücherei, sang im Kirchenchor und so weiter." Er sah seine Frau an. „Stimmt doch, oder?"

„Waren Sie beide befreundet?", wollte Finot wissen.

Madame Lefebvre nickte betroffen. Liliane sei eine ausnehmend sympathische Person gewesen. Freundlich, hilfsbereit, humorvoll. „Ihr Tod hat uns alle sehr mitgenommen, viele sind nach Dieppe zur Beerdigung gefahren. Ich natürlich auch."

Der Bürgermeister sah seine Frau mitfühlend an.

„Wie hatten Sie sich kennengelernt?"

„Ich bin irgendwann einfach auf sie zugegangen und habe mich vorgestellt. Was mir nicht schwerfiel, da Liliane wirklich sehr sympathisch war." Sie fügte noch hinzu: „Davon abgesehen finde ich, dass es als Frau des Bürgermeisters zu meinen Aufgaben gehört, Zugezogenen den Anschluss zu erleichtern. In dem Fall ihr und Patrice, wobei der …"

„Was war mit ihm?"

Madame Lefebvre schüttelte abweisend den Kopf, als wollte sie das eben Gesagte relativieren. „Er suchte einfach kaum Kontakt. Aber er war ja, wenn überhaupt, sowieso nur am Wochenende zu Hause."

Ob Aubert sich Feinde gemacht habe, fragte Finot. „Monsieur Burel mal ausgenommen."

Das Paar war sich einig, dass er den Leuten am Ende eher auf die Nerven gegangen sei. „Er war kein übler Typ", sagte der Bürgermeister, „halt ein bisschen verbohrt, mit Argumenten nicht zu erreichen. Irgendwie tat er mir auch leid …"

Seine Frau nickte bestätigend. „Er hatte sich da in eine Idee verrannt, das muss man leider sagen."

Finot schien, er hatte fürs Erste genug gehört und erhob sich vorsichtig. Alles andere war auch kaum möglich in dem kleinen Raum. „Vielen Dank für Ihre Auskunft …"

Schön der Reihe nach gingen sie zurück in den Laden.

„Er war wirklich kein schlechter Kerl", betonte der Bürgermeister noch einmal. „Nicht, dass hier ein falscher Eindruck entsteht. Er war sehr bemüht um seine Frau, das hat man schon bemerkt."

„Er hat diese Käse-Sache einfach genutzt, um mit seinen Gefühlen fertig zu werden", ergänzte seine Frau.

„Verstehe", sagte Finot und bedankte sich abermals. Dann verabschiedeten sie sich.

12

Sie wollten gerade ins Auto steigen, da klingelte Finots Telefon.

„Sitzt du?", fragte Laura zur Begrüßung.

„So gut wie. Hippo und ich sind noch in Neufchâtel-en-Bray, wir fahren aber gleich zurück nach Dieppe, warum?" Sie ließen sich auf Fahrer- und Beifahrersitz nieder und Finot stellte den Lautsprecher an.

„Hallo, Madame Travert", sagte Hippo. „Was ist passiert? Geht es um die Marienfigur?"

„Ja", erwiderte sie, nur um dann das Thema zu wechseln. „Was macht Ihr Weihnachtsschmuck? Martine hat erzählt, dass sie ihn häkeln?" Lauras Tonfall nach zu urteilen, fand sie diesen Umstand genauso bemerkenswert wie Finot.

„Ist in Arbeit."

„Hippo ist einfach zu bescheiden … Was ich bisher mitbekommen habe, sieht sehr vielversprechend aus." Finot trommelte nervös mit den Fingern auf's Lenkrad, er wollte endlich zur Sache kommen.

Wobei – das war es nicht allein.

Die neuerdings zwischen Laura und Martine fließenden Informationen waren ihm nicht geheuer: Familienplanung, Handarbeitsprojekte … Was kam als Nächstes? Gab es ein Geheimnis in seinem Leben, das ausgeplaudert werden konnte?

„Weshalb rufst du an?", fragte er.

„Die Figur, natürlich. Es ist Blut des Opfers darauf, das wisst ihr, außerdem haben wir Fingerabdrücke gefunden. Einerseits vom Küster, den wir schon als Täter ausschließen konnten. Dann noch die von Damien, Théo und Vidal ..."

Lauras Einleitung hatte eher nach einem Knüller geklungen. Finots Anspannung wuchs, da kam noch was!

„Und?"

„Ja, es gibt weitere Abdrücke, aber bevor ihr euch freut: Sie sind nicht im System."

Finot war enttäuscht, auch wenn er nicht mal wusste, ob diese relevant waren. Vielleicht hatte der Täter Handschuhe getragen und sie gehörten anderen Mitarbeitern oder Kirchgängern?

„Und was ist jetzt das Besondere?", fragte Hippo.

„Es sind nicht nur unidentifizierte Fingerabdrücke darauf, sondern auch ganze Handabdrücke – von einem Kind!" Trocken fügte sie hinzu: „Außerdem Spuren von Fingerfarbe."

Finots Puls beruhigte sich.

Er hatte Laura zwar von Théo erzählt, aber vergessen, seine kleinen Geschwister zu erwähnen. „Bestimmt hat eines von ihnen die Figur angefasst, bevor sie in der Kirche zum Mordwerkzeug wurde."

Hoffentlich!, fügte er in Gedanken hinzu.

„Sobald die Schule aus ist, fahren wir hin und klären das ..."

Nach einer ereignislosen Rückfahrt, einem verspäteten Mittagessen und etwas Büroarbeit machten sie sich auf den Weg zu Théo. Blanche hatte keine Lust, ihr Körbchen zu verlassen und blieb im Kommissariat. „Ich sage Louise Bescheid, dass du hier bist."

Vorm Haus des Jungen grüßten sie ein paar Kollegen, die von Tür zu Tür gingen und Befragungen durchführten. „Irgendwas Neues?", rief Hippo.

Sie schüttelten den Kopf und zeigten auf den nächsten Eingang.

Auch Finot und Hippo nahmen ihre Aufgabe in Angriff.

„Gehst du mal, Théo?", hörten sie die Mutter nach dem Klingeln rufen.

Der junge Mann öffnete die Tür eine gefühlte Ewigkeit später. Seine Haare waren zerzaust, er trug ein knittriges T-Shirt und eine ausgeleierte Jogginghose. „Ja?", sagte er müde. „Ich war schon im Kommissariat … Bei einer Martine Colange."

„Ich weiß, tut mir leid", sagte Finot. „Es haben sich neue Anhaltspunkte ergeben, weswegen ich fragen wollte, ob … Benutzen Sie – oder besser gesagt Ihre Geschwister – Fingerfarbe?"

„Fingerfarbe?" Théo wirkte so überrascht, als hätte Finot *Blattgold* oder *Schwarzpulver* gesagt. *„Maman?"*

Théos Mutter erschien an der Tür, bat Finot und Hippo herein und begann umgehend zu suchen. Nach ein paar Minuten kam sie zurück. „Ich weiß zwar nicht, was das soll, aber … hier, wenn Ihnen das hilft." Sie ließ ein paar Döschen vertrockneter Farbe in eine Beweismitteltüte fallen, die Finot ihr aufhielt.

Damit hatte schon lange niemand mehr gemalt, so viel stand fest.

„Ist das alles?"

Sie nickte.

Finot hakte nach: „Wussten Ihre jüngeren Kinder von der Figur in der Garage? Und kann es sein, dass sie die Fingerfarbe woanders herhatten?"

„Halte ich beides für äußerst unwahrscheinlich. Und außerdem: Wenn sie wirklich damit gemalt hätten, hätte ich mit Sicherheit irgendwo Spuren gefunden! Im Waschbecken oder auf den Klamotten …"

Das klang überzeugend.

Dann war Damiens kleine Schwester in der Garage gewesen? Er verabschiedete sich und sagte: „Kommen Sie, Hippo, wir gehen bei den Jacquets vorbei."

„Soweit ich weiß, haben wir keine Fingerfarbe", erklärte Damien.

„Sie haben keine?" Finot versuchte, die aufkeimende Beklommenheit abzuschütteln.

„Moment." Der junge Mann entfernte sich.

Bald darauf hörten sie ihn reden: „Alizée, hast du Fingerfarbe?"

An der Tür kam ihre Antwort nur als unverständliches Murmeln an. Genau wie bei der nächsten Frage: „Hattest du kürzlich noch welche?"

Schließlich: „Nein, der Hund ist nicht dabei."

Zurück am Eingang sagte Damien: „Tut mir leid …"

Trotzdem fragte Finot: „Könnte Ihre Schwester in der Garage gewesen sein?"

Damien machte große Augen. „Glaub' ich nicht." Er bekräftigte die Antwort mit einem Kopfschütteln. „Nein, sie spaziert nicht einfach da hinein."

Finot beließ es dabei. Die Sache war anscheinend doch nicht so schnell zu klären wie erhofft und eine systematische Herangehensweise gefragt.

Zunächst müssten Théos Geschwister und Alizée wegen der Finger- und Handabdrücke ins Kommissariat kommen. Wenn sie diese Kinder ausgeschlossen hatten, waren die verbleibenden Messdiener und ihre Geschwister an der Reihe: Hatte ein jüngerer Bruder, eine jüngere Schwester die Figur im wahrsten Sinne des Wortes in die Finger bekommen? Weil das Versteck doch nicht so geheim gewesen war wie behauptet?

Hippo schickte er vorerst in den Feierabend.

„Jetzt schon?" Doch sein Mitarbeiter protestierte nicht weiter. „Sehr gut, dann kann ich noch ein paar Sachen erledigen." Er wandte sich an Finot. „Und Sie?"

„Ich schaue mir noch mal Auberts Wohnung an."

„Warum?"

Das wusste er selbst nicht so genau.

13

Finot war nicht sehr erpicht darauf, die Nachbarin zu treffen, aber sie öffnete natürlich die Tür, als er die letzte Treppenstufe genommen hatte. *„Bonjour Monsieur le Commissaire!"*

„Bonjour Madame", erwiderte er knapp.

„Wirklich tragisch!", sagte sie. „Jetzt sind sie beide tot!"

Finot steckte den Schlüssel ins Schloss und wiederholte reflexhaft: „Ja, sehr tragisch."

Mit beiden Händen betastete sie das altmodisch nach hinten geföhnte Haar. „Ich glaube ja eigentlich, dass man seine Lieben nach dem Tod wiedertrifft ...", begann sie langsam. „Aber jemand sollte Madame Aubert trotzdem Bescheid sagen, dass ihr Mann sie nicht mehr besuchen kommt, finden Sie nicht? Er war ja regelmäßig auf dem Friedhof ..." Sie sah Finot durchdringend an. „Nur für den Fall?"

Wider Willen fragte er: „Nur für den Fall?"

„Dass es doch nicht so ist – oder eine Weile dauert?"

„Hm", machte Finot, fügte eine vieldeutige Kopfbewegung hinzu und verschwand in der Wohnung.

Er rüttelte an der Tür, war sie wirklich zu?

Dann knipste er das Licht an und ging durch den kargen Flur ins Wohnzimmer. Auberts Verwandte – sie hatten allesamt wasserdichte Alibis – wussten inzwischen Bescheid und würden irgendwann hier aufschlagen, um die

Wohnung auszuräumen. Viel Arbeit wäre es nicht bei den paar Möbeln.

Finot wandte sich dem Bücherregal zu. Hätte er das gestern schon getan, wäre er Auberts Hobby längst auf die Spur gekommen. Mexikanische Küche schien ihn genauso interessiert zu haben wie japanische oder indische Gerichte. Der Mann hatte sich und seiner Frau die Welt kulinarisch nach Hause geholt.

Aber auch Madame Auberts Interessen waren in Buchform vertreten. Es gab Werke zu den Techniken der Schmuckherstellung und zur Geschichte des Schmucks, über die Tücken der Selbstständigkeit und den Aufbau von Internetshops. In manchen davon klebten Post-its oder steckten Zettel mit Notizen. Das Ganze hing offenbar mit dem künstlerischen Fernkurs zusammen.

Er ging weiter ins Büro.

Es wirkte wie geplündert und irgendwie war es das ja auch; Lauras Mitarbeiter hatten alle Ordner mitgenommen. Aus einem Impuls heraus legte er sich aufs Tagesbett und stellte sich vor, wie Aubert hier verschnauft hatte. In dieser Pose hatte der Mann wohl alle möglichen Gefühle durchgemacht. Von Hilflosigkeit und Verzweiflung über Sorge und Frustration bis hin zu Hoffnung und Freude über ein paar gute Stunden.

Finot seufzte.

Im nächsten Moment entdeckte er einen kleinen, gelben Fleck an der Decke. Und da, ein weiterer. Gab es noch mehr? Ja, er zählte insgesamt vierzehn Punkte. Was war das? Er rätselte, was es damit auf sich haben könnte. Doch da er keine Lösung fand, erhob er sich irgendwann, um seinen Rundgang abzuschließen.

Nach einem knappen Blick in Auberts Schlafgemach ging er ins Krankenzimmer. Er setzte sich aufs Bett, sprang aber sofort wieder auf, weil es ihm seltsam ungehörig vorkam.

Bis zur Kommode mit den Fotos waren es nur zwei Schritte. Er studierte eins nach dem anderen: Madame Aubert auf einer Parkbank sitzend, die Beine artig nebeneinander, die Hände auf dem Schoß verschränkt. Das Ehepaar auf einem Selfie ohne nennenswerten Hintergrund, beide Gesichter lächelnd und mit der üblichen Verzerrung auf dieser Art Nahaufnahme. Monsieur Aubert am Strand, aufrecht stehend, die Arme seitlich am Körper ... Und so ging es weiter.

Die Bilder sagten Finot nichts, schwiegen ihn förmlich an. Lag es daran, dass sie allesamt gestellt wirkten? Weil keine Spontaneität zu erkennen war? Hatten sie als Paar nach außen hin eine Fassade aufgebaut? Oder waren sie vor der Kamera generell unentspannt gewesen? Finot selbst wurde jedenfalls äußerst ungern fotografiert und hätte es sehr gut verstanden.

Er stellte den letzten Rahmen zurück auf die Kommode, wobei ihm eine Schale mit Schmuck auffiel. Ringe, Ohrringe und Armbänder; aus Draht gebogen und mit Schmucksteinen versehen, Perlen verschiedener Art, Federn ... An der Wand hingen außerdem Ketten unterschiedlicher Länge und Machart. Interessant, was man mit der entsprechenden Erwartung alles entdeckte! Der Schmuck war ja nicht überraschend hier aufgetaucht, aber gestern hatte er ihn nicht gesehen.

Nun denn ...

Als er im Flur stand, kamen ihm plötzlich seine Neffen und ihre Kinderzimmer in den Sinn. Nicht die aktuellen jugendlichen Behausungen, sondern jene chaotischen Höhlen aus grauer Vorzeit, als sie noch Dinosaurierarten und Automarken aufgesagt hatten. Da waren interessante Aufkleber an der Decke gewesen ...

Er ging zurück in Auberts Arbeitszimmer, schloss die Jalousie und legte sich wieder hin.

Tatsächlich! Die Punkte leuchteten! Sie bildeten eine geschwungene Linie, die an der Seite eines drachenförmigen Vierecks endete. Er fotografierte die Konstellation ab, war aber mit dem Ergebnis nicht recht zufrieden.

Immer noch liegend, ein Bein über dem anderen, durchforstete er sein Gehirn: Womit hatte er es hier zu tun? Dann schwante ihm, dass der Begriff *Konstellation* schon ganz passend war.

Schwungvoll setzte er sich auf und googelte Sternbilder. Es gab insgesamt achtundachtzig davon, wie er schnell herausfand. Als er die alphabetische Liste durchging, blieb er bei D wie Drache hängen. Er klickte auf den Link – ein Treffer! An der Decke von Auberts Arbeitszimmer hatte er soeben ein *Sternbild des Nordhimmels* entdeckt.

Sehr sympathisch, diese kleine Schrulle.

Als er kurz danach an der Wohnung der Nachbarin vorbeiging, tönte ihre Stimme in seinem Inneren: *„Jemand sollte Madame Aubert trotzdem Bescheid sagen, dass ihr Mann sie nicht mehr besuchen kommt, finden Sie nicht? Er war ja regelmäßig auf dem Friedhof."*

Im Auto kämpfte er mit sich: Sollte er, sollte er nicht?

Warum hatte er sich bloß in das Gespräch verwickeln lassen!

Tatsächlich kam ihm der Vorschlag plötzlich gar nicht mehr unsinnig, sondern äußerst menschlich vor. Was wusste man schon über den Tod, die große Unbekannte? Was blieb einem anderes übrig, als Faustregeln des Lebens auf ihn anzuwenden?

Schicksalsergeben startete Finot den Motor und fand sich eine Viertelstunde danach auf dem *Cimetière de Janval* wieder. Unterwegs hatte er im Kommissariat nachgefragt, an welcher Stelle Madame Aubert beerdigt war.

Auf der Steinplatte ihres Grabs stand ein frisches Blumengesteck. Es fiel Finot schon von Weitem ins Auge; etwas anderes als Porzellanblüten waren auf hiesigen Friedhöfen ja eher die Ausnahme. Sie hatte wohl kürzlich noch Besuch von ihrem Mann erhalten, was zur Aussage der Nachbarin passte.

„Bonjour Madame Aubert", sagte Finot leise.

Er sah sich um wie ein Dieb, der nicht ertappt werden wollte, was eigentlich Quatsch war. Wenn er das Grab seiner Mutter besuchte – was zugegebenermaßen selten vorkam – sprach er ja auch ganz unbefangen mit ihr. Da interessierte es ihn kein bisschen, ob er beobachtet wurde.

Und gäbe es einen Ort, an dem Hélène begraben war, würde er sicher auch mit ihr sprechen. Oder gesprochen haben. Er dachte nicht mehr so oft an sie, was auch die Unterhaltungen in seinem Kopf verringert hatte.

Aber zurück zu Madame Aubert.

Was sollte er sagen? Wie die Neuigkeiten formulieren?

Am besten wäre sicher, es wie ein Gespräch mit Hinterbliebenen anzugehen: mitfühlend, aber sachlich und auf den Punkt.

Nach Abwägung verschiedener Formulierungen ergriff er erneut das Wort: Er sei François Finot von der Kriminalpolizei Dieppe; es tue ihm sehr leid, aber er müsse ihr eine schlimme Nachricht überbringen. „Ihr Mann ist einem Verbrechen zum Opfer gefallen."

Der Einleitung folgten ein paar Sätze zu den Umständen des Todes, ein weiterer Ausdruck des Bedauerns, dann leitete er die Verabschiedung ein. „Ich muss dann auch los, der Friedhof schließt gleich. Ich … ich wollte Sie nur informieren."

Er deutete eine Verbeugung an und machte sich mit gemischten Gefühlen auf den Rückweg zum Auto. War die Nachricht angekommen? Wie hatte sie es aufgefasst?

Am schmiedeeisernen Tor wurde er angesprochen. „Ein bisschen später, und Sie wären nicht mehr rausgekommen."

Finot zuckte zusammen. „Monsieur Vidal?" Er korrigierte sich, als er die Soutane bemerkte. „Herr Pfarrer? Was machen *Sie* denn hier?"

„Ich hatte zu arbeiten."

Zu arbeiten ...? „Ach ja, natürlich ..."

Er dachte daran, dass Vidals Kleidung immer noch bei der Kriminaltechnik lag. Erstaunlich, dass der Pfarrer sich nicht beschwerte. Es wäre ein Leichtes, wo die Polizei ihm hier auf ureigenstem Terrain in die Hände fiel.

Aber nichts dergleichen geschah. Stattdessen berichtete Vidal, sich nach der Marienfigur erkundigt zu haben. Er listete eine Reihe von Leuten auf, mit denen er gesprochen hatte. Madame Caron war auch dabei, „die ehemalige Pfarrsekretärin, Sie kennen sie vermutlich nicht ..." Er zuckte mit den Achseln. „Leider ist nicht viel dabei herausgekommen. Irgendjemand hat die Figur wohl gestiftet, lange vor meiner Zeit."

Finot wiegte nachdenklich den Kopf hin und her. „Könnte ich mit Ihrem Vorgänger sprechen?"

„Nicht persönlich, befürchte ich."

„Er ist tot?"

Der Pfarrer nickte mit heiligem Ernst und sah auf seine Uhr. „So, ich muss Sie jetzt leider bitten ..." Er wies zum Ausgang und begleitete Finot bis zum Parkplatz, wo er mit wehendem Umhang davonrauschte.

III

14

Finot bewunderte den Weihnachtsbaum im Foyer des Kommissariats, der, natürlich, in den Farben Blau, Weiß und Rot geschmückt war. Blanche begann sofort, wie wild um ihn herumzulaufen. Den Sinn des Spiels verstand Finot nicht, aber er ging wahrscheinlich viel zu menschlich an die Frage heran. Die Hände in den Hosentaschen wartete er darauf, dass ihr der Spaß ausging.

Jérôme beachtete sie nicht, da er telefonierte. Es musste um eine wichtige Angelegenheit gehen, so intensiv, wie er sich dabei über seine Glatze rieb. Wahrscheinlich sprach er über die Weihnachtsfeier; der Pförtner war nicht nur für den Verkaufsstand verantwortlich, sondern auch das Essen.

Die Eingangstür ging auf, kühle Luft wehte hinein. Und mit ihr der Duft von Motas' Rasierwasser. Blanche blieb stehen und schnüffelte. Finot sah sie an: „Ja, du hast richtig gerochen, Eric ist da."

Er klopfte Finot im Vorbeigehen auf die Schulter und sagte mit seiner durchdringenden Stimme: *„Bonjour François!* Wie ist der Stand der Dinge?" Offenbar wollte er einen Lagebericht für die Pressekonferenz am Nachmittag.

Der mysteriöse „Kirchenmord" hatte Finots morgendliche Zeitungslektüre bestimmt; Entsetzen und Betroffenheit über den Tatort waren nicht nur bei Gläubigen groß. Und genau wie Finot fragten auch die Journalisten: Warum dort? Warum mit einer Maria? Warum Aubert?

„Kommst du, Blanche?", sagte er und machte eilig ein paar Schritte, um seinen Vorgesetzten einzuholen. Nebeneinander gingen sie die Treppe hoch.

Motas wackelte mit der ledernen Aktentasche in der Hand wie ein Schulkind mit seinem Turnbeutel. „Die beiden Jungs haben die Maria auf Vorschlag des Pfarrers hin gestohlen? Habe ich das richtig verstanden? Was ist das denn für ein Typ? Was haben die Eltern gesagt?"

Typisch für Motas, dass er direkt zur Sache kam.

„Théos Mutter war entsetzt. Ich vermute über beide, den Pfarrer und ihren Sohn. Mit Damiens Eltern habe ich noch nicht gesprochen. Ich weiß nicht mal, ob sie es wissen."

Sie machten einem entgegenkommenden Kollegen Platz.

„Wenn es Sylvain gewesen wäre ..."

Sylvain war Motas' Sohn und der Vater verschwieg, was er im Falle des Falles getan hätte.

„Das ist Anstiftung zu einer Straftat!"

Vor Motas' Büro machten sie Halt. Die Tür stand offen; Louise grüßte und wandte sich dann wieder Bildschirm und Tastatur zu.

„Du bist Polizist", gab Finot zu bedenken, „so kritisch werden sie das nicht gesehen haben. Sie dachten, es gäbe drei, vier Wochen Gerede, und dann wäre die Sache erledigt. Es sind nur ein paar Holzfiguren."

„Ein paar Holzfiguren!"

Finot ließ sich nicht beirren. „Und dass ein Mord mit der Maria geschehen würde, konnte ja keiner ahnen."

„Der Mann ist Pfarrer!", rief Motas. „Er sollte ein Vorbild sein!" Doch er regte sich genauso schnell ab, wie er sich aufgeregt hatte: „Die Jungs kommen als Täter nicht infrage?"

„Nein, sie waren nachweislich in der Schule."

Motas nickte erleichtert. „Der Pfarrer?"

„Möglich. Seine Fingerabdrücke sind auf der Figur, aber das heißt ja nichts. Sicher hat er sie irgendwann angefasst. Ansonsten überprüfen wir ihn gerade. Vidals

Kleider liegen noch bei Laura und bei der Befragung rund um die Garage haben die Kollegen explizit nach ihm gefragt. Mal schauen, was dabei herausgekommen ist. Auf den ersten Blick hat er kein Motiv."

„Okay." Motas' Augen schweiften zu Louise und wieder zurück. „Für die Weihnachtsfeier läuft alles?"

„Denke schon", sagte Finot und verabschiedete sich. „Na dann, *à plus tard!*

Als er das Mitarbeiter-Büro betrat, war Hippo gerade am Rechner zugange. „*Bonjour,* schon so fleißig?"

Sein Mitarbeiter klickte ein paar Fenster zu und rollte vom Schreibtisch weg. „Ich komme rüber, Martine ist auch gleich da."

Sie rauschte kurz nach Hippo herein, in der Hand eine Tüte Papillotes.

Bevor es losging, richtete sie die in glänzendes Stanniolpapier gewickelten Bonbons auf einem weihnachtlichen Pappteller an. Mit der flackernden Kerze und den Tannenzweigen sah alles sehr festlich aus. Hippo hatte sein Handarbeitstäschchen mitgebracht und begann zu häkeln.

Finot beugte sich über den Teller. Welche Farbe sollte er nehmen? Rot? Oder doch besser Grün? Gold und Silber schloss er von vornherein aus.

Die Wahl fiel auf Grün.

Er wickelte die Papillote knisternd aus, steckte die Schokolade in den Mund und strich das Papier mit den fransigen Enden glatt.

Hippo hielt inne. „Und?"

„Schokolade." Daneben gab es noch Papillotes aus Fruchtgelee, aber die waren allgemein weniger beliebt.

„Nein, der Spruch."

„Man sieht nur mit dem Herzen gut, das Wesentliche ist für die Augen unsichtbar. Antoine de Saint-Exupéry."

Der Text stand auf einem kleinen Zettelchen, mit dem die Schokolade unter dem Stanniolpapier umwickelt war.

Zufrieden häkelte Hippo weiter.

Martine begann ihren Bericht mit den Messdienern. „Es scheint tatsächlich so zu sein, dass Damien und Théo die Sache allein durchgezogen haben. Die anderen waren aber höchst zufrieden mit dem Diebstahl; das heißt, die beiden Jungs haben den einstimmigen Wunsch der Messdiener quasi Wirklichkeit werden lassen."

Hippo sah flüchtig von seiner Häkelarbeit auf, nickte und steckte die dünne Nadel in die nächste Masche. Hatte er denn gar kein Interesse an Süßigkeiten? Finot nahm sich schulterzuckend eine rote Papillote.

Er hatte gelesen, dass die Bonbons Ende des achtzehnten Jahrhunderts zum ersten Mal verkauft worden waren – von einem findigen Konditor namens Papillot in Lyon. Wobei die Idee eigentlich auf seinen Gesellen zurückging, der sich in eine junge Dame verliebt hatte. Er stahl ein paar Pralinen, wickelte sie mit Liebesbekundungen in Papier und übergab diese der Angebeteten. Die Sache flog auf, der Geselle wurde entlassen und der Konditor hatte eine neue Geschäftsidee.

„Von Aubert haben die Messdiener noch nie gehört, vom angeblich vergifteten Käse und der kranken Ehefrau auch nicht", fuhr Martine fort. Sie nahm eine goldene Papillote und wickelte sie aus, Enttäuschung.

„Fruchtgelee?", fragte Hippo.

„Geben Sie her!" Obschon er es nicht mochte, ließ Finot das Konfekt in seinem Mund verschwinden.

„Und?", fragte Hippo.

„Quand le vin est tiré, il faut le boire." Martine wischte sich über die Stirn, als würde sie schwitzen.

„Wer A sagt, muss auch B sagen", murmelte Hippo.

Ja, man sollte den Wein trinken, wenn er einmal geöffnet war, aber das interessierte Finot gerade weniger. „Geht es Ihnen nicht gut, Martine? Sie sind so blass …"

Sie überging Finots Bemerkung und nahm sich leidend das nächste Bonbon, als hätte man sie gezwungen.

Kauend erklärte sie, gleich die Geschwister der Messdiener wegen der Fingerfarbe zu befragen. Sie habe einen kleinen Stundenplan erstellt. „Dazu dann noch die Finger- beziehungsweise Handabdrücke …" Enttäuscht merkte sie in Finots Richtung an, dass man das besser alles in einem Aufwasch erledigt hätte, „also die Befragung der Messdiener und ihrer Geschwister." Noch ein Seufzen. „Ich hoffe, es ist ein Treffer dabei. Wie ich Sie kenne, müssen wir andernfalls die ganze Straße nach Kindern und ihrem Spielzeug durchkämmen!"

Finot biss sich auf die Lippen; genau das hatte er überlegt.

„Apropos", Hippo ließ sein Häkelzeug sinken, „die Kollegen von gestern, also die, die in Théos Straße unterwegs waren, haben sich gemeldet."

„Und?"

Er nahm seine Häkelarbeit wieder auf: „Vidal wurde nicht gesichtet, das schon mal vorweg …"

Hippo erwähnte es so nebenher, als wäre es eine Kleinigkeit!

„Viele der Anwohner wissen, dass die Garage immer offen ist. Nicht nur die direkten Nachbarn, auch ein paar andere Leute. Es ist sogar üblich, sich bei Bedarf einfach irgendwelche Sachen herauszunehmen."

„Mist!", entfuhr es Finot.

„Sie sagen es … Niemand hatte angeblich eine Ahnung, dass sich die gestohlenen Figuren in der Garage befinden, keiner wusste von dem Diebstahl. Es ist zwar allgemein bekannt, dass Théo und sein Freund Damien

Messdiener sind, aber das ist auch schon alles. Keiner von denen geht regelmäßig in die Kirche."

„Was ist mit denjenigen, die sich kürzlich etwas ausgeliehen haben? Gibt es zu ihnen konkrete Infos?"

„Ja", sagte Hippo, „sie haben Alibis. Also beide, es sind nur zwei Leute."

Martine entblätterte ein weiteres Bonbon, aß aber nicht, sondern hielt es Hippo hin. „Willst du? Du guckst so interessiert …"

Er schüttelte den Kopf. „Spruch?"

„À qui se lève matin, Dieu donne la main. Morgenstund hat Gold im Mund? Ja, von wegen!"

Finot schlief auch lieber länger, statt früh aufzustehen und sich von Gott die Hand reichen zu lassen …

„Ich habe mir außerdem Auberts Rechner angeguckt", machte Hippo weiter. „Keine Hinweise auf Lourdes."

Finot bat ihn, Kontakt mit den Verwandten aufzunehmen und nach möglichen Beziehungen zum Wallfahrtsort zu fragen.

„Alles klar!"

„Sonst noch was? Wie sieht es mit Vidal aus?"

Leider habe er herausgefunden, dass der Pfarrer nie mit der Versicherung in Kontakt getreten sei. „Weder bei Auberts voriger Arbeitsstelle in Paris noch hier in Dieppe."

„Vielleicht über die Diözese? Für die Versicherung der Kunstwerke in der Kirche?"

Kopfschütteln.

„Schade", sagte Finot und setzte an, sich für die geleistete Arbeit zu bedanken.

Aber Hippo rief: „Moment, ich habe noch zwei Sachen. Sie wollten doch wissen, ob sich jemand Auffälliges vor der Firma herumgetrieben hat." Er erinnerte Finot an seine Theorie, dass der Mörder dort Posten bezogen hatte.

„Und?"

„Fehlanzeige. Ich habe aber darum gebeten, dass man uns die Videoaufzeichnungen des Parkplatzes zukommen lässt. Wer weiß, vielleicht hilft uns das."

„Sehr gut", sagte Finot.

„Und?" Diesmal war es Martine, die neugierig fragte.

„Ich habe mir den Käseproduzenten Burel und seine Finanzen noch mal genauer angeguckt. Stimmt es, dass er wenig unter Auberts Vorwürfen gelitten hat? Nur zur Sicherheit …"

Finot fiel ein, dass er ihn genau darum hatte bitten wollen. Er nickte dankbar. „Was haben Sie herausgefunden?"

„Dass er die Wahrheit sagt."

„Alibis?"

„Bin dran."

Martine grinste vor sich hin.

„Was ist los?", fragte Hippo.

„Nur zur Sicherheit …", wiederholte sie kichernd. „Ihr verbringt eindeutig zu viel Zeit miteinander!"

15

Bald nach Martines kleinem Scherz klingelte Finots Festnetztelefon, Jérôme rief an. „Besuch für Sie, *Monsieur le Commissaire*, ich habe den Mann hochgeschickt. Er soll angeblich heute mit seiner Tochter vorbeikommen und ist ziemlich … ungehalten."

Ein Klopfen war zu hören.

„Alles klar, er ist schon oben." Finot legte auf und ging zur Tür. Kaum hatte er sie geöffnet, stürmte der Besucher an ihm vorbei ins Zimmer.

Der Mann war etwas kleiner als Finot und hatte ein eckiges Gesicht, dessen Form durch die kantige Brille und die hohe Stirn mit dem fliehenden Haaransatz noch betont wurde. „Sind Sie dieser Kommissar?"

„Kommt drauf an, mit welchem Kommissar Sie sprechen wollen", erwiderte Finot.

„Es ist eine Frechheit!", brauste er auf. „Was fällt Ihnen ein, meine Tochter auszufragen?"

„Ihre Tochter?" Finot überlegte: Hatte er mit irgendeiner Tochter gesprochen?

„Kommen Sie mir nicht auf die Tour! Sie waren doch gestern Nachmittag bei uns!"

„Ah, *Bonjour Monsieur Jacquet!*" Ironisch fügte Finot hinzu: „Bitte treten Sie doch ein!"

Der Mann stutzte, sagte aber nichts.

Finot hatte Alizée bei seinem ersten Besuch begrüßt und kurz mit ihr über Blanche geredet, mehr nicht. Am Vortag, dem zweiten Besuch, war sie nicht mal zur Tür gekommen. „Auszufragen?"

„Von wegen! Ich habe meinen Anwalt angerufen! Alizée wird keine Fingerabdrücke abgeben!" Er inspizierte das Zimmer mit flackernder Kerze, Tannenzweigen und Papillotes. „Ich verweigere die Kooperation mit diesem Saftla..." Hippos Anblick brachte ihn völlig aus der Fassung: „Ja klar, das erklärt einiges! Strickkränzchen mit Weihnachtsdeko!"

Finots Mitarbeiter hielt das Häkelzeug noch in Händen, hatte aber seit dem Telefonat keine Masche mehr produziert. Er starrte Jacquet entgeistert an. „Ich stricke nicht, ich …"

Mit einer knappen Geste brachte Finot Hippo zum Schweigen.

„Diesen … vermurksten Trupp von Ermittlern hat Pfarrer Vidal wirklich nicht verd…"

„Passen Sie auf, was Sie sagen! Wenn Sie sich beschweren möchten, bitte schön, aber Beleidigungen können Sie sich sparen!"

„Ich will Ihren Vorgesetzten sprechen!"

„Ich weiß nicht, ob er im Haus ist", log Finot und ging zum Schreibtisch, um Louise anzurufen. Eine kleine Warnung konnte nicht schaden.

Hippo und Martine folgten ihm mit bangen Gesichtern.

„Hallo Louise, ist Eric im Haus?"

„Ja, er ist da", sagte sie gedehnt. „Das wissen Sie doch. Gibt es Probleme?"

Die Sekretärin war auf Zack ...

„Eine Beschwerde." Finot umriss das Problem. „Ich komme rüber."

Er lief die paar Schritte zu Motas' Büro so langsam wie möglich, sodass sein Vorgesetzter sich wappnen konnte. Dabei überlegte Finot, ob er formal einen Fehler gemacht hatte. Hätte er Damien ohne Einverständnis der Eltern nicht nach der Fingerfarbe fragen dürfen?

Doch, er war ja volljährig. Aber man könnte es als ungeschickt bezeichnen, nicht den Weg über die Eltern gegangen zu sein. Denn es war ja klar, dass die Farbe – sollte es im Haus welche geben – der jüngeren Schwester gehörte.

Vor diesem Hintergrund erschien ihm Jacquets Ärger teilweise nachvollziehbar, aber insgesamt überzogen. Warum war er so wütend? Und warum verweigerte er die Kooperation? Es war doch auch in seinem Interesse, dass man Alizée von der Liste der Beteiligten strich.

Steckte mehr dahinter? Wusste er von dem Diebstahl? War die Familie in den Mord verwickelt? Oder hatte Monsieur Jacquet einfach einen herrischen Charakter, der auf diese Weise zum Ausdruck kam?

Finot lieferte den Mann bei Motas ab; das ganze Zimmer roch penetrant nach Rasierwasser. Selbst schuld, dachte er schadenfroh. Warum tauchte Jacquet auch so früh am Morgen hier auf.

„Wo drückt denn der Schuh?", fragte Motas gut gelaunt.

Schmerzhaft verzog Jacquet das Gesicht. „Unfähige Kommissare und strickende Praktikanten sind mein Problem! Oder besser gesagt Ihres!"

Motas sah Finot an und murmelte: „stricken?"

Der formte seinerseits mit dem Mund das Wort *Weihnachtsfeier*, ohne es laut auszusprechen.

„Nehmen Sie doch bitte Platz, Monsieur Jacquet ...!" Ein angedeutetes Nicken in Finots Richtung, er war entlassen.

Finot trottete zurück in sein Büro, Martine und Hippo waren ausgeflogen. Während Motas Damiens Vater besänftigte, startete er eine kleine Recherche. Was spuckte das Internet über den Mann aus? Mit wem hatten sie es zu tun?

Als Erstes erfuhr er, dass Jacquet im mittleren Management bei der staatlichen Eisenbahngesellschaft angestellt war, der SNCF oder *Société nationale des chemins de fer français*. Dann fand er den Namen auf der Internetseite der *Église Saint-Rémy*: Damiens Vater war in das kirchliche Leben involviert, was die Mitgliedschaft im Pfarrgemeinderat einschloss. Zudem war er als Lektor im Gottesdienst tätig.

Die Informationen überraschten Finot weniger. Wesentlich interessanter fand er, wie Jacquet sich in der Kirchenzeitung zum Krippenthema geäußert hatte ...

Zeitweilig gingen seine Gedanken hinüber zu Motas. Wie das Gespräch wohl verlief? Sein Chef hatte sicher schon brenzligere Unterhaltungen gemeistert, aber nervös war Finot trotzdem. „Konzentration!", mahnte er sich und las weiter.

Als schon Gerüchte aufgekommen waren, dass die Messdiener hinter dem Diebstahl steckten, hatte Jacquet noch insistiert, dass es Diebe *von außerhalb* sein mussten.

Mit Verve hatte er die Erosion moralischer Werte bemängelt: „Nicht mal Krippenfiguren sind den Leuten heilig! Einfach verkommen diese Welt ..."

Als die Leute dann auf Vidal gezeigt und ihn aufgefordert hatten, endlich die Polizei einzuschalten, hatte Jacquet den Pfarrer in Schutz genommen.

Wie passte das zusammen?

So sehr Finot sich bemühte, ihm fiel keine logische Erklärung ein. Da half auch die nächste Papillote nicht.

L'enfer, c'est les autres.

Die Hölle, das sind die anderen.

Zu gern hätte Finot sich einen Kaffee geholt, aber dafür hätte er an Motas' Büro vorbeigehen müssen, und das wollte er nun wirklich nicht. So saß er schlicht da und wartete, dass sein Chef sich meldete – was eine Viertelstunde später der Fall war.

Mit einer Papillote bewaffnet machte er sich auf den Weg.

„Ein unangenehmer Zeitgenosse ...!", sagte Motas. „Hast du persönlich mit dem Mädchen gesprochen?"

Finot reichte ihm das Bonbon und erzählte, was passiert war; dass er Damien an der Tür nach der Fingerfarbe gefragt habe, dass der Junge daraufhin zu seiner Schwester gegangen sei und ihn schließlich darüber informiert habe, dass es keine Farbe gebe.

„Ich weiß, ich weiß", nahm er Motas' Einwand vorweg, „geschickter wäre gewesen, die Eltern zu fragen."

Da sein Vorgesetzter nichts erwiderte, fuhr Finot fort, von seinem ersten Besuch bei den Jacquets zu erzählen.

„Hat er den erwähnt?"

„Nein. Er weiß nicht, dass sein Sohn einer der Diebe ist und verdächtigt allein Théo. Kein Wunder, der ganze Aufstand hier gilt ja den Figuren in seiner Garage."

Nachdenklich sagte Finot: „Damien ist mit der Aktion ein ziemliches Risiko eingegangen."

„Pubertäre Rebellion? Vielleicht ist es eine Genugtuung für ihn, wenn sein Vater sich aufregt ... Ohne zu wissen, dass er selbst die Finger im Spiel hat!" Motas korrigierte sich. „Gerade weil Jacquet es nicht weiß."

„Hoffentlich fällt ihm die Sache nicht auf die Füße ...", sagte Finot. „Wie geht es jetzt weiter?"

„Ich habe Jacquet versichert, dass wir dich deiner gerechten Strafe zuführ..."

„He!"

„... zuführen, dass er aber nicht umhinkommen wird, mit seiner Tochter hier aufzuschlagen. Wir müssen wissen, was zwischen Diebstahl und Mord mit dieser Figur passiert ist. Die Rechtsabteilung habe ich gewarnt, aber ich glaube nicht, dass da noch was kommt – ich hoffe es. Ich hoffe, es reicht Jacquet, hier ordentlich Rabatz gemacht zu haben."

Motas' Augen wanderten abgelenkt zu irgendwelchen Papieren auf seinem Schreibtisch. „Was hat es eigentlich mit dem Stricken auf sich?"

„Häkeln", sagte Finot und berichtete. „Ich glaube, es war Jacquet ein Dorn im Auge, dass wir es uns gemütlich gemacht haben. Als wäre Freudlosigkeit ein Garant für Qualität."

„Ich kann trotzdem nicht verstehen, dass du Hippo während der Arbeitszeit handarbeiten lässt!"

„Es schadet seiner Arbeit nicht. Außerdem ist es Jacquets Problem, wenn er einfach so hereinplatzt!"

Motas deutete ein Lächeln an und bewegte den Kopf Richtung Tür.

„Ach, noch was ...", sagte er, als Finot gerade die Klinke heruntendrückte.

„Ja?"

„Moment." Motas nahm die Papillote und wickelte sie aus. „Ah, Fruchtgelee!"

Für *ihn* taten sie die Dinger also in die Packung!

Er verspeiste das Bonbon und knüllte das Papier zusammen, ohne den Spruch gelesen zu haben. „Sag mal, ist Martine eigentlich schwanger?"

Jetzt fing Motas auch noch damit an! „Keine Ahnung, warum?"

Er zuckte die Achseln. „Nur so eine Vermutung von Louise ..."

Verständnislos steuerte Finot sein Büro an.

16

Er setzte sich an seinen Schreibtisch und überlegte, was zu tun war. Gab es irgendwelche E-Mails zu beantworten? Berichte zu lesen? Telefonate zu führen?

So direkt eigentlich nicht, aber selbst wenn, er war viel zu aufgewühlt, um eine richtige Aufgabe zu erledigen ...

Aber einfach hier rumsitzen?

Bewegung!, schoss es ihm schließlich durch den Kopf, er brauchte Bewegung. Kurzerhand entschied er, in die Stadt zu gehen, irgendwo einen Kaffee zu trinken ...

Ach ja, und den Weihnachtsmarkt gab's ja auch noch.

Weihnachten ...

Geschenke ...

Laura!

Er zog die Brille aus und massierte sich die Nasenwurzel, heute kam es aber wirklich knüppeldick!

„Lass dich nicht hängen!" Vielleicht war es gar keine so schlechte Idee, nach Lauras Geschenk zu suchen? Finot straffte den Rücken und beschloss, sogar genau in der richtigen Stimmung zu sein, um den Stier bei den Hörnern zu packen ...

Vor dem Kommissariat traf er auf Hippo, der mit ein paar Kollegen zusammenstand und rauchte.

„Ich gehe mal eben in die Stadt."

„Auch zum Weihnachtsmarkt?"

„Wahrscheinlich ..."

„Könnten Sie mir etwas mitbringen? Handgestrickte Socken." Hippo holte sein Smartphone aus der Hosentasche, zeigte Finot ein Foto und beschrieb die Lage des Stands. „Größe klein, ich schicke Ihnen das hier", er hielt sein Telefon in die Höhe, meinte aber wohl das Bild. „Für meinen Bruder."

„Größe klein?"

„Es gibt nur groß und klein."

„Okay ...", sagte Finot gedehnt. Hippo hatte also eine Schwester und einen Bruder. Da erfuhr er ganz nebenbei etwas über seinem Mitarbeiter.

Als er mit Blanche durch den *Parc François-Mitterrand* spazierte, rief Serge an. „Wo bist du?"

„Auf dem Weg in die Stadt, ich muss noch was einkaufen."

„Ah!", machte Serge wissend. „Geschenke?"

Finot wollte nicht darüber reden und murmelte eine unverständliche Antwort.

„Was den aktuellen Fall angeht ...", fuhr Serge fort, „gibt es eigentlich nicht viel zu sagen. Aubert ist tatsächlich an stumpfer Gewalteinwirkung gestorben, der genannte Todeszeitpunkt stimmt. Er hatte keine auffälligen Erkrankungen, abgesehen von gewissen Herzproblemen und leichten Ekzemen an Ellbogen, Achseln und Kniekehlen."

Der Gerichtsmediziner räusperte sich. „Die Maria ist wirklich das Mordwerkzeug, dahingehend gibt es keine Zweifel. Die Form der Wunde passt, und es finden sich auch Holzpartikel darin. Seine Stirn wurde zwar vor allem mit dem Sockel getroffen, aber nicht nur."

In seiner fokussierten Art steuerte Serge schon das Ende des Telefonats an: „Das sind in aller Kürze die wichtigsten Fakten. Den Bericht schicke ich dir per Mail. Also dann ..."

„Moment!", rief Finot. „Ich wollte dich noch was zu deiner Frau fragen."

„Zu Odette?"

Serges Tonfall verunsicherte Finot; er war die Sache ganz falsch angegangen ... Aber zu spät.

„Was schenkst du ihr eigentlich zu Weihnachten?"

„Was ich ihr schenke? Schmuck, warum?"

„Hat sie dir konkret gesagt, was sie will?"

„Mehr oder weniger", erwiderte Serge. „Wir sind kürzlich beim Spazieren an einem Juwelier vorbeigekommen. Sie hat auf eine Kette gezeigt und gesagt, dass sie ihr gefällt."

Glücklicher Mann ..., dachte Finot. „Hm, verstehe. Also dann, *Salut!*"

In der Stadt absolvierte Finot zunächst die einfachste Aufgabe und kaufte Hippos Socken. Für Pauline erwarb er ebenfalls ein Paar, die würden ihr bestimmt gefallen.

Bei Kaffee und *Croque-Monsieur* überlegte er, was geschenktechnisch mit Louise und Motas zu tun war. Socken waren hier leider prinzipiell keine Option, aber ein Geschenk bräuchte er schon ...

Das warf wiederum die Frage auf, ob er Martine und Hippo auch etwas schenken musste. Nicht, dass sie mit Päckchen auf der Matte standen und er mit leeren Händen!

Martine hätte sich bestimmt über ein Paar Socken gefreut, aber die Idee kam ja von Hippo, der die peinliche Nachahmung mitkriegen würde.

Schwierig, schwierig ...

Spontan kaufte Finot vier Tüten Macarons.

Das reichte aber nicht! Noch was dazu? Nur was?

Irgendwas aus Holz, dachte er. Eventuell eine Schale?

Aber nein, so wenig Eigenständigkeit ging nun wirklich nicht.

Schließlich erwarb er nach längerer Diskussion mit dem netten Verkäufer vier hübsche, hölzerne

Kerzenständer. Finot war zufrieden, das ging alles schon in die richtige Richtung. Nur für Laura hatte er leider immer noch nichts.

Den Stier bei den Hörnern packen …!

Er schlängelte sich aus den Menschenmassen heraus in eine Nebenstraße und begutachtete das Schaufenster eines Juweliers, den er nach dem Gespräch mit Serge im Internet gegoogelt hatte.

Ein großer Teil der Auslage ging für Herrenuhren drauf, was Sammler Motas sicher interessiert hätte. Finot selbst konnte mit dem Thema weniger anfangen; er hatte eine Uhr, und die lief.

Er seufzte und wandte sich dem Damenschmuck zu. War etwas Passendes dabei? Ja, schon, nur waren dies Stücke, die Laura schon in ähnlicher Form zu Hause hatte!

Ob ihr eins von den anderen Teilen gefiele? Schlicht sollte es sein, aber nicht zu schlicht. Mit dem gewissen Etwas … Ein Armreif, Weißgold? Doch zu unpraktisch? Oder diese Kette mit dem runden Anhänger? Sollte er reingehen und sich beraten lassen? Nein, so verzweifelt war er auch nicht. Er wandte sich frustriert zum Gehen – und wirbelte sofort wieder herum.

Oh nein! Was machte Laura denn hier?

Sie kam direkt auf ihn zu!

Finot senkte den Kopf – als ob das irgendwas nützen würde – hob ihn aber gleich wieder an, um ihr Spiegelbild auf der Schaufensterscheibe zu beobachten. Sie sah sehr beschäftigt aus. Wollte sie etwa zum Juwelier?

Uff, nein, sie bog scharf rechts ab.

Das war ja gerade noch mal gut gegangen!

Er atmete tief durch, bis er sich beruhigt hatte, und lief zurück ins Kommissariat.

17

Meist fiel es Finot gar nicht auf, aber unter dem Eindruck der allgegenwärtigen Weihnachtsdeko erschien ihm das graue Gebäude der *Police Nationale* bei seiner Rückkehr diesmal besonders abschreckend.

Am Eingang wartete er, um eine Frau hinauszulassen. Sie hatte ein rotwangiges Kind an der Hand, in dessen Arm ein brauner Teddybär klemmte. Die beiden waren in eine Unterhaltung darüber vertieft, wie man den neuen Spielgefährten nennen könnte. Emil war in der engeren Auswahl, aber auch Bruno.

Nanu?, dachte Finot, aber dann fiel ihm Martines Stundenplan wieder ein, die Geschwisterkinder. Angesichts seiner vorigen Überlegungen über das unwirtliche Gebäude freute er sich, dass zumindest diese junge Besucherin das Kommissariat mit einem guten Gefühl verließ.

Im Flur des ersten Stocks saß ein etwa vierzigjähriger Mann in Arbeitshose und Fleecejacke; das zugehörige Kind hatte ein Buch in den Händen. Papa sollte vorlesen, aber danach schien ihm nicht zumute. Seine Augen wanderten nervös hin und her, die ganze Situation schüchterte ihn offenkundig ein.

Da half auch Louise nicht, die Tee und Kekse verteilte und in ihrem schicken roten Kostüm wie eine weibliche Version des Weihnachtsmanns aussah.

Schräg gegenüber dem Vater saß eine kurzhaarige Frau in Jeans und grünem Mantel. Auf ihrem Schoß lag ein bunt geringeltes Mütze-Schal-Handschuh-Set. Finot vermutete, dass es dem Mädchen neben ihr gehörte.

Es trug ein Kleid, Strumpfhose und Winterstiefel, die viel zu dick für die dünnen Beinchen waren. Seine Zöpfe waren mit Haargummis zusammengebunden, an denen zwei Kugeln wie leuchtende Kirschen baumelten.

Als es Blanche entdeckte, sprang das Mädchen auf. „Mama, guck mal, der Hund! Darf ich ihn streicheln?"

Die Mutter wandte sich an Finot, der nickte. „Natürlich!"

In dem Moment ging die Tür auf und ein Kind kam mit Teddybär aus dem Zimmer. Der Vater erhob sich, nahm seinen Nachwuchs an die Hand und ging hinein.

Das lief ja wie am Schnürchen! Finot holte sich eine Tasse Kaffee und klopfte an Hippos Bürotür. Als er eintrat, löste sein Mitarbeiter den Blick vom Computer. „Chef?"

Er reichte ihm die Socken. „Ich wollte nur mal hören, ob es etwas Neues gibt."

„Hm, ja …", sagte Hippo matt. „Und danke für die hier." Er hielt Finots Mitbringsel in die Höhe. „Geld gebe ich Ihnen gleich."

Hm, ja? Das klang so gar nicht nach Hippo. „Was ist los?"

„Ach nichts."

Ach nichts? Wohl kaum. Und wo war eigentlich Hippos Häkelzeug hin? Er fragte ihn danach.

„Weg."

Finot sah sich um. Das Täschchen lag auf dem Aktenschrank, er reichte es ihm. „Häkeln Sie!", sagte er. „Das ist ein Befehl."

Aber Hippo legte den Beutel zerknirscht zur Seite. Und Finot drängte auch nicht. Ihn aus Rache zum Häkeln zu zwingen war genauso dumm, wie ihn deswegen zu beschimpfen.

„Glauben Sie, dass es jetzt richtig Ärger geben wird?"

Finot vermutete das eher nicht. „Und selbst wenn, das hat nichts mit Ihnen zu tun!" Er stellte seine Tasse ab und zog sich einen Stuhl heran. „Ach, wollen Sie eigentlich auch einen Kaffee?"

„Nein, nein", wehrte Hippo ab und kam auf die Arbeit zu sprechen. „Ich habe mit Auberts Verwandten telefoniert; sie verbinden gar nichts mit Lourdes. Also theoretisch natürlich schon, aber sie wüssten nicht, dass Aubert jemals dort gewesen wäre. Sie sagen aber auch, dass das nichts heißen muss, da sie nur sporadisch Kontakt mit ihm hatten."

„Das führt nirgendwohin, scheint mir ..."

Hippo nickte bestätigend und wechselte das Thema. „Dann zu Burel ... Das Problem ist, dass niemand ihm ein richtiges Alibi geben kann. Er wurde auf dem Hof gesehen, aber wenn man die Zeiten aufdröselt, bleibt trotzdem eine gewisse Unsicherheit."

Die Mitarbeiter seien mit ihren Angaben so vage, dass man nicht ausschließen könne, dass Burel nach Dieppe gefahren sei und Aubert umgebracht habe.

„Seine Frau?"

„Da sieht es leider ähnlich aus."

Finot trank einen Schluck Kaffee und versank in Schweigen.

„Was denken Sie?"

„Ich denke, dass es müßig ist, sich um die Burels zu kümmern, da es kein Motiv zu geben scheint. Ja, die Eheleute waren wütend auf Aubert, aber geschadet hat ihnen sein Verhalten letztlich nicht."

Es klopfte an der Tür und Martine kam rein, ohne eine Antwort abzuwarten. „Ach hier sind Sie!"

„Ja, warum? Wo sollte ich denn ..."

„Die Teddybären gehen zur Neige; wir brauchen Nachschub! An alles habe ich gedacht, nur daran nicht!"

„Wir sind hier fertig?", fragte er Hippo.

„Ich hab' noch ein paar Sachen zu der Frage, was Aubert vor seinem Tod gemacht hat, nicht Großes ..."

„Verstehe. Dann komme ich gleich zu Ihnen zurück." Finot wandte sich an Martine: „Wie viele brauchen Sie?"

„Für das aktuelle Kind haben wir noch einen. Dann das Kind mit der kurzhaarigen Mutter ...", sie streckte einen Daumen nach oben, „und die beiden, die danach kommen …", Zeige- und Mittelfinger folgten. „Also drei!"

„Wenn wir Glück haben, sind unten in einem der Polizeiautos noch welche, ich schaue mal nach."

Mit der Kollegin vom Fuhrpark öffnete er einen Kofferraum nach dem anderen. Erst schien es, als hätten sie keinen Erfolg, doch dann taten sie nicht nur drei, sondern gleich vier Bären auf.

„Genau das richtige Timing!", sagte Martine, als Finot damit ins Zimmer trat.

„Wenn Sie so weitermachen, stehen wir morgen wieder auf der Matte", kam es trocken von der Mutter. „Kekse, Teddybären …" Sie mühte sich damit ab, der Tochter die geringelten Handschuhe anzuziehen. „Aber Sie verdächtigen jetzt nicht wirklich einen der Messdiener wegen dem … Opfer?"

Anscheinend wollte sie den Begriff *Mord* vor ihrer Tochter nicht in den Mund nehmen.

„Wir gehen mit der Aktion hier keinem konkreten Verdacht nach, wir klären einfach die Lage." Das war eine Plattitüde, aber auch irgendwie die Wahrheit.

„Ach, wir lassen die Handschuhe einfach aus, so kalt ist es ja nicht." Die Mutter steckte sie in die Manteltasche. Dafür stülpte sie dem Mädchen die Mütze über. „Meine Tochter Tilda, also die ältere, hatte keine Ahnung, was vor sich geht. Sie hat sich einfach gefreut, dass die neue Krippe statt der langweiligen alten aufgebaut wurde … Wer steckt denn jetzt eigentlich dahinter? Théo?"

„Ich darf leider …"

„Doch nicht etwa Damien?" Sie verzog das Gesicht. „Oh je, der Arme!"

„Der Arme?", fragte Martine.

Die Mutter wedelte abwehrend mit der Hand, als hätte sie schon zu viel gesagt. „Man kann natürlich darüber streiten, ob Messdiener Krippenfiguren stehlen sollten …

Ich meine theoretisch, ich weiß ja nicht, ob es so war. Jedenfalls hätte Monsieur Jacquet für solche Späße sicher überhaupt kein Verständnis. Er ist ja ein bisschen ... konservativer."

„*Maman!* Mir ist warm!"

„Ja, wir gehen gleich." Zu Finot sagte sie: „Wenn es nach ihm ginge, wäre Tilda keine Messdienerin. Das ist wirklich ... von gestern."

„Kennen Sie ihn näher?"

„Nein. Wenn überhaupt, dann habe ich eher mit Madame Jacquet Kontakt."

„Über die Kirche? Ist sie dort genauso aktiv wie ihr Mann?"

Die Frau nahm ihre Tochter an der Hand. „Ségolène leitet den Seniorenkreis, aber ich kenne sie aus dem Krankenhaus."

Auf Finots fragenden Blick hin erklärte sie: „Ich arbeite in der Personalabteilung; Madame Jacquet ist Krankenschwester ..."

Martine fragte: „Wie sieht sie das? Ich meine, hat Madame Jacquet eine ähnliche Einstellung wie ihr Mann?"

„Das glaube ich kaum. Ich frage mich sowieso, wie ..." Sie brach ab und sah ihre Tochter an. „Jetzt gehen wir aber wirklich! *Au revoir!* ... Und danke für den Teddybären!"

Was für ein aufschlussreiches Gespräch!, dachte Finot. Er bedankte sich bei Martine und verließ das Zimmer.

Und jetzt? Ach ja, zurück zu Hippo. Er machte einen kleinen Umweg, um die Kaffeetasse aus seinem Büro zu holen, aber sie war natürlich nicht da. Als er gerade wieder gehen wollte, rief Laura an.

Am Schreibtisch sitzend erzählte er ihr von seinem Zusammentreffen mit Monsieur Jacquet am Morgen. „Motas hat so getan, als würde er mir die Leviten lesen."

Laura lachte. „Das will ich doch schwer hoffen!"

Er stimmte in das Lachen ein; die ganze Sache schien weit weg, obwohl es noch gar nicht so lange her war.

„Was hast du heute Mittag Schönes gemacht?", fuhr sie übergangslos fort.

Finot fühlte sich ertappt. „Heute Mittag?"

Hatte sie ihn doch erkannt vor dem Juwelier? Was sollte er bloß antworten? Mit einem mulmigen Gefühl in der Magengegend sagte er: „Ich war in der Stadt und habe mir einen *Croque-Monsieur* gegönnt."

Das war immerhin keine Lüge!

„Und du?" Die Frage stellte er vor allem, um von sich abzulenken; er wusste ja, dass sie ebenfalls in der Stadt gewesen war.

„Ach, ich bin im Büro geblieben und habe mir was zu essen bestellt."

Es klang so überzeugend, dass Finot Zweifel kamen. Hatte er sie wirklich vor dem Juwelier gesehen?

„Weswegen ich anrufe ...", wechselte Laura das Thema. Sie habe ein paar schlechte Nachrichten und eine gute."

„Schieß los!"

„Es gibt keine Übereinstimmung zwischen der Farbe auf der Figur und Théos Fingerfarben. Mal schauen, was ich jetzt noch von Martine und den Geschwisterkindern kriege ..."

„Wie sieht es mit dem Tatort aus?", fragte Finot, der nichts anderes erwartet hatte, was die vertrockneten Farbdöschen anging. „Die Garage?"

„Ganz viele Spuren, die wir jetzt diversen Nachbarn zuordnen. Nichts Konkretes, tut mir leid. Aber zurück zur Kirche. Da gab's natürlich noch einiges an Fingerabdrücken, nicht nur auf der Figur, sondern zum Beispiel auch an der Kirchentür, den Kerzenständern und so weiter. Dann haben wir noch Haare und Fasern gefunden, einige auf Auberts Kleidung. Aber ob die vom

Täter stammen? Manches davon hat er sich wohl einfach auf dem Boden eingefangen. Die DNS, die wir erfasst haben, ist dem System jedenfalls nicht bekannt."

„Aber?", fragte Finot hoffnungsfroh. Irgendwann musste die gute Nachricht ja kommen.

„Wir haben ein paar blaue Wollfasern an der Maria gefunden", Laura korrigierte sich, „genauer gesagt Wolle und Kunstfaser. Von Handschuhen oder einem Schal, schätze ich, eher Handschuhe. Dementsprechend würde ich keine Fingerabdrücke vom Täter auf der Maria erwarten."

„Sehr gut!", sagte Finot. Das war doch schon mal was! „Seid ihr mit Vidals Sachen durch?"

Hatte der Pfarrer womöglich blaue Accessoires? Finots Nacken verspannte sich in Erwartung der Antwort.

„Keine Blut- oder sonstigen Spuren von Aubert auf seiner Kleidung. Und vor allem: keine blauen Fasern."

Dann war Vidal also raus?

18

„So, da bin ich wieder!", sagte Finot und setzte sich. „Was haben Sie für mich? Es geht um Auberts Aktivitäten Anfang der Woche?"

„Alle Kinder mit Teddys versorgt?", fragte Hippo freundlich zurück. Dann ging er auf die Frage ein: „Unser Opfer ist wie immer pünktlich zur Arbeit erschienen und nachmittags pünktlich gegangen. Montag war er noch einkaufen und hinterher zu Hause, am Dienstag wegen des Salbenrezepts beim Arzt. Anschließend hat er in der Apotheke angerufen und ist dann nach Hause gefahren."

Finot nickte. „Irgendwelche Neuigkeiten zu Mittwoch?"

„Nein. Wie wir bereits wissen, war er nach der Arbeit im Restaurant, dann bei der Apotheke und schließlich in der Kirche." Er legte die Hände auf dem Tisch übereinander.

„Verstehe. Und weiter?"

„Weiter?" Hippo wirkte verunsichert.

„Ich hab' nur drauf gewartet, dass Sie Auberts Friedhofsbesuch erwähnen. Er war doch kürzlich dort."

„Friedhof?" Hippo kratzte sich am Kopf. „Kürzlich? Wie kommen Sie darauf?"

„Wegen der Blumen."

„Welche Blumen?"

„Das Gesteck auf dem Grab."

„Sie waren auf dem Friedhof? Warum?"

„Äh …" Finot dachte über eine mögliche Antwort nach, bei der er Auberts Nachbarin nicht erwähnen musste. „Nur so … Eine Eingebung."

„Verstehe", antwortete Hippo. „Und was ist jetzt mit diesem Gesteck?"

„Ich weiß es auch nicht."

„Stört Sie irgendwas daran, dass Aubert seiner Frau Blumen gebracht hat?"

„Nein, natürlich nicht."

Finot erhob sich und ging zum Fenster, wo Louises Weihnachtsarrangement stand. Der Tannenzweig war schon ein bisschen vertrocknet.

Schnell wirbelte er herum. „Wie lange halten sich Schnittblumen? Ich meine bei dem Wetter draußen?"

„Keine Ahnung, ein paar Tage schätze ich."

„Ich war gestern Nachmittag auf dem Friedhof und die Blumen sahen ziemlich frisch aus!"

Hippo rückte seinen Stuhl nach hinten und schlug ein Bein über das andere. „Dann kann Aubert sie nicht dorthin gestellt haben …"

„Das denke ich auch. Nur wer war es dann?"

„Irgendeine Freundin aus Neufchâtel-en-Bray?", schlug Hippo vor.

„Ich bin im Prinzip bei Ihnen, aber bei roten Rosen würde ich eher auf einen Liebhaber tippen. Was meinen Sie?"

Überrascht zog Hippo die Augenbrauen hoch. „Rote Rosen?" Dann sagte er: „Ein Liebhaber würde das Gesteck tatsächlich erst nach Auberts Tod aufs Grab gestellt haben."

„Die Frage ist, ob der Unbekannte irgendeinen Grund hatte, Aubert umzubringen …"

„Da Madame Aubert tot ist, bringt es nicht mehr viel, würde ich sagen. Also stammen die Blumen doch von einer Freundin?"

Finot nahm sein Smartphone und rief Laura an. „Würden sich gute Freundinnen gegenseitig rote Rosen schenken?"

„Schwierige Frage. Spontan würde ich nein sagen. Andererseits: Wenn ich wüsste, dass meine Freundin rote Rosen liebt, warum nicht?"

Er bedankte sich und startete eine schnelle Umfrage im Kommissariat: Martine sagte kategorisch nein, Louise hielt es mit *„pourquoi pas?"* wie Laura, Motas rief aus dem Hintergrund: „Liebhaber!"

Viel schlauer waren sie jetzt auch nicht …

„Was meinst du, Blanche?" Finot sah die Hündin erwartungsvoll an, aber sie hatte nichts Sinnvolles beizutragen.

Nachdenklich massierte er sich mit Daumen und Zeigefinger das Kinn. Und bescherte Hippo einen Schreckmoment, als er abrupt aufsprang: „Da war ein weißes Zettelchen an dem Gesteck, vom Blumenladen … Es war kurz davor, wegzufliegen! Und ich laufe hier rum und stelle belanglose Fragen!"

Hippo hielt es auch nicht auf dem Stuhl. „Worauf warten wir noch! *On y va!*"

Im Laufschritt eilten sie zum Friedhof.

Der mit einem rot-gold gestreiften Band umwickelte Topf war noch da, das sah Finot schon von Weitem. Leider hatten sie Pech, was das Zettelchen anging. Finot stieß ein paar Flüche aus.

Auf den Boden starrend lief er mit Hippo den Bereich rund um das Grab ab. Sie hoben Steine an und linsten in Ritzen am Rand der Deckplatte, aber nichts.

Frustriert erweiterten sie den Radius, inspizierten Nachbargräber. Ein paar Mal beugten sie sich hinunter, um vielversprechende Papierschnipsel aufzuheben.

„Und?"

Kopfschütteln.

„Was suchen Sie denn da?", fragte ein älterer Herr in Hut und Mantel argwöhnisch.

Finot zeigte seinen Ausweis. *„Bonjour Monsieur ...?"*

„Martin."

„Monsieur Martin, darf ich fragen, ob Sie öfter hier sind?"

„Ein, zwei Mal die Woche, warum?"

„Haben Sie zufällig gesehen, wer dieses Gesteck auf das Grab gestellt hat?" Finot zeigte darauf.

„War es nicht der große Herr mit der roten Jacke? Ich dachte, er wäre ihr Ehemann. Er hat das Grab regelmäßig besucht und brachte auch ab und zu Rosen mit."

Also waren die Blumen doch von ihm?, überlegte Finot. Lief er gerade einem Phantom-Problem nach?

„Wissen Sie Genaueres über Monsieur Aubert?"

„Nein, wir haben uns immer nur zugenickt, wenn wir uns begegneten. Das kam alle paar Wochen mal vor. Und so schrecklich lang liegt sie ja noch nicht hier."

„Verstehe", sagte Finot. „Haben Sie eine Idee, von welchem Blumenladen das Gesteck stammt?"

Monsieur Martin überlegte einen Moment und zeigte dann in eine Richtung. „Zwei Straßen weiter ist ein

Geschäft, zu dem ich manchmal gehe. Vielleicht wurde es da gekauft ...?"

Um Fingerabdrücke zu vermeiden, zog Finot Handschuhe über, als er den Topf mit den Rosen an sich nahm.

Dann machten sie sich auf den Weg.

„Sie wollen wissen, ob die Blume von uns ist?", fragte die Verkäuferin erstaunt. Schon beim Betreten des Ladens hatte sie Finot irritiert anguckt. Kein Wunder, Kunden trugen sonst eher selten Gummihandschuhe und gingen eher mit Blumen heraus als hinein.

„So ist es." Er stellte das Gesteck auf den Tresen und zeigte seinen Dienstausweis.

„Nein, wir nutzen anderes Band." Sie zeigte Finot die Rolle.

Eine Kollegin in grüner Schürze tauchte aus dem Hinterzimmer auf: „Unser größter Konkurrent ist *Fleuriste Marchal* gleich um die Ecke ..." Plötzlich veränderte sich ihr Blick. „Darf ich mal eben?"

Finot zögerte wegen möglicher Fingerabdrücke, aber sie war schon dabei, sich Handschuhe anzuziehen. Sie hob den Topf an und betrachtete den weißen Aufkleber darunter. „Könnte der Barcode helfen? Er ist leider nicht mehr so genau zu erkennen durch die Feuchtigkeit."

Der Scanner gab wie befürchtet keinen Ton von sich, egal, in welchem Winkel sie ihn an den Aufkleber hielt. Und so las sie mit zusammengekniffenen Augen die Zahlenfolge vor. Ein paar Mal war sie sich nicht sicher. „Könnte eine 8 sein. Oder doch eine 0?"

Die andere Kollegin schrieb mit und reichte Finot den Zettel. „Hier, bitte schön!"

„Ich kümmere mich drum", sagte Hippo und schnappte ihn sich.

„Ach, bevor ich's vergesse ...", das war Finot. „Wie alt, glauben Sie, ist das Gesteck? Wann wurde es hergestellt?"

Die Frauen begutachteten es noch einmal: „Zwei, drei Tage ...", sagte die eine.

„Höchstens vier", ergänzte die andere.

Dann fiel Aubert als Käufer wirklich raus! Finot sah seinen Mitarbeiter vielsagend an.

Doch der schien anderweitig beschäftigt zu sein. „Wo wir gerade hier sind ...", sagte er, „könnte ich diese Dieffenbachie haben?" Er zeigte auf eine Pflanze mit großen, hellgrün gemusterten Blättern. „Und einen passenden Übertopf?"

„Oh ja, natürlich!"

„Für meine Schwester ...", erklärte er in die Runde.

Noch eine ...?

So erstaunt Finot war, dass es weitere Geschwister gab, so sehr bewunderte er Hippo für sein Talent, den Weihnachtseinkauf im Vorbeigehen zu erledigen!

Mit einer Blume mehr als zuvor verließen sie den Laden und versuchten ihr Glück noch bei *Fleuriste Marchal*. Aber auch dort hatte man keine Ahnung.

„Ah!", rief Finot, als sie am Rathaus vorbeiliefen. Er blieb abrupt stehen.

Zwei Schritte weiter stoppte auch Hippo. „Ah?"

„Was ist mit der Nachbarin? Sie hat mich ja erst darauf gebracht, zum Friedhof zu gehen!"

„Sie hat Sie darauf gebracht? Ich dachte ..."

Finot machte sich schleunigst daran, die Telefonnummer der Frau in Erfahrung zu bringen.

„Madame Royer? François Finot von der Polizei hier, der Kommissar. Neben mir steht mein Kollege Hippo Vian und hört mit."

„Monsieur le Commissaire!" Sie klang freudig erregt.

„Haben Sie ein Gesteck mit roten Rosen auf Madame Auberts Grab gestellt? Vielleicht ... im Namen ihres Mannes?"

„Rote Rosen? Wo kommen die denn ..."

„Von Ihnen sind sie nicht?"

„Nein, von mir nicht. Aber wer …?"

„Vielen Dank für Ihre Hilfe!" Finot drückte schnell auf den roten Hörer.

19

Sie fotografierten die Blumen und gaben sie auf dem Weg zum Kommissariat bei der Kriminaltechnik ab. Wenn die Analyse der Fingerabdrücke keine Hinweise ergäbe, käme Hippo hoffentlich mithilfe des Barcodes weiter. An welche Floristen wurden die Plastiktöpfe geliefert? Eine Befragung dort könnte möglicherweise klären, wer das Gesteck gekauft und auf das Grab gestellt hatte.

Finot beschloss, sich einen Kaffee zu holen und lief auf dem Flur überraschend dem Ehepaar Burel in die Arme. Die beiden nickten ihm grimmig zu.

„Bonjour, messieurs dames!" Er wies ihnen den Weg zu Martines Büro und ergänzte: „Wären Sie so nett, nachher bei mir vorbeizukommen?"

Ein noch grimmigeres Nicken.

Die Wartezeit überbrückte Finot damit, wegen der Marienfigur herumzutelefonieren. Leider konnte ihm niemand sagen, wie sie in die Kirche gekommen war. Und dann klopfte es auch schon an seiner Tür, die Burels waren da. Martine stand hinter ihnen im Türrahmen, suchte Blickkontakt und schüttelte den Kopf.

Also keine Übereinstimmung mit den Abdrücken auf der Maria …

Finot hatte nichts anderes erwartet und war kurz davor, das Paar vom Haken zu lassen. Vorher musste er nur noch zwei Punkte klären …

„Nehmen Sie doch bitte Platz!"

Nachdem sie der Aufforderung widerwillig gefolgt waren, schob Finot sein Smartphone mit dem Blumenfoto über den Schreibtisch.

„Was soll das?", fragte Monsieur Burel, einen perplexen Ausdruck im Gesicht. „Wir müssen zurück nach Hause. Diese ganze Sache hier geht mir wirklich gehörig auf die Nerven! Nicht nur, dass wir Zeit verschwenden. Die Leute im Laden fangen auch schon wieder an zu reden!" Er zitierte: *„Aubert ist tot? Hat es mit seiner Frau zu tun? Wieder irgendwas mit dem Käse?"*

„Es geht tatsächlich um Madame Aubert."

Florence Burel verzog missmutig das Gesicht. „Madame Aubert? Was ist mit ihr?"

„Sie sagten, sie wäre eine gute Kundin gewesen?" Finot sah die Eheleute an. „Haben Sie sich auch privat getroffen?"

„Nein!" Madame Burel klang sehr bestimmt.

Ihr Mann beachtete sie nicht. „Privat? Madame Aubert und ich?"

Finot zuckte mit den Achseln. „Zum Beispiel. Sie war die ganze Woche über allein …"

„Was soll das denn heißen!", rief die Landwirtin. „Wollen Sie etwa andeuten, dass …" Sie legte ihrem Mann die Hand auf den Unterarm.

Finot schob das Smartphone noch ein bisschen näher zu Monsieur Burel. „Kennen Sie dieses Gesteck?"

„Rote Rosen? Was zum Teufel …? Ich habe nicht gerade einen Hang zur Romantik."

„Das kann ich bestätigen", sagte seine Frau.

Finot unterdrückte ein Grinsen. „Haben Sie die Blumen schon mal gesehen. Also genau dieses Gesteck?"

„Nein!"

Die Landwirtin drehte sich zur Seite, weil sie niesen musste. Dann sagte sie: „Ich auch nicht."

„Mit wem hatte Madame Aubert engeren Kontakt? Hatte sie eine gute Freundin, einen guten Freund?"

„Keine Ahnung." Burel wandte sich an seine Frau, als wäre nichts gewesen. „Wüsstest du jemanden?"

„Wenn sie bei uns im Laden war, hat sie sich gern mit den anderen Kunden unterhalten …"

Sie zählte einige Namen auf, die Finot notierte.

„Sonst noch jemand? Ich spreche nicht von Bekannten, sondern richtigen Freunden."

„Am ehesten Marlène Lefebvre, aber sie erzählte, dass Sie schon mit ihr gesprochen haben." Abschätzig fuhr Madame Burel fort: „Wie sie sich bei der Beerdigung aufgespielt hat! Das reinste Theater, als wären sie seit Kindertagen unzertrennlich gewesen." Sie sah ihren Mann an. „Erinnerst du dich?"

Er nickte und fragte: „Warum wollen Sie das überhaupt wissen?"

„Das interessiert mich auch!", sagte seine Frau.

Statt eine Antwort zu geben, nahm Finot sein Handy und rief bei der Kriminaltechnik an. „Habt ihr zufällig schon die Fingerabdrücke auf dem Blumentopf analysiert?"

Mit halbem Auge beobachtete er Monsieur Burel, der rot anlief.

Für diesen Anblick nahm er den ärgerlichen Kommentar am anderen Ende der Leitung gerne in Kauf. Er lautete sinngemäß, dass sie nicht allein für ihn zuständig seien und er sich gefälligst gedulden solle. Aber Finot hatte gar nicht damit gerechnet, dass sie schon fertig waren; er hätte den Anruf auch einfach fingieren können. *„Merci!"*, sagte er und legte auf.

„Monsieur Burel?" Finot musterte den Mann gespannt.

„Ja, was denn?"

„Brauchen wir diese Analyse wirklich?"

Der Landwirt spielte mit seinen Pranken und blaffte: „Nein!"

Florence Burel sprang vom Stuhl auf. „Christian! Du hast mir geschworen, dass da nichts war!"

„Es war auch nie was!", brüllte er zurück.

„Rosen! Du hast ihr Rosen aufs Grab gestellt! Ich fasse es nicht!"

„Sie mochte Rosen!"

Madame Burels Gesicht war inzwischen auch ganz rot. „Schlimm genug, dass du das weißt! Was sind denn meine Lieblingsblumen?"

„Hast du welche?"

„Wäre schön, wenn du mal danach gefragt hättest!", wütete sie. „Bin ich dir jetzt nicht mehr gut genug? Ist eine einfache Chemielaborantin unter deiner Würde?" Sie schnappte nach Luft. „Ach so, der Herr will also eine Künstlerin? Eine, die *Schmuck* herstellt! Mit einem schönen Laden neben dem von Marlène? Wofür? Damit du auf dem Trecker eine Perlenkette tragen kannst?"

Finot fand, es war Zeit einzuschreiten. „Bitte beruhigen Sie sich!"

Burel war also in Madame Aubert verliebt gewesen, ohne dass es zu einer Affäre gekommen war. So zumindest die Aussage.

In Erinnerung an diese Schwärmerei – oder wie auch immer man es nennen wollte – hatte er ihr Rosen aufs Grab gestellt. Was weder verwerflich, justiziabel noch unverständlich war.

Und jetzt? Was hatte das Ganze mit Auberts Tod zu tun?

Hatte es damit zu tun?

„Besitzt einer von Ihnen blaue Wollhandschuhe? Oder einen blauen Schal?"

Das Ehepaar guckte sich konsterniert an. Schal? Handschuhe? Madame Burels Groll, der gerade noch ihrem Mann gegolten hatte, richtete sich schlagartig gegen Finot: „Was ist denn das für eine komische Frage?"

„Nun?"

Sie schüttelte den Kopf und sah ihren Mann an. „Komm, wir gehen!" Mit versteinerter Miene folgte der Landwirt seiner Frau nach draußen.

Blanche trappelte zu Finot, kaum dass das Ehepaar weg war. Er nahm sie auf den Schoß und begann, ihr weiches Fell zu streicheln.

Warum hätte Burel Aubert *nach* dem Tod seiner Frau umbringen sollen? Das machte doch keinen Sinn! Und Florence hätte wohl eher ein Motiv gehabt, *Madame* Aubert umzubringen – oder ihren Mann!

„Ach, genug für heute!", sagte Finot und fuhr den Rechner herunter. Er würde sich zu Hause daranmachen, Bilder für den Weihnachtsbasar herauszusuchen. Fotopapier hatte er noch, die Rahmen könnte er im Internet bestellen.

Und so verbrachte er den restlichen Tag damit, zahllose Aufnahmen zu sichten. Von den hoch aufragenden Felsen am Strand über das *Château* im fahlen Sonnenlicht bis hin zu den schmalen Häusern auf dem *Quai Henri IV* am Freizeithafen – inklusive Bootsstegen und Schiffen.

Dieses Foto? Oder lieber jenes? Nach welchen Kriterien sollte er entscheiden? Einigermaßen präsentabel waren die Fotos alle, sonst hätte er sie ja gar nicht aufbewahrt!

Welche Motive interessierten die Leute? Welche würden sie sich an die Wand hängen wollen? Und wollten sie das überhaupt, wo sie doch hier wohnten und alles in- und auswendig kannten?

Ihm rauchte der Kopf.

Doch auch die komplizierteste Aufgabe war irgendwann bewältigt und so fiel er gegen dreiundzwanzig Uhr erschöpft, aber zufrieden ins Bett.

IV

20

Finot und Laura saßen am Morgen beim Frühstück zusammen; auf dem Tisch zwei Bols mit Milchkaffee und Croissants, die Finot vom Gassigehen mitgebracht hatte.

Die Zeitung lag zusammengefaltet daneben. Finot hatte sie nur überflogen, auch einen Artikel über Pfarrer Vidal und die Kirche. Es war nicht mehr als eine etwas reißerische Darstellung dessen, was ohnehin schon alle wussten.

Appetit hatte Finot keinen, da mochten die Hörnchen noch so verlockend aussehen, beim Reinbeißen krachen und große, blättrige Krümel auf dem Teller hinterlassen.

An dem Artikel lag es nicht, eher ließ ihn das Thema Weihnachten nicht los. Genauer gesagt Lauras Geschenk.

Er hatte einen kleinen Plan ausgeheckt, der darin bestand, sie zum Juwelier zu lotsen. Einmal „zufällig" dort angekommen, wollte er herauskriegen, was ihr gefiel.

Die ganze Aktion erforderte einen dritten Schritt, den er beim gemeinsamen Frühstück anzusprechen gedachte: Er würde sie in ein nahe gelegenes Restaurant zum Abendessen einladen.

„Keinen Hunger?", fragte Laura und nahm den nächsten Bissen. „Stimmt was nicht?" Sie verpasste ihm einen freundschaftlichen Stups. „Zu lange über den Fotos gesessen gestern?"

„Nein, nein, alles gut", sagte Finot wie nebenbei, „ich bin ja generell nicht so der Frühstücker."

Hatte sie etwa Verdacht geschöpft?

Doch ihr Schulterzucken wirkte echt.

Nach dem kleinen Wortwechsel verfielen sie in Schweigen. Es war kein unangenehmes Gefühl, eher eine

Einladung: Alles konnte, aber nichts musste zur Sprache kommen.

Sie wohnten jetzt schon eine ganze Weile in Paulines ehemaligem Haus und Finot war glücklich. Ein winziger Wermutstropfen war allenfalls die fehlende Aussicht aus der Küche, vielmehr dem Teil des Wohnzimmers, der als Küche diente. Während der Tisch bei Laura direkt am Fenster gestanden hatte, saßen sie nun mitten im Raum.

Doch das war nicht mehr als eine Randnotiz, eigentlich weniger als das. Sie lebten genauso zusammen wie vorher, das hieß harmonisch mit kleinen Aussetzern. Aber die waren im Leben wohl nicht zu vermeiden.

Abgesehen von deutlich mehr Platz fühlte sich die neue Wohnsituation gar nicht viel anders an als früher. Vielleicht hatten sie sich schon weitgehend aufeinander eingestellt, ohne es zu merken.

Auch Laura wirkte zufrieden, obgleich sie vom Zusammenziehen zunächst nicht so begeistert gewesen war. Finot hatte sie bei Gelegenheit nach ihrer Meinung gefragt. „Ob ich zufrieden bin? Hm, lass mich mal überlegen ..." Sie hatte ihn an sich gezogen und geküsst, was wohl so viel wie *ja* hieß.

Und jetzt Weihnachten ...

So richtig festlich war Finot nicht zumute, was an der fehlenden Deko liegen mochte. Weder Laura noch er legten dahingehend besonderen Ehrgeiz an den Tag. Einer der wenigen Hinweise auf das bevorstehende Fest war die Tüte mit der Holzschale vom Weihnachtsmarkt; sie stand auf der Kommode, zusammen mit den Macarons.

Finot hatte seine Geschenke im Kleiderschrank versteckt. Unnötig eigentlich, aber er wollte vor Laura nicht wie ein Nachmacher dastehen. Auch wenn die Wahrheit natürlich irgendwann ans Licht kommen würde.

Was fehlte jetzt noch? Natürlich das wichtigste Präsent.

Ach ja, und die *Marrons glacés*!

Und als ob er nicht schon genug Süßigkeiten vertilgt hätte, stand auf dem Tisch auch noch ein Schälchen Papillotes; Laura hatte sie von der Arbeit mitgebracht.

„Wie stehst du zum Thema Fruchtgelee?", fragte er.

Laura wies mit dem Daumen nach unten. „Negativ. Kennst du jemanden, der das mag?"

„Motas."

Sie schüttelte sich und griff nach ihrer Bol.

„Apropos Essen ..." Finot freute sich heimlich, den Übergang so nahtlos hinbekommen zu haben. „Serge hat mir neulich ein nettes Lokal empfohlen, sollen wir das heute Abend ausprobieren?" Es folgte die Kirsche auf dem Sahnehäubchen: „Ich lade dich ein."

Der Teil mit Serge war natürlich eine Lüge, aber sie war Finot für seine Verhältnisse leicht über die Lippen gekommen.

„Gibt es einen besonderen Grund? Ich meine für die Einladung?" Zum Glück wartete sie die Antwort nicht ab. „Wo genau ist das?"

Ihr Gesicht hellte sich auf, als er die Straße nannte. „Ah, sind da nicht diese kleinen Läden in der Nähe?" Sie erzählte von einer Boutique, in der es hübsche Pullover zu kaufen gebe. „Ich bin auf der Suche nach einem roten Rolli."

Finot ging vor lauter Aufregung darüber hinweg. „Also abgemacht?"

Sie nickte und nahm sich ein weiteres Croissant. Bevor sie hineinbiss, sagte sie: „Was mir gerade einfällt ... Wolltest du dich nicht um die Bilder für die Weihnachtsfeier kümmern?"

„Das erledige ich anschließend", erwiderte er lässig. Dabei war es ein strammes Programm, weil er die Rahmen nach der Arbeit noch bei der Post abholen musste.

Ach, es würde schon gehen.

Zufrieden langte Finot nach einem Croissant.

21

Auf dem Weg zur Arbeit kam Finot an einem Geschäft vorbei, das allerlei Trödel und Antiquitäten verkaufte. Nicht zum ersten Mal fragte er sich, wie der Betrieb überlebte. Vor allem aber lenkte die Ikone im Schaufenster seine Gedanken zum aktuellen Fall zurück.

Waren sie mit der Maria auf dem Holzweg? Mit ihren Überlegungen zu Lourdes? War die Figur kurz vor dem Mord auf wundersame Weise in der Kirche gelandet und einfach verfügbar gewesen?

Möglich, dass Abdrücke und Farbe keine tiefere Bedeutung hatten, dass eins der Nachbarskinder – oder doch Alizée – ganz unschuldig mit dem Gegenstand gespielt hatten.

Alizée … Wenn ihre Eltern sich nicht langsam mal rührten, müssten sie sie offiziell abholen lassen.

Bereit, den Tag in Angriff zu nehmen, betrat er das Kommissariat – und lief prompt gegen eine imaginäre Wand.

„Kennst du diesen Mann?", blaffte eine männliche Stimme. „Diesen Hund?" Der Sprecher wies auf Blanche. „Waren die beiden schon mal bei uns?"

Monsieur Jacquet schon wieder, diesmal mit seiner Tochter. Er wollte Antworten, doch Alizée stand nur verängstigt neben ihm und brachte kein Wort heraus.

Blanche lief zu ihr und begann, den Mann anzuknurren. Das weiße Wollknäuel flößte ihm sicher keine Angst ein, half aber dabei, das Mädchen zu beruhigen. Noch dazu kam Jérôme aus seinem Glaskasten und stellte sich mit verschränkten Armen neben das Duo.

„Sie …!" Jacquet stach mit dem Zeigefinger vor Finot in die Luft. „Warum haben Sie mir verheimlicht, dass Sie schon mal bei uns waren?" Mit rotem Gesicht fügte er hinzu: „Das wird Ihnen noch leidtun!"

Auch Finots Blutdruck stieg. Wütend fragte er sich, warum Jacquet seine Tochter in die Sache hineinzog. Wäre es ihm wirklich um Alizées Wohl gegangen, hätte er ihr die Gegenüberstellung erspart.

„Ja!", rief Finot. „Ja, ich war schon mal bei Ihnen. Ich habe Alizée begrüßt und dann mit Damien gesprochen. Ihre Tochter hat mitbekommen, dass mein Hund ..."

An dieser Stelle ließ Blanche ein Bellen vernehmen.

„... vor der Tür wartete und wollte ihn streicheln."

Jacquet kramte von Flüchen begleitet sein Handy hervor.

Wieder der Anwalt?

Alizée beobachtete ihren Vater verwirrt. Sie verstand offenbar nicht, was los war, und wie hätte sie auch? Wie konnte etwas so Schönes wie einen Hund zu streicheln ein solches Drama auslösen?

Auf halbem Weg ließ Jacquet sein Telefon sinken. „Warum wollten Sie eigentlich mit meinem Sohn sprechen?"

Die Frage stellte er sich *jetzt*? Wäre er nicht so ärgerlich gewesen, hätte Finot laut gelacht. „Das geht Sie nichts an."

„Und ob mich das was angeht! Ich bin sein Vater, er hat keine Geheimnisse vor mir!"

Das wagte Finot zu bezweifeln.

„Damien hat mit dem Diebstahl der Figuren nichts zu tun, Théo steckt dahinter, das ist ja wohl klar! Ich kenne diese Leute, da geht es drunter und drüber!"

Jacquet dachte einen Moment nach und schien dabei zu einer weiteren Erleuchtung gekommen zu sein: „Verdächtigen Sie meinen Sohn etwa des Mordes?"

Finot warf einen Blick auf Alizée, die erschrocken die Augen aufriss. „Nein!", sagte er bestimmt. „Er kann es nicht gewesen sein, weil er in der Schule war. Wissen Sie das nicht?"

Aber Jacquet hörte gar nicht richtig zu. Er sah sich suchend nach seiner Tochter um. „Alizée? ... Ich werde mit Pfarrer Vidal sprechen, er ist anscheinend der einzig Vernünftige hier!"

Der Pfarrer? Finot wurde nicht schlau aus Jacquet. „Und was soll das bitte schön bringen ...?"

Plötzlich stand Motas neben der Gruppe, obwohl Anschleichen eigentlich nicht zu seinen Stärken gehörte.

„Was ist hier los?"

Der Satz hatte alle Merkmale einer Frage, war aber keine. Auch keine Forderung oder Bitte. Motas ließ die Zuhörer eher wissen, dass bald mit einer Antwort zu rechnen war.

„Monsieur Jacquet ist mit seiner Tochter vorbeigekommen, um Fingerabdrücke nehmen zu lassen ..."

Jérôme fing an zu grinsen, Finot stutzte. Waren diese Worte wirklich gerade aus seinem Mund gekommen?

Motas klopfte Jacquet zufrieden auf die Schulter. „Ich wusste doch, dass Sie ein vernünftiger Mann sind!"

Während Jacquet noch mit einer Art Blitzlähmung kämpfte, beugte Motas sich zu Alizée hinunter und begrüßte sie. Er habe auch eine Tochter, erzählte er, aber die sei schon älter. „Ich kann mich noch gut daran erinnern, als sie so alt war wie du! Herzlich willkommen im Kommissariat! Bestimmt haben wir noch irgendwo einen dieser Teddybären ..."

Er machte eine unwirsche Geste zu Finot.

An Jacquet gerichtet fuhr er fort: „Wir wollen nur klären, was mit der Figur passiert ist. Ihre Beschwerde über den Kommissar hier wird gerade bearbeitet. Ich habe ihm schon Bescheid gesagt."

Motas drückte Finot seine Tasche in die Hand und nahm Jacquet fest am Arm, als wollte er ihn abführen. „Ich bringe Sie zu meiner Mitarbeiterin, dann ist das ganz schnell erledigt!" Alizée reichte er seine andere Hand, die sie zaghaft ergriff.

Jacquet drehte sich zu Finot um. „Wir sind noch nicht fertig miteinander, *Monsieur le Commissaire*!"

„Ja, ja", wiegelte Motas ab. „François? Der Teddy!"

Finot war drauf und dran zu salutieren und kümmerte sich sofort um den Auftrag. Dabei überlegte er, wie Jacquet dahintergekommen war. Hatte Alizée von seinem Besuch erzählt? Hätte er ihr die Szene ersparen können, wenn er ihn selbst erwähnt hätte?

Vielleicht.

Andererseits wäre Jacquet dann nicht mit ihr vorbeigekommen, sodass man sie offiziell hätte abholen müssen. Unter diesen Umständen hätte der Mann erst recht getobt.

Oder?

Finot spielte das berühmte „Was-wäre-gewesen-wenn"-Spiel. Ihm schien, bis jemand die Zeitreise erfand, würde er es wohl weiterspielen.

In der Kaffeeküche führte er eine kleine Unterhaltung über Jacquet; die Sache hatte sich herumgesprochen. Anschließend besuchte er Hippo im Mitarbeiterbüro. Sie ließen sich ebenfalls über den Vorfall aus, dann ging Finot in sein Büro.

Dort setzte er sich an den Schreibtisch, stand aber direkt wieder auf, um ans Fenster zu treten und sinnlos nach draußen zu starren.

Als er auf die Uhr schaute, waren fünf Minuten vergangen.

Weitere zehn Minuten verbrachte er damit, E-Mails zu checken und, wo möglich, sofort zu beantworten.

Einen zweiten Kaffee?

Ach nein, die Tasse war ja noch halb voll.

Er machte sich eine Notiz: *Mehr über Madame Aubert herausfinden!*

Finot begann, nervös an seinen Nägeln zu knabbern. „Langsam könnte Martine sich mal melden …"

Dann klopfte es, er schreckte auf.

Nur Hippo. „Wissen Sie schon was?"

„Nein."

Er nickte mit ernstem Gesicht. „Ich geh' kurz eine rauchen."

Als sein Mitarbeiter wenig später zurückkam, hatte er Martine im Schlepptau.

Endlich.

„Puh!", machte sie, setzte sich und nahm sich eine Papillote. „Also wirklich, das ist ein Typ …!"

Finot fand, dass sie schon wieder ziemlich blass aussah, aber er ging nicht darauf ein. Zu neugierig war er auf das Ergebnis.

„Ich bereite dann mal alles für die Reihenuntersuchung vor?", fragte sie schmatzend. „Für die Kinder in Théos Straße? Soll ich dann auch nach blauen Schals und Handschuhen fragen?"

Finot brauchte einen Moment, um zu verstehen. „Keine Übereinstimmung?"

Sie schüttelte den Kopf. „Jacquets Triumph ist fast noch schlimmer als die Aussicht auf Überstunden." Sie erhob sich schwerfällig, nahm eine rote Papillote, stutzte, legte sie zurück und wählte eine grüne. Dann verließ sie den Raum.

„Schade!", seufzte Hippo. „Aber irgendwie auch gut, dass Alizée raus ist …" Er erklärte, sich wieder an die Arbeit zu machen, blieb dann aber bei Finot stehen. „Sagen Sie mal, Chef: Ist Martine eigentlich schwanger?"

Als er das Wort *schwanger* hörte, legte sich in Finot ein Schalter um.

„Ja natürlich ist sie schwanger!", brauste er auf. „Was das angeht, bin ich wirklich der richtige Ansprechpartner! Wahrscheinlich glauben Sie sogar, ich wäre der Vater!"

„Wie bitte?", sagte Hippo.

Blanche schreckte aus ihrem Körbchen hoch. *Was ist denn hier los?*, schienen ihre Knopfaugen zu sagen.

„Woher soll ich das wissen?", schimpfte Finot weiter. „Sie sind nun schon der Dritte, der mich danach fragt, und ich bin wirklich nicht in Stim…" Er brach ab, setzte aber wieder an. „Warum glauben alle, ich könnte was zu dem Thema beitragen?"

Hippo, leicht verwirrt: „Tut mir leid …"

Finot atmete ein paar Mal durch, er musste sich wirklich zusammenreißen. Hippo hatte eine ganz harmlose Frage gestellt!

„Nein, *mir* tut es leid", begann er, „bitte entschuldigen Sie!" Die Sache mit Jacquet hatte ihn wohl doch mehr mitgenommen, als ihm bewusst war. „Ich weiß nicht, ob Martine schwanger ist …"

22

Ein paar Minuten danach, Hippo war in sein Büro gegangen, kam Finot eine Idee. Er griff zum Telefon.

„Salut Raphaël!"

„Monsieur Finot. Rufen Sie wegen Lourdes an? Da gibt es noch nichts Neues …"

„Nein, darum geht es nicht. Sagen Sie, gibt es noch irgendwelche Habseligkeiten von Madame Aubert? Egal was, ich habe nichts Spezielles im Sinn."

Mit seiner etwas monotonen Stimme sagte Raphaël: „Ich hatte die Sachen gerade in der Hand. Es gibt vier Tagebücher und einen Stapel mit Briefen. Außerdem zwei Fotoalben, Schmuck und ihr Smartphone. Soll ich die Sachen vorbeibringen?"

„Nein, wir kommen zu Ihnen." In Gedanken fügte Finot hinzu: *Ein kleiner Spaziergang kann nicht schaden.*

Anschließend rief er Hippo an.

„Chef? Gibt's noch was? Wissen Sie inzwischen, ob Martine schwanger ist?" Er kicherte. „Entschuldigung, der musste raus."

Aber Finot hatte schon in das Lachen eingestimmt. „Es geht um was anders; sind Sie gerade sehr beschäftigt? Lust auf eine kleine Abwechslung ...?"

Raphaël nickte ihnen zur Begrüßung vom Schreibtisch aus zu, als sie eine Viertelstunde später sein ordentliches Büro betraten. „Madame Auberts Sachen sind nicht hier, kommen Sie mit!" Er stand auf und ging an ihnen vorbei aus dem Zimmer. Hippo folgte, Finot schloss hinter sich die Tür.

Der frischgebackene Kriminaltechniker führte seine Besucher in einen grellweiß erleuchteten Raum, in dem all das Platz zu finden schien, das nirgendwo anders hingehörte. Finot war ja schön öfter in den heiligen Hallen der *Police Technique et Scientifique* gewesen, aber diese Abstellkammer kannte er nicht. Er entdeckte eine alte Kaffeemaschine, Kartons mit leeren Ordnern, mehrere Packen Papier und Ähnliches. An der Wand waren Stühle gestapelt.

Sie nahmen sich zwei davon herunter und stellten sie an einen Tisch. Darauf stand eine Kiste, beschriftet mit der Fallnummer und dem Namen *Aubert.*

„Hier, bitte schön", sagte Raphaël und blieb etwas verloren neben ihnen stehen.

„Danke!" Finot zog die Kiste zu sich heran und entnahm ihren Inhalt. Die vier Tagebücher, einfache graue DIN-A5-Notizbücher, waren mit Daten versehen; er wählte das älteste davon, da er chronologisch vorgehen wollte.

„Oder möchten Sie?"

Kopfschütteln vonseiten Hippos; er schnappte sich einen Stapel Umschläge. „Ach, Raphaël, habt ihr euch Madame Auberts Smartphone schon angeguckt?"

Sein Kollege zeigte auf die durchsichtige Tüte mit dem Telefon. „Soll ich versuchen, es zu reaktivieren?"

„Gerne!"

Blanche beobachtete den jungen Mann interessiert, als er mit dem Beutel Richtung Tür ging.

„Ich glaube, da möchte Sie jemand begleiten ...", sagte Finot.

Und weg waren sie.

Hippo entfernte das Gummiband, mit dem die Briefe zusammengehalten wurden, Finot schlug das Tagebuch auf.

Die Aufzeichnungen waren in einer ordentlichen, nach rechts geneigten Schrift festgehalten. Es war Finot schleierhaft, wie man derart regelmäßig schreiben konnte. So sehr er sich auch bemühte, bei ihm war nach ein paar Worten mit der Ordnung Schluss.

Beim Lesen erinnerte er sich an seine verschwundene Frau Hélène, deren Tagebücher er auf der Suche nach Antworten ebenfalls durchforstet hatte. Dabei war es *auch* um einen möglichen Liebhaber gegangen, letztlich aber um noch die kleinste Andeutung eines Hinweises darauf, was passiert sein könnte.

Er ließ das Buch sinken. Zu seinem Erstaunen spürte er kaum noch Trauer und Wut. Es schien ihm so, als wäre ein Teil der Gefühle dabei verbraucht worden, aus ihm einen anderen Menschen zu machen.

Zurück beim Tagebuch tat sich eine weitere Gemeinsamkeit auf: Genau wie bei Hélène wirkte auch hier alles unauffällig ...

Madame Aubert hatte ihr Tagebuch als eine Art Dokumentation verstanden und Erlebnisse kursorisch festgehalten. Es waren ganz alltägliche Sachen, vom Friseurbesuch über die kaputte Waschmaschine bis hin zum Wetter. Sie schrieb auch über ihre Gesundheit. Mal hatte sie Kopfschmerzen gehabt, mal ein Ziehen im Rücken verspürt oder schlecht geschlafen.

Das war aber auch alles.

Sie hatte viel über ihre Mitmenschen nachgedacht: Wie ging es Herrn X nach seiner Herzoperation? Wie könnte man Frau Y bei ihren finanziellen Problem helfen? Die Nachbarin von schräg gegenüber hatte ein Kind bekommen, sehr süß!

Marlène Lefebvre, die Frau des Bürgermeisters, wurde ebenfalls erwähnt. Die Freundinnen hatten sich auf einen Kaffee oder eine Tasse Tee getroffen; meist bei Madame Aubert zu Hause. Dabei war es um den neuesten Klatsch und Tratsch im Ort gegangen, um den Teeladen und Madame Auberts berufliche Ambitionen.

Aus den vorhandenen Informationen reimte Finot sich zusammen, dass Liliane Aubert ursprünglich eine Ausbildung bei der Bank gemacht hatte. Zusätzlich war aber auch von ihrer Arbeit als Zahntechnikerin die Rede und einem abgebrochenen Studium der Zahnmedizin.

Dann war sie – Finot fand das Wort passend – zu ihren Wurzeln zurückgekehrt und hatte einige Jahre bei einer Bank gearbeitet. Patrice war ihr Kunde gewesen, so hatte alles angefangen.

Nach Neufchâtel-en-Bray waren sie gezogen, weil Aubert eine lukrative Stelle in Rouen in Aussicht hatte. Eine gute halbe Stunde hätte es ihn pro Fahrt gekostet, aber die schöne Gegend war es ihnen wert.

Doch letztlich kam es anders: Als der Deal unerwartet platzte, landete Aubert bei einer Versicherung in Paris. Dort verbrachte er von da an die Woche in einem winzigen Appartement und kehrte am Wochenende zu Liliane zurück.

Von einem Liebhaber war keine Rede, ebenso wenig von einer Ehekrise. Wobei Liliane ihren Mann zwar wenig gesehen, aber umso öfter mit ihm telefoniert hatte.

Die nachfolgenden Tagebücher waren vielleicht aufschlussreicher? Ihre Krankheit, der Käse-Skandal, was schrieb sie darüber?

Finot wandte sich an seinen Mitarbeiter. „Wie sieht's bei Ihnen aus?"

„Das sind eher Geburtstagskarten als Briefe. Ich kenne die Absender nicht, aber die Inhalte klingen unverdächtig." Er befestigte das Gummiband wieder um den Stapel und nahm sich ein Fotoalbum.

Finot seinerseits las eine Viertelstunde weiter und legte das Tagebuch dann weg, um seine Schultern zu lockern. Neugierig linste er zu Hippo herüber, der immer noch mit dem Album zugange war.

„Was schauen Sie sich denn da so interessiert an?"

Das war eigentlich die falsche Frage, Finot sah es ja mit eigenen Augen: eine Berglandschaft. Schneebedeckte Gipfel in der Ferne, Bäume mit herbstlich gefärbtem Laub in der Mitte, im Vordergrund eine Person und Teile eines Autos.

„Das Foto könnte in der Gegend um Lourdes herum aufgenommen worden sein. Die Pyrenäen?" Hippo rieb sich die Nase. „Ich weiß, es ist schwer zu sagen – Gebirge halt – aber ich habe Urlaubsfotos von dort, die sehen ähnlich aus."

Er drehte das Album zu Finot.

„Sie haben recht! Gibt es noch mehr Fotos dieser Art?"

„Nur noch eins." Hippo zeigte auf ein ähnliches Motiv auf der nächsten Seite.

„Steht da ein Datum hinten drauf?"

Sie pfricmelten die Fotos vorsichtig ab.

„Tatsächlich!", sagte Hippo, „Oktober 2016." Er legte die Bilder in sein Notizbuch und erklärte, die Kollegen in Lourdes zu kontaktieren. „Vielleicht wissen die irgendwas. Oder ich horche bei den Hotels nach." Es klang mehr nach *und* statt *oder*, was Finot entgegenkam.

Er dachte mit einem gewissen Unbehagen an Lourdes. Seine eigenen Recherchen und die des Pfarrers hatten ihn der Herkunft der Marienfigur keinen Schritt nähergebracht. Dieser Punkt war für Finot wirklich zu einem Reizthema geworden. Zumal sich genauso gut herausstellen könnte, dass die Figur völlig unwichtig war! Dass der Mörder sich einfach den nächstbesten Gegenstand gegriffen hatte.

Oder doch nicht? Verheimlichte der Pfarrer etwas? Finot rief sich den Mann in seiner wehenden Soutane ins Bewusstsein, wischte den Gedanken aber schnell wieder fort. Schluss mit den Spekulationen!

Er betrachtete die Person auf dem Bild genauer, einen großen Mann, rote Jacke, Rückenansicht. Mit zusammengezogenen Augenbrauen fragte er: „Warum klebt ein Foto Vidals in Madame Auberts Fotoalbum?"

Hippo sah ihn an, als wäre er nicht ganz bei Trost. „Vidal? Wie kommen Sie denn darauf? Das ist Aubert!"

„Aber die rote Jacke! So eine hing doch beim Pfarrer im Büro." Finot schlug sich vor die Stirn, natürlich! Sein kleiner gedanklicher Ausflug hatte ihn in die Irre geführt.

Im nächsten Moment wandten sie sich abrupt die Köpfe zu und sagten gleichzeitig: „Eine Verwechslung?"

23

War nicht Aubert Ziel der Attacke gewesen, sondern Vidal? Hatte der Mörder im Dämmerlicht der Kirche den falschen Mann erwischt? Unter diesen Umständen würde es nicht wundern, dass sie mit dem Pfarrer als möglichem *Täter* nicht weiterkamen …

Und Burel war dann auch Geschichte.

Sie setzten gleichzeitig zu sprechen an, ließen sich höflich den Vortritt, legten erneut synchron los, bis Finot schließlich sagte: „Also, was halten Sie von der Theorie?"

„Es kommt ein bisschen überraschend ..."

„Aber?"

„Es würde erklären, warum sich bei Aubert kein Verdächtiger auftut. Oder keiner, der den Namen verdient."

„Sollen wir dann?" Finot meinte zur Kirche gehen und Vidal befragen. Mit dem Inhalt der Kiste könnten sie auch später weitermachen.

Zunächst noch entspannt, wurden ihre Schritte unterwegs immer schneller. Finot versuchte, den Pfarrer telefonisch zu erreichen.

Warum ging der Mann nicht dran!

Er beruhigte sich mit dem Gedanken, dass der Mörder ein bisschen warten würde, ehe er wieder zuschlug. Aber sicher sein konnte er natürlich nicht. Und so war Finot immer noch nervös, als er mit Hippo in die schmale *Rue des Bains* abbog, die zum Haupteingang der Kirche führte.

Hoffentlich war Vidal überhaupt da! Nicht dass er einen Termin außerhalb hatte.

Doch dann: Erleichterung!

Der Pfarrer stand leibhaftig vor der Kirche und war in ein Gespräch vertieft.

Finot sah sich hektisch nach einem möglichen Angreifer um, konnte aber niemand Verdächtiges entdecken.

„Wer ist denn der Mann bei Vidal?", fragte Hippo neugierig.

„Er heißt Zacharie ..." Genau wie bei der ersten Begegnung sah er auch an diesem Tag etwas verwahrlost aus.

„Monsieur le Curé!", rief Finot. „Ich habe versucht, Sie anzurufen!"

Verdutzt holte Vidal sein Handy aus der Hosentasche. Als er die entgangenen Anrufe sah, machte er: „Oh!"

Das war aber auch schon alles. Er erklärte Zacharie, dass Finot und Hippo Polizisten seien und den Mord in der Kirche untersuchten.

„Hm", erwiderte der. Keine weitere Bemerkung, keine Frage. Mit seinen wasserblauen Augen sah er Finot durchdringend an. „Die Suche hört nie auf."

Die Suche? Welche Suche?

Dann wieder dieser intensive Blick, bis es Finot unangenehm wurde und er das Gesicht abwandte.

Vidal, völlig unbeeindruckt, schlug seinem Gesprächspartner vor, am Sonntag in den Gottesdienst zu kommen. *Saint-Rémy* sei zwar noch geschlossen, „aber da ist ja noch *Saint Jacques*."

Zum Abschied legte er ihm nahe, eine leckere Zwiebelsuppe zu essen. Doch Zacharie sah nicht so aus, als hätte er Interesse daran. Er trottete mit einem unbestimmten Brummen davon.

Vidal sah ihm nachdenklich hinterher. „Unser Freund hier lebt in seiner eigenen Welt. Behauptet sogar, Gedanken lesen zu können." Er lachte leise. „Also passen Sie auf, was in Ihrem Oberstübchen vor sich geht!" Bei der Bemerkung tippte er sich mit dem Zeigefinger an den Kopf.

„Als ob ich das steuern könnte", sagte Finot verdrossen.

„Aber Sie können entscheiden, welchen Gedanken sie glauben." Er lächelte offen. „Aber das ist eine andere Geschichte."

„Können wir uns in Ihr Büro setzen?"

Irritiert sah Vidal sich um. „Ja, natürlich, wenn Sie möchten. Kommen Sie, hier entlang." Er setzte sich in Bewegung.

„Früher besuchte Zacharie regelmäßig den Gottesdienst – als er noch ein geordnetes Leben führte, wie man so schön sagt. Heute läuft er den ganzen Tag in der Stadt herum und redet vor sich hin."

Im Vorbeigehen grüßte Vidal ein paar Passanten.

„Ab und zu kommt er vorbei und wir unterhalten uns. Was heißt unterhalten, meist rede ich. Ich kenne den Schreiner, bei dem er lebt; eine gute Seele, stellt ihm für wenig Geld eine Kemenate hinter seiner Werkstatt zur Verfügung. Ich frage Zacharie, ob der Laden läuft und so weiter."

Der Pfarrer winkte Madame Caron am Suppenstand zu, Finot deutete ein Nicken an. Man musste nicht hellsichtig sein, um ihre Gedanken zu lesen: *„Monsieur le Curé* und Paulines *bon ami?* Was hat das zu bedeuten?" Sie würde es bald erfahren, Finot wollte sowieso noch wegen der Maria mit ihr sprechen.

Vidal drückte die Tür des Pfarrhauses auf und ließ sie eintreten.

„Ich habe gehört, dass er einige Schicksalsschläge verkraften musste …?"

„So in etwa", erwiderte der Geistliche langsam, aber sein Misstrauen verflüchtigte sich schnell. Vielleicht war ihm eingefallen, dass es zu Finots Aufgaben gehört, Dinge zu wissen.

Er schritt durch den Flur voraus. „In kürzester Zeit wurde ihm so ziemlich alles genommen, was er hatte", ein schneller Blick über die Schulter. „Sein Kind wurde krank und starb und seine Frau kam bei einem Unfall ums Leben. Er konnte vor Kummer nicht mehr arbeiten, trank zu viel und verlor den Job. Die Wohnung war nur noch ein einziges Chaos, weswegen er rausgeschmissen wurde … Ja, auch das lässt der liebe Gott zu, nicht nur Morde."

Finot fand, dass Vidal eine große Frage sehr schnell abhakte. Zu schnell, handelte es sich doch um einen

Widerspruch, den er in über fünfzig Lebensjahren nie hatte auflösen können. Zumindest nicht mit dem Gottesbild, das man ihm als Kind vermittelt hatte.

War das die Krux?

Der Pfarrer öffnete die Tür zu seinem Büro. „Immerhin gelang es ihm, schnell wieder ein Dach über den Kopf zu kriegen. Und das mit dem Alkohol hat er inzwischen auch im Griff." Mit einer unauffälligen Geste wies er auf die Sitzplätze. „Aber deswegen haben Sie nicht vier Mal bei mir angerufen."

Als sie saßen, legte Finot seine Vermutung dar.

„Eine Verwechslung? Die Ähnlichkeit ist aber doch eher oberflächlich, finden Sie nicht?"

Finot stimmte zu: Beide Männer waren groß und hatten dunkle Haare mit grauen Strähnen. Sie trugen rote Jacken, Jeans und Winterstiefel. Das waren aber auch die einzigen Übereinstimmungen.

„Im Dunkeln der Kirche wird sich der Täter an einfachen Punkten orientiert haben", gab Finot zu bedenken. „Warum auch nicht. Sie sind derjenige, der sich normalerweise dort aufhält. Sie gehören quasi zum Inventar, verzeihen Sie den Ausdruck, das könnte eine Verwechslung begünstigt haben."

Vidal wirkte immer noch skeptisch. „So dunkel ist es nun auch wieder nicht …"

Hippo, der schon die ganze Zeit unruhig auf seinem Stuhl herumgerutscht war, beschrieb den möglichen Ablauf: „Der Täter sieht Aubert von hinten und hält ihn in seiner roten Jacke für Sie. Er nähert sich mit der Figur, aber als Aubert sich umdreht und der Täter seinen Fehler erkennt, ist es schon zu spät. Die Figur landet an seiner Stirn."

Zustimmendes Nicken von Finot. „Fällt Ihnen jemand ein, der es auf Sie abgesehen haben könnte?"

Achselzuckend sagte der Pfarrer: „Ich glaube, dafür bin ich nicht wichtig genug. Auch wenn ich natürlich nicht weiß, was in den Köpfen anderer Menschen vorgeht." Er fügte noch hinzu: „Was sie in mir sehen."

„Vielleicht einen zu progressiven Geistlichen?"

„Wie kommen Sie darauf?"

„Ist das so?", beharrte Finot.

„Sie wollen wissen, ob ich zu progressiv bin?"

„Ich will wissen, ob es Leute gibt, die Sie so sehen."

Er lachte trocken. „Bestimmt. Andernfalls würden Sie kaum fragen ..."

„Was ist mit Ihrer Idee, die Figuren zu stehlen?", hakte Hippo nach. „Nicht viele Pfarrer hätten ihren Messdienern diesen Vorschlag gemacht."

„Wie bitte?", sagte Vidal überrascht, fing sich aber direkt wieder und wiegelte ab: „Ach das ... Besondere Situationen erfordern einfach besondere Maßnahmen."

„Besondere Situationen?" Wieder Finot.

„Ich kann doch froh sein, dass wir überhaupt Messdiener haben!" Hatte er sich beim Satz über die *besonderen Maßnahmen* noch um Ruhe bemüht, kam es jetzt umso energischer aus Vidal heraus.

„Sollten wir den jungen Leuten nicht ein bisschen entgegenkommen? Was ist so schlimm an dem Wunsch, eine digitale Krippe zu haben? Die Zeiten ändern sich!"

„Entgegenkommen? Mit einem Diebstahl?"

„Diebstahl? Jetzt lassen wir die Kirche aber mal ..." Er brach ab.

Hippo grinste, Finot wechselte das Thema. „Fühlten Sie sich in letzter Zeit bedroht?"

„Nein!"

„Gab es irgendwelche besonderen Vorkommnisse?"

„Nein."

„Einen Streit?"

„Ich sagte doch nein!"

Finot sah den Pfarrer nachdenklich an. Gern hätte er jemanden zu seinem Schutz abgestellt, aber eine gewisse Ähnlichkeit reichte für die Genehmigung nicht aus. Er bat Vidal, sich in Acht zu nehmen und sofort zu melden, falls ihm etwas komisch vorkomme.

„Wenn Sie meinen …"

„Ja, das meine ich."

24

Wieder allein erklärte Hippo, noch schnell etwas einkaufen zu müssen. „Dauert wirklich nicht lange, danach komme ich sofort ins Kommissariat."

„Etwa noch ein Geschenk?"

„Ja, meine Schwester wünscht sich ein Kochbuch …"

„Sie haben doch schon den Tee", wandte Finot mit zusammengezogenen Augenbrauen ein. Natürlich ging ihn das eigentlich nichts an, aber die Vorstellung, dass Hippo *zwei* Geschenke pro Person kaufte, verunsicherte ihn.

„Nein, nein, die andere", sagte sein Mitarbeiter.

Schnell schaltete Finot vom etwas zu neugierigen Kommissar zum Lebensgefährten um, der noch ein Geschenk für seine Liebste suchte: „Was für ein Kochbuch ist das?"

„Sie ist seit neuestem Veganerin."

„Aha!", machte Finot, auch wenn der Vorschlag nicht infrage kam. Es lag weniger an der Art der Gerichte als an der Tatsache, dass Laura nicht viel fürs Kochen übrighatte. So gesehen fragte er sich, warum er überhaupt nachgehakt hatte.

Als Hippo weg war, stand Finot noch einen Moment unschlüssig herum. Ein Kochbuch konnte er Laura nicht schenken, aber vielleicht einen Roman? Nur welchen?

In seine Gedanken hinein sagte eine Stimme hinter ihm: „Na, na! Sie hätten mir ruhig sagen können, dass Sie Kommissar sind!"

Finot fuhr erschrocken herum. „Was ... Madame Caron!"

Sie stemmte die Hände in die Hüften: „Ich hab' mich schon bei den beiden Damen beschwert!"

Den beiden Damen? Ach, Pauline und Yvonne.

„Tut mir leid", sagte Finot. „Nicht jeder kann damit umgehen, dass ich Polizist bin. Daher haben wir ..." Er brach ab.

Die ehemalige Pfarrsekretärin war ganz schön fix! Sie hatte seit der Begegnung eben nicht nur die richtige Schlussfolgerung gezogen. Nein, sie hatte diese auch gleich mit ihren potenziellen Mitbewohnerinnen besprochen!

Betrübt steckte sie ihre Hände in die gegenüberliegenden Jackenärmel. „Ich kann es immer noch nicht fassen, ein Mord in der Kirche! Mit einer Marienfigur!" Sie musterte ihn fragend. „Ob *Saint-Rémy* jetzt neu geweiht werden muss?"

Finot wusste es auch nicht und zuckte mit den Achseln.

„Warum ausgerechnet mit einer Maria?", fragte sie weiter.

„Dazu kann ich leider nichts sagen." Verschwiegenheit war in diesem Fall leicht, Finot hatte wirklich keine Ahnung. Doch die Frage kam ihm sehr gelegen: „Wissen Sie, wie die Figur in die Kirche gekommen ist? Der Pfarrer hat Sie ja schon danach gefragt, aber vielleicht ist Ihnen noch etwas eingefallen?"

Den letzten Satz fügte er als kleinen Test hinzu: Hatte Vidal tatsächlich versucht, die Sache zu klären?

„Leider nicht! Als ich meine Stelle als Sekretärin antrat, war die Maria schon da – genau wie Vidal!"

Madame Carons Antwort kam ohne eine Spur von Überraschung daher, was wohl hieß, dass der Pfarrer die Wahrheit gesagt hatte.

Sie nahm die Hände aus den Ärmeln und steckte sie in die Jackentaschen. „Er war aber erst ein paar Monate auf dem Posten. Man erzählt sich, dass es sehr lange gedauert hat, bis er als Nachfolger für den alten Pfarrer gefunden wurde. Ich hoffe, das wiederholt sich nicht, wenn Vidal in Ruhestand geht. So schnell wird Damien ja noch nicht einsatzbereit sein ..."

„Er will Pfarrer werden?", fragte Finot überrascht.

Sie nickte. „Vidal hat ihn unter seine Fittiche genommen. Monsieur Jacquet ist ganz stolz."

Das erklärte, warum der Mann so große Stücke auf Vidal hielt und ihn in der Diebstahl-Sache in Schutz genommen hatte! Finot war fast ein bisschen ärgerlich, war der verknöcherte Jacquet doch das perfekte Feindbild für seine Verwechslungstheorie. „Ach, Madame Caron ..."

„Ja?"

„Welchen Ruf hat der Pfarrer unter den Leuten?"

Sie sah ihn prüfend an. „Wo kommt das plötzlich her?"

Finot wartete.

„Sie wollen meinen Eindruck?"

Er nickte.

Immer noch skeptisch sagte sie: „Also gut, *Monsieur le Commissaire*, lassen Sie mich überlegen ... Ich glaube, er ist allgemein beliebt. Manche Entscheidungen rufen möglicherweise Unverständnis hervor ..."

„Welche zum Beispiel?", ging Finot dazwischen. Er verkniff sich, hinzuzufügen: *Abgesehen von seinem Vorschlag, die Figuren zu klauen.*

„Ich denke da an diese Kunstausstellung in der Kirche, mit hiesigen Künstlern und ihren abstrakten Gemälden. Der Pfarrer meinte, die Werke seien Ausdruck der Vielfalt und Schönheit von Gottes Schöpfung."

Finot hörte ein paar Anführungszeichen heraus. „Das sahen nicht alle so?"

„Nein, mich selbst eingeschlossen ... Manchen war die Tatsache ein Dorn im Auge, dass die Kirche zum Ausstellungsort wurde, mir persönlich fehlt einfach der Bezug zu dieser Art von Kunst. Aber Geschmäcker sind ja bekanntlich – und zum Glück! – verschieden."

„Stach irgendein Kritiker besonders hervor?"

Die Frage führte zu einem Stirnrunzeln bei der ehemaligen Pfarrsekretärin. „Das klingt aber nicht so, als verdächtigten Sie Vidal des Mordes. Es hört sich eher so an, als ob ..."

„Gab es jemanden?", drängte Finot.

Sie schüttelte den Kopf. „Wenn überhaupt, wäre doch eher Monsieur Lucille angegriffen worden."

„Monsieur Lucille?"

„Der Organisator." Nach einem Seufzen kam sie auf Vidal zurück. „Die meisten Leute stehen hinter dem Pfarrer, würde ich sagen."

„Und die digitale Krippe?"

„Viele finden sie nicht so schön wie die andere", gab Madame Caron zu. „Aber am Ende ist sie besser als keine Krippe."

Das fand Finot nur zu verständlich. Sie wechselten noch ein paar Worte, dann war es Zeit für ihn zu gehen.

Unterwegs telefonierte er mit Pauline. „Kommt Madame Caron in die engere Auswahl?"

„Hat sie Sie erwischt?"

„Auf dem falschen Fuß!", erwiderte Finot. „Nun, wie sieht es aus? Wird sie die Dritte im Bunde?"

„Gut möglich, Yvonne und ich sind sehr angetan ... Wobei ich den Eindruck habe, dass ihr die Wohnung im Seniorenstift auch gut gefällt."

Wären die beiden am Ende gar traurig, wenn Madame Caron nicht einzöge ...?

Auf dem Kommissariat ging es weiter mit Motas: „Können wir Personenschutz für Vidal beantragen?"

„Ich schaue, was sich machen lässt", sagte er, schien aber nicht sehr zuversichtlich. „Hat der Mann Feinde?"

„Das versuche ich gerade zu klären ..."

25

In dem großen Wohnzimmer mit Steinboden und rustikalen Holzmöbeln fühlte Finot sich sofort in die Vergangenheit zurückversetzt.

Einerseits.

Andererseits hingen Bilder an den Wänden, die so gar nichts Antiquiertes hatten. Es waren großflächige, abstrakte Werke in allen Farben des Regenbogens.

Monsieur Lucille – ein Mann um die sechzig in Cargohose, Hemd und Pullunder – war gerade dabei, den Weihnachtsbaum aufzustellen, als Finot in Hippos Begleitung bei ihm aufkreuzte.

„Es geht um die Ausstellung in der Kirche", begann er. „Wie war das genau?"

„Die Kunstausstellung?"

Lucille rückte einen merkwürdigen grünen Plastikbehälter auf dem Boden zurecht. Wofür war dieser Hebel an der Seite bloß gut?

„Was ist *das* denn?", fragte Hippo.

Lucille stutzte. „Was ...? Ach das, ein Christbaumständer. Wir haben ihn vor etlichen Jahren von meiner deutschen Schwägerin geschenkt bekommen. Sehr praktisch!"

Finot war nicht weniger überrascht als sein Mitarbeiter. Bei ihm zu Hause hatte der Weihnachtsbaum in einem Eimer mit Steinen Halt gefunden. Manche Leute nagelten auch ein Kreuz aus Holzbrettern unter den Stamm.

„Warum interessiert sich die Polizei plötzlich dafür?", fragte Lucille, schien aber keine Antwort zu erwarten. „Wir hatten Stellwände aufgebaut, an denen die Kunstwerke hingen. Teilweise waren sie auch woanders befestigt."

Sein Blick maß den Baum, der noch in ein Netz gehüllt an der Wand lehnte.

„Einige Künstler waren persönlich anwesend und gaben Erklärungen zu ihren Bildern ab … Moment, bitte." Er packte die Tanne mit beiden Händen und stellte sie in den Topf.

„Soll ich helfen …?", fragte Hippo und machte einen Schritt auf den Mann zu, aber Lucille schüttelte den Kopf. „Geht schon." Er hielt den Baum gerade und trat gleichzeitig auf den Hebel, womit er einen Draht um den Stamm festzog.

Wirklich eine beeindruckende Konstruktion, dachte Finot.

„Zusätzlich gab es einen Gottesdienst; in der Predigt ging es um Religion und Kunst, es war wirklich interessant!" Früher habe Kunst ausschließlich im Dienst der Religion gestanden und sich erst nach und nach emanzipiert. Der Pfarrer habe das sehr gut dargestellt.

Lucille trat einen Schritt zurück. „So gerade? Was meinen Sie?"

Finot stellte sich neben ihn und kniff die Augen zusammen. „Noch ein Stück nach links würde ich sagen."

„Ja, Sie haben recht."

Er ging zurück und kippte den Hebel mit dem Fuß nach oben, sodass sich der Draht löste. Anschließend zog er den Baum etwas zu sich heran und befestigte den Stamm wieder.

Er begutachtete sein Werk und nickte zufrieden. „Vielen Dank, der Herr!"

„Wie ich höre, war die Kritik gespalten?", fragte Finot.

Lucille nahm eine bereitgestellte Gießkanne und füllte Wasser in den Plastikbehälter. Dann holte er eine Schere aus seiner Hosentasche und begann, das Netz aufzuschneiden. „Wie zu erwarten war …" Er hielt inne: „Einen Augenblick, ich bin gleich wieder da."

Die Schere landete auf dem Tisch, er verließ das Wohnzimmer und kam kurz darauf mit einer Mappe zurück. „Zeitungsartikel über die Ausstellung", erklärte er, indem er sie in die Höhe hielt. „Einige fanden die Idee genial, andere schrecklich – aus unterschiedlichen Gründen. Weil ihnen die Kombination Kirche-Kunst prinzipiell gegen den Strich ging, sie die Kunst nicht mochten oder fanden, wir hätten das Thema schlecht umgesetzt." Schmunzelnd fügte er hinzu: „Ich als Mit-Organisator gehörte zu *Team genial*, versteht sich."

„Dürfen wir die mitnehmen und kopieren?" Finot zeigte auf die Mappe. „Sie bekommen sie bald zurück."

„Natürlich." Lucille wickelte das Netz ab und bog die Äste ein Stück herunter. Versuchte es zumindest, sie waren ziemlich widerspenstig. „Ach, die senken sich von selbst."

„Gab es einen Kritiker, eine Kritikerin, der oder die sich besonders hervorgetan hat?", fragte Finot weiter. „Jemand, der Vidal wegen der Sache auf dem Kieker hatte?"

„Es waren eher zwei Lager, würde ich sagen, der Pfarrer spielte gar keine so große Rolle. Er war ja nicht mal der Urheber der Idee – das war ich."

„Tatsächlich?"

Nickend fügte Lucille hinzu: „Allenfalls könnte man ihm vorwerfen, die Idee aufgegriffen zu haben."

Na ja, dachte Finot. Mit ein bisschen bösem Willen hätte mancher ihn dafür als Spalter bezeichnet.

„Hat sich Vidal durch irgendeine andere Aktion Feinde gemacht?"

Lucille knüllte das Netz in seiner Hand zusammen. „Sie glauben, der Mörder hat den Falschen erwischt?"

„Wie war das zum Beispiel mit der Krippe?", lenkte Finot wenig subtil ab. Er wollte Lucille auf Jacquet bringen, ohne dessen Namen zu nennen.

„Ja, das hat einigen Ärger gegeben. Pfarrer Vidal hat nicht sonderlich viel Ehrgeiz an den Tag gelegt, den oder die Täter zu finden."

„Was glauben Sie, wer es war?", fragte Hippo.

„Na die Messdiener natürlich! Die wollten doch von Anfang an eine digitale Krippe!"

„Wie hat Monsieur Jacquet reagiert?" Finot fragte trotz seines Vorsatzes und obschon er die Antwort aus der Kirchenzeitung kannte.

„Der ist doch eher ein Fan Vidals, wegen Damien." Lucille schaute auf seine Uhr. „Wenn Sie sich ein bisschen umhören wollen – gerade trifft sich der Chor zu einer kleinen Weihnachtsfeier …"

Ob Jacquet auch da war?, überlegte Finot.

Lucille sah ihm die unausgesprochene Frage offenbar an: „Damiens alter Herr hat viele Talente, aber singen gehört bestimmt nicht dazu."

26

Es war warm und stickig in dem großen Saal, aber sehr gemütlich mit all den brennenden Kerzen. Weihnachtsmusik lief und ein langer Tisch bog sich vor Kleingebäck und Kuchen.

Finots stilles Gebet um Madame Carons Anwesenheit war erhört worden. Und sie hatte ihn auch schon entdeckt. „Monsieur Finot!" Ein paar Gesichter drehten sich zu ihnen um.

Sie näherte sich und sagte leise: „Ermitteln Sie inkognito?"

„Ermitteln ja, inkognito nein", flüsterte Finot zurück. In normaler Lautstärke fuhr er fort: „Es geht um diese Kunstausstellung, von der Sie eben erzählt haben …"

Ein wissendes Nicken. „Gehen Sie zu dem Tisch in der Ecke, Monsieur Le Tallec und die anderen können

Ihnen sicher weiterhelfen." Sie zeigte auf das Buffet. „Und bedienen Sie sich!"

Mit Teller und Tasse bewaffnet – Finot wunderte sich, dass ihm der Süßhunger nach all den Papillotes nicht abhandengekommen war – steuerten sie wenig später die Chormitglieder an. „Dürfen wir?"

Monsieur Le Tallec, sein bärtiger Gesangskollege und eine Kollegin zeigten lächelnd auf die freien Stühle. „Nur zu."

Finot stellte Hippo und sich vor, was ein munteres Durcheinander an Fragen hervorbrachte. „Polizei? Wie ist denn der Stand der Dinge? Haben Sie schon einen Verdächtigen? Brauchen Sie unsere Alibis? Oder Fingerabdrücke? Ja? Warum? Nein? Warum nicht?"

„Wir möchten uns nur ein bisschen umhören", wiegelte Finot ab, „es geht um die Kunstausstellung damals in der Kirche …"

„Die Kunstausstellung! Einfach schrecklich!", brach es aus Monsieur Le Tallec heraus. „Kunst hat in der Kirche nichts zu suchen." Er strich sich kratzend über die millimeterkurz geschorenen Haare. „Na ja, *solche* Kunst zumindest, aber was hat das mit dem Mord zu tun?"

„Unser lieber Pfarrer schießt manchmal ein bisschen übers Ziel hinaus …", warf der bärtige Tischnachbar ein. Dass er die Frage dabei überging, konnte Finot nur recht sein.

„So kennen wir ihn …", ergänzte die Frau resigniert und als ginge es um ein unartiges Kind, dem man nicht böse sein konnte.

„Aber es war doch gar nicht seine Idee", warf Hippo ein.

Er erntete Protest vom Bärtigen. „Ja und? Er hätte es verhindern können …" Doch der Einwand kam eher verhalten rüber; überhaupt wirkten die drei völlig arglos.

Finot probierte den Kuchen, leider lecker, und trank einen Schluck Kaffee. Er verplemperte hier sicher seine Zeit. Diese Verwechslungstheorie, seine Fixierung auf Jacquet, das alles war eine Sackgasse!

„Da ist Céleste!", rief Monsieur Le Tallec mit durchdringender Stimme, als eine Frau den Saal betrat. Er hob die Hand zum Gruß, aber die Chorfreundin drückte sie schnell nach unten.

„Was ist los, habt ihr euch verkracht?"

Sie schüttelte den Kopf.

„Ich dachte, ihr versteht euch so gut. Sie hat dich doch so unterstützt bei … dieser Sache." Ihm war wohl gerade wieder eingefallen, dass die Polizei am Tisch saß.

„Céleste fängt immer wieder davon an, dabei hat sich längst alles geklärt", sagte die Frau. „Als hätte sie was dagegen, dass es mir gut geht!"

Finot nickte Hippo auffordernd zu und machte Anstalten, sich zu erheben.

„Kennen Sie Madame Caron eigentlich näher?", wandte sich der Bärtige in dem Moment an ihn. „Ich habe gehört, sie zieht in eine WG?"

„Nein, sie nimmt eine dieser Wohnungen in der Seniorenresidenz!", sagte die Frau schnell.

„Hat sie sich schon entschieden?" Das war Monsieur Le Tallec.

Drei Gesichter wandten sich Finot zu, als ob er in seiner Funktion als Polizist auch das wissen müsste. Dabei interessierte ihn die Frage selbst brennend! Er breitete entschuldigend die Arme aus. „Keine Ahnung, tut mir leid." Dann stand er auf.

„Wenn Sie sich für die Kunstausstellung interessieren, sprechen Sie doch mit Jacqueline da drüben, ich meine Madame Berger." Monsieur Le Tallec zeigte auf eine Frau drei Tische weiter.

Finot und Hippo bedankten sich und zogen mit ihrem Geschirr los.

„Es geht um die Ausstellung? Die war sehr schön. Eine tolle Idee, und dann noch der Gottesdienst, richtig erhebend." Madame Berger musterte Finot. „Warum ist das wichtig?"

„Gab es Leute, die deswegen sauer auf den Pfarrer waren?"

„Sauer?" Sie schüttelte den Kopf. „Und es war ja auch nicht seine Idee."

„Höchstens Monsieur Jacquet ...", ergänzte die Tischnachbarin. Sie lockerte ihr geblümtes Halstuch und fächelte sich Luft zu.

„Wie bitte?", rief Finot. Jetzt hatte er sich gerade dazu entschlossen, die Verwechslungstheorie abzuhaken!

„Den darf man nicht so ernst nehmen, der regt sich über alles auf", sagte Madame Berger.

„Er hat sich beschwert?", fragte Hippo interessiert.

„Große Reden hat er geschwungen, wie immer", sagte die dritte Frau im Bunde. „Er ist ein typischer Hund, der bellt, aber nicht beißt. Am Ende lässt er Vidal doch alles durchgehen, solange er Damien nur auf Spur hält."

Die Frau mit dem Tuch sagte: „Ich finde eher, dass man *ihm* alles durchgehen lässt. Kein Wunder, dass er so zahm ist, wenn keiner ihn herausfordert ...!"

Eine Weile ging die Unterhaltung ohne Finot und Hippo weiter: „Hat nicht irgendeiner erzählt, dass Ségolène sich scheiden lassen will?"

„Wirklich?" Nachdenkliche Pause. „Mir hat der Pfarrer damals sehr geholfen."

„Du bist doch gar nicht getrennt!"

„Ja eben!"

Die Damen waren sich einig, dass Vidal für alle ein offenes Ohr und gute Ratschläge hatte.

Madame Berger nahm ihren Teller und stand auf. „Soll ich noch jemandem etwas mitbringen?"

Allgemeines Kopfschütteln.

Jetzt erst entdeckte sie Blanche zu Finots Füßen. „Vielleicht für dich?", fügte sie freundlich hinzu.

Aber Finot lehnte dankend ab, es war Zeit zu gehen.

Sie sagten Madame Caron *au revoir* und traten den Rückweg ins Kommissariat an, wo er Monsieur Lucilles Mappe durchblätterte. Dabei erfuhr er, dass Schlechtwetterfreundin Céleste selbst Kunstwerke zur Ausstellung beigetragen hat.

Viel mehr aber auch nicht.

27

Finot trat auf die Straße, der Feierabendverkehr hatte sich etwas gelegt. Jetzt noch zur Post, die Rahmen holen und dann ab nach Hause!

Als er ein paar Schritte gegangen war, löste sich eine Gestalt aus dem Dunkeln und wechselte in den Schein der Straßenlaterne. Finot zuckte erschrocken zusammen. „Was machen *Sie* denn hier!"

„Entschuldigung", erwiderte Damien leise.

Finot ließ seine Hand sinken, die unwillkürlich zur Brust geschnellt war. „Schon gut."

Bildete er sich das in der Dämmerung nur ein, oder hatte der Junge rote Ohren? „Wie lange stehen Sie schon hier?"

„Ach ...", wiegelte Damien ab.

„Also lange. Warum sind Sie nicht reingekommen?" Egal, jetzt musste er erst mal ins Warme. „Lassen Sie uns irgendwo was trinken."

Finot ging die Möglichkeiten durch: Sie sollten Kirche, Weihnachtsmarkt und Suppenstand meiden, um unnötigen Klatsch und Tratsch zu vermeiden. „Da vorne beim Bahnhof gibt's ein nettes Café."

Wenig später schlang Damien seine vor Kälte roten Finger um eine Tasse Tee. Die Jacke hatte er vorsorglich angelassen.

„Es tut mir leid", begann er.

Finot hob die Augenbrauen. „Was genau?"

„Der Auftritt meines Vaters heute Morgen …. Beide Auftritte muss man ja leider sagen."

„Sie können nichts dafür", erwiderte Finot. „Ganz im Gegenteil. *Mir* tut es leid, nicht direkt mit Ihren Eltern gesprochen zu haben." Er legte den Kopf schief: „Sie wissen noch nicht, dass Sie Théos … Komplize waren?"

Damien pustete in die Tasse. „Meine und Théos Eltern – eigentlich nur mein Vater und sie – reden nicht mehr miteinander. Fragen Sie nicht, es gab vor Jahren irgendeinen Streit. Ich find's einfach nur peinlich, Théos Eltern sind total nett."

Ein flüchtiger Blick aus dem Fenster, dann fuhr er fort: „Es ist fast zum Lachen. Mein Vater kommt überhaupt nicht auf die Idee, dass ich mitgemacht haben könnte!"

Er trank einen Schluck Tee. „Ah, das tut gut. Es ist ja eigentlich gar nicht so kalt, aber wenn man länger herumsteht …"

Finot hatte die Hoffnung aufgegeben, eine direkte Antwort auf seine Frage zu bekommen. Zumal Damien schon zum nächsten Thema überging: „Mein Vater geht fest davon aus, dass ich katholische Religion studiere und Pfarrer werde. Er hat alles genau durchgeplant, mein Werdegang liegt schwarz auf weiß in der Schublade."

Während er bislang eher in seine Tasse gesprochen hatte, hob Damien nun den Kopf und sah Finot direkt ins Gesicht. „Ich werde Wirtschaftsinformatik studieren."

„Schön!", sagte Finot, der von jedem anderen Fach oder einer beliebigen Ausbildung genauso begeistert gewesen wäre. Ihn freute eher die Tatsache, dass der junge Mann ein Ziel vor Augen hatte. „Wissen Sie schon wo?"

„Am liebsten ganz weit weg, aber ..."

„Aber?"

„Wenn mein Vater das erfährt, bricht für ihn eine Welt zusammen."

Finot lachte auf. *Eine Welt bricht zusammen?* Das schien ihm dann doch etwas dramatisch.

„Pfarrer Vidal unterstützt meinen Plan. Ich meine das mit der Wirtschaftsinformatik ..."

„Während Ihr Vater denkt, dass er Sie auf ein Leben als Pfarrer vorbereitet?"

„So in etwa." Damien stellte die Tasse ab und begann, sie auf dem Tisch hin und her zu drehen. „Ich hoffe nur, dass der Pfarrer nicht zu sehr drunter leidet, wenn es rauskommt ..."

Oha, dachte Finot, dem endlich dämmerte, was das Ganze mit ihm zu tun hatte: Damien wollte seinen väterlichen Freund schützen!

„Monsieur Vidal hat entschieden, Ihnen zu helfen. Er kennt Ihren Vater und wird gewusst haben, worauf er sich einlässt."

Es machte nicht den Anschein, als ob die Worte ihn beruhigten.

„Vidal ist erwachsen, genau wie Ihr Vater", fuhr Finot fort. „Es soll nicht Ihre Sorge sein, wenn die beiden sich streiten. Sie sollten sich mit Ihrer Zukunft befassen, dem Abi, Ihrem Studienort und so weiter." Er musterte den Jungen. War irgendwas von dem, was er gesagt hatte, bei ihm angekommen?

„Dann ist da noch die Sache mit der Maria ...", sprach Damien zögerlich weiter. „Meinetwegen soll mein Vater erfahren, dass ich mitgemacht habe, aber ..."

„Ich glaube nicht, dass er von Vidals Rolle bei dem Diebstahl erfahren muss", unterbrach Finot ihn.

Das würde sich freilich ändern, sollte herauskommen, dass Vidal ein Mörder war. Aber dann ständen sie vor ganz anderen Problemen ...

Auf dem Nachhauseweg überlegte Finot, wie er das Gespräch einordnen sollte. Wollte Damien wirklich nur ein gutes Wort für Vidal einlegen?

Oder wusste er irgendwas?

Der Täter war er jedenfalls nicht.

Davon abgesehen fand Finot, dass sich der Junge zu viel Verantwortung aufbürdete. Sollten Vidal und Jacquet die Sache doch unter sich ausmachen!

Den Rest des Spaziergangs über schaltete er sein Gehirn ab und war daher umso erholter, als er schließlich den Schlüssel im Schloss drehte. Es war jedes Mal schön, nach Hause zu kommen. Auch damals schon, als er Paulines Untermieter gewesen war. Aber jetzt mit Laura war es noch etwas anderes.

„*Salut, François!* Wo sind die Rahmen?" Laura ging in die Knie, um Blanche zu begrüßen. Die wedelte wie immer aufgeregt mit dem Schwanz. „Ja, meine Liebe, ich freue mich auch, dich zu sehen!"

„Hole ich morgen ab." Er erzählte von Damien.

Laura begann, Blanches Fressnapf zu füllen. „Auch nicht schön, so zwischen den Stühlen zu sitzen. Das Gefühl zu haben, sich für den eigenen Vater entschuldigen zu müssen ..."

Sie trat an die Küchenzeile und goss Wasser in zwei Gläser. „Meine Eltern waren mir als Teenager auch peinlich, aber da ging es um ganz andere Sachen, Bagatellen eigentlich."

Mit ihren Getränken nahmen sie auf dem Sofa Platz und tauschten sich über den Arbeitstag aus, bis Blanche fertig gegessen und sich ausreichend erholt hatte. Dann stand auch für Finot und Laura Abendessen auf dem Programm.

„On y va!"

Bisher war es Finot gelungen, seinen Juwelier-Plan zu verdrängen, aber langsam wurde er nervös. Vor allem, da gleich die Ecke kam, an der er Laura von einem Umweg überzeugen musste. Andernfalls kämen sie nicht am Schmuckgeschäft vorbei.

Als er ganz beiläufig den Vorschlag machen wollte, sagte sie: „Lass uns hier schon rechts abbiegen. Da ist die Boutique, von der ich dir heute Morgen erzählt habe!"

Die Boutique? Ach ja, der Pulli.

Sie zeigte auf einen roten Rollkragenpullover in der Auslage. „Schick, oder?"

„Hm, schön", sagte Finot, in Gedanken schon beim Juwelier.

Er hatte sich vorgenommen, im Vorbeigehen ins Schaufenster zu gucken, überrascht anzuhalten und von Motas' neuestem Uhrenkauf zu erzählen. *Ach, guck mal, so eine Uhr hat Eric auch …!*

Es klang schon in seiner Vorstellung falsch!

Und die Uhr war natürlich nur Mittel zum Zweck; nach der Bemerkung würde er zum Damenschmuck überleiten.

Sie schlenderten weiter, gleich ging's los …

„So ein Zufall!", sagte Laura, als Finot drauf und dran war, in seine Rolle zu schlüpfen. „*Hier* ist der Laden!"

„Der Laden?"

„Sabrine hat davon erzählt, du weißt schon, die Kollegin mit dem Golden Retriever." Laura musterte die Auslage. „Sie hat hier kürzlich ein Schmuck-Set gekauft. Das da mit den rosa Steinen!" Sie tippte auf die Scheibe.

Warum erzählte Laura das? War es ein Wink mit dem Zaunpfahl? Fiel ihm die Lösung hier gerade in den Schoß? Das wäre ja zu schön, um wahr zu sein!

„Hübsch", sagte Finot, kam aber doch ins Grübeln. Rosa Steine? Damit hatte sie es sonst eher nicht so. Unsicher fügte er hinzu: „Oder was meinst du?"

„Hm."

War das jetzt ein überzeugtes oder ein skeptische Hm?

„Schau mal, die Uhr da!"

„Hübsch!", sagte Finot noch einmal, dabei benutzte er das Wort sonst nie.

„Wirklich? Nicht zu glänzend?"

„Nö, gar nicht." So erleichtert wie er war, fand Finot im Moment alles wunderbar.

„Man könnte ein anderes Band nehmen ...", murmelte Laura, „damit sähe es weniger protzig aus." Sie sah ihn erwartungsvoll an.

Der nickte. „Klar, warum nicht."

Sie schien noch über irgendwas nachzudenken und hakte sich schließlich zufrieden bei ihm unter. „Sollen wir dann?"

„Ja, lass uns gehen, ich hab Hunger!"

„Ich auch!"

V

28

Am nächsten Morgen saß Finot im Kommissariat und schaffte es gerade mal so, die Augen offen zu halten. Warum hatte er auch gestern nach dem Essen noch Fotos ausgedruckt!

Aber selbst wenn das nicht der Fall gewesen wäre, hätte er nicht früher im Bett gelegen, da sein Magen mit dem köstlichen Mahl beschäftigt gewesen war.

Zum Auftakt hatte es ein paar Scheiben Bauernbrot mit würzigem Enten-Rillette gegeben, dazu Cornichons. Danach gratinierte Jakobsmuscheln mit Safran und als Hauptgericht einen sehr zarten Lammrücken, gefolgt von einer vorzüglichen Auswahl an Käse. Und als ob das noch nicht genug gewesen wäre, hatten sie sich anschließend Profiteroles gegönnt. Eigentlich war es nur ein einziger Windbeutel gewesen, wenn auch ein recht großer. Mit einer cremigen Füllung aus Sahne und Pudding und mit flüssiger Schokolade überzogen. Zum Glück hatten sie das Dessert nur einmal bestellt und geteilt.

Sein Kopf fühlte sich dumpf an; es waberte darin wie draußen die Nebelschwaden. Voller Selbstmitleid fragte er sich, ob es denn gar keinen Hoffnungsschimmer gab! Er grinste, doch: Seinen Gang zur Post hatte er hinter sich; die Rahmen lagen im Kofferraum.

Na also.

Finots Hand ging unwillkürlich zum Teller mit den Papillotes, den Martine fatalerweise in seinem Büro stehengelassen hatte. Als er sich der Bewegung bewusstwurde, hielt er erschrocken inne.

Bloß nicht!

Als Nächstes wurde er der am Regal hängenden Uniform gewahr. Er stand auf, nahm den Bügel und hakte ihn an eine Schranktür außerhalb seines Blickfeldes.

Dann setzte er sich wieder.

Beim ersten Schluck Kaffee überlegte er, was heute auf dem Programm stand. Das Rosengesteck kam ihm in den Sinn und damit die Frage, ob sie Madame Aubert viel zu lange aus ihren Recherchen ausgespart hatten. Lag hier der Hase im Pfeffer?

Finot drehte in seinem Stuhl Pirouetten. Was noch? Vidal und die Verwechslungstheorie. Er machte sich Sorgen um den Pfarrer, da Personenschutz nicht zu haben war. Aber wie auch, bisher hatte sich kein Feind aufgetan, war alles immer noch reine Vermutung.

Höchstens Jacquet, aber dazu hätte der erst mal wissen müssen, dass Damien auf beruflichen Abwegen war. Mal ganz davon abgesehen, dass es ein schwaches Motiv darstellte. So sehr konnte Jacquet doch nicht an der Idee hängen? Reichte es wirklich als Kränkung aus, um jemanden umzubringen? War *Feind* in dem Zusammenhang wirklich das richtige Wort?

Andererseits waren ihm Jacquets Reaktionen bisher schon etwas überzogen vorgekommen, ein echtes Gegenargument war das also nicht. Und vielleicht hatte Jacquet Aubert – beziehungsweise Vidal – auch gar nicht töten wollen?

Finot stellte die Tasse ab und wandte sich seinen E-Mails zu. Raphaël schrieb, dass die Kriminaltechnik Madame Auberts Handy geknackt hatte. Leider war der angehängte Bericht nicht sonderlich aufschlussreich.

Social Media hatten sie nicht interessiert; die vorhandenen Apps umfassten lediglich Spiele, Banking, Versicherungen und Ähnliches. Kontakte waren nur wenige eingespeichert, darunter einige Familienmitglieder,

Pflegerin Delphine, der Bürgermeister und dessen Frau Marlène, Landwirt Burel.

Das war übersichtlich.

In der Galerie gab es Fotos des Paares ähnlich denen auf der Kommode und daneben ganz viel Natur. Blüten, Büsche und Bäume, Sonnenaufgänge, das Meer, die Felsen. Außerdem vom Bett aus geschossene Fotos aus ihrem Fenster heraus unter verschiedenen Wetterbedingungen.

Sie wäre eine gute Fotografin gewesen, fand Finot, hatte ein Auge für spannende Motive, Proportionen und den passenden Bildausschnitt gehabt.

Die Anruf- und Nachrichtenliste offenbarte, dass sie viel mit ihrem Mann telefoniert und getextet hatte. Die jüngsten Botschaften kannte Finot schon; Hippo hatte sie ihm ausgedruckt. Einiges an Textnachrichten war auch zwischen Delphine und ihr hin und her gegangen, wohingegen sie mit ihrer Freundin Marlène eher telefoniert hatte. Zumindest anfangs, später waren sie ebenfalls aufs Texten umgestiegen. Bevor der Kontakt dann irgendwann auslief.

Hatten sie sich gestritten? Aber die Inhalte klangen nicht danach; der Ton war bis zuletzt freundlich gewesen. Marlène hatte mehrfach ihre Hilfe angeboten. *Ich komme auch gerne vorbei!* Doch Lilianes Reaktion war eher verhalten ausgefallen, was Finot ihrer zunehmenden Schwäche zuschrieb.

Interessiert wandte er sich dem zweiten der vier Tagebücher zu, das er gestern zu lesen begonnen hatte.

Mit wem hatte Madame Aubert Kontakt gehabt? War – abgesehen von Burel – ein Verehrer dabei? Finot konnte es sich kaum vorstellen nach der Durchsicht des Smartphones.

Inwieweit wurde der Landwirt erwähnt? Sein Käse? Irgendwelche körperlichen Symptome im Zusammenhang damit, die Auberts Verhalten erklärt hätten? Gab es sonstige Auffälligkeiten?

Außerdem: Hatte Madame Aubert mit irgendwem Probleme gehabt? Doch auch hier war er skeptisch, nachdem er ihre Textnachrichten gelesen hatte.

Schließlich noch die Frage, ob Lourdes in ihren Aufzeichnungen vorkam. War das Paar dort in Urlaub gewesen? Die Fotos im Album legten den Schluss nahe.

Ein weiterer Schluck aus der Kaffeetasse, dann ging es los.

Trotz oder vielleicht gerade wegen der nüchternen Berichtsform bildeten sich in Finots Vorstellung schnell lebhafte Bilder von Madame Auberts Alltag. Es war ihm gestern schon halb bewusst geworden, aber heute konnte er den Effekt in Worte fassen.

Sie schien Freude an den kleinen Dingen gehabt zu haben und umgänglich gewesen zu ein; höchstens ein bisschen ungeduldig. Längere Wartezeiten – an der Kasse, bei Bestellungen oder der Antwort auf eine E-Mail – hatten sie genauso auf die Palme gebracht, wie hinter schleichenden Autos herzufahren.

Sie hatte sich darauf eingestellt, unter der Woche allein zu sein und vielfältigen Interessen gefrönt. Was das anging, erinnerte sie ihn an Hippo. Viel Zeit war für ihre Weiterbildung draufgegangen, dem Online-Kurs zur Schmuck-Herstellung.

Finot unterbrach seine Lektüre, um mit Raphaël zu telefonieren. Von ihm erfuhr er, dass sie zu diesem Zweck den Desktop-Rechner aus Auberts Büro genutzt hatte. „Der Suchhistorie nach zu urteilen hat sie sich auch darüber informiert, wie man den Schmuck am besten vermarkten kann."

„Verstehe, vielen Dank!"

Den nächsten Absatz musste er dreimal lesen, bevor er ihn richtig verstand. Konzentration, mahnte er sich und nahm nun doch eine Papillote. Schnell knüllte er das Papier zusammen, bevor ihn der Spruch ablenken konnte.

An einer folgenden Textstelle erhöhte sich Finots Aufmerksamkeit: Madame Aubert schrieb, dass sie im Hofladen gewesen sei. *Burel und seine Frau sind wirklich ein Duo; sehr amüsant. Der Käse ist sooo lecker! Monsieur Burel war selbst hinter der Theke und hat mir ein besonders großes Stück zum Probieren gegeben. Als ob ich nicht wüsste, wie sein Käse schmeckt! Florence hat schon wieder so kritisch geguckt. Dabei will ich ihr ihren Christian gar nicht abspenstig machen! Das würde mir gerade noch einfallen.*

Finot hielt still für sich fest, dass Burels Zuneigung zu Liliane Aubert keine Erwiderung gefunden hatte. Wie vermutet …

Von Florence Burels Eifersucht wusste er ja schon.

Ein paar Seiten weiter beschrieb Madame Aubert einen Besuch im Supermarkt. Die Kassiererin hatte eine komische Bemerkung über ihre Frisur gemacht, *jetzt bin ich doch verunsichert.*

Unterstützung war von Marlène gekommen, was bald darauf klarwurde. Deren Kommentar: *Du weißt doch, wie altmodisch Gabrielle immer aussieht. Dass sie deine Haare nicht mag, ist eher ein Kompliment.*

Finot schmunzelte: Frauen und Frisuren. Das Thema würde er wohl nie verstehen.

Weiter las er, dass Patrice bald nach Hause komme, sie freue sich.

Und dann: *Ach, dieser Mann! Er hat am Wochenende mexikanisch gekocht. Ich habe ihm den ganzen Tag über die Schulter geguckt und kein einziges Mal die Küche verlassen. (Na ja, zur Toilette musste ich schon :-)).*

Mit dem Thema Essen ging es weiter: *Marlènes Aprikosenmarmelade ist einfach ein Traum. Es gibt wahrscheinlich niemanden in der Stadt, der sie noch nicht probiert hat. Abgesehen von Patrice! Kann man Aprikosen hassen?*

Madame Lefebvre hatte ihre Freundin aber nicht nur mit Marmelade versorgt, sondern als Ladenbesitzerin auch Tipps gegeben, was Selbstständigkeit und Vermarktung anging. Sie hatte vor allem auf mögliche Stolpersteine hingewiesen, wofür Liliane dankbar gewesen war.

Finot hielt für sich fest, dass die beiden Frauen viel Zeit miteinander verbracht hatten und Marlène der Typ war, der den direkten Kontakt unpersönlicheren Textnachrichten, aber auch Telefonaten vorzog.

Er klappte das Tagebuch zu, stand auf und streckte sich.

Es kam ihm alles so harmlos vor! Zu harmlos? Aber sollte er ihr vorwerfen, ein friedliches Leben geführt zu haben? Sicher nicht. Es ging eher um seine Hoffnung auf einen Anhaltspunkt, die die ersten beiden Tagebücher nicht erfüllt hatten.

Mit gemischten Gefühlen wandte er sich Tagebuch Nummer drei zu, doch es ging in bekannter Manier weiter. Finot merkte, dass seine Konzentration nachließ. Sollte er noch ein Kaffee trinken? Er nahm die Brille ab und rieb sich die Augen. Nein, später.

Er las, blätterte, las weiter.

Was war das? Madame Aubert berichtete von einem undefinierbaren Unwohlsein mit Kopfschmerzen und Müdigkeit. Zeigte sich die Erkrankung hier zum ersten Mal? Sie selbst machte das Wetter verantwortlich. Es wurde etwas besser, dann doch wieder schlechter. *Vielleicht sollte ich mal zum Arzt gehen?*

Einige Zeit waren die Symptome kein Thema mehr, nur der Rücken schmerzte ab und zu. Dann wieder die Kopfschmerzen, endlich ein Besuch beim Arzt. Ein paar Tage darauf das Ergebnis: Alles in Ordnung, *es fehlte nur ein bisschen Magnesium.*

Erleichterung.

Gegen Ende, Finot dachte schon, es käme nichts mehr, war plötzlich von Fotoalben die Rede. *Wann habe ich die das letzte Mal angeguckt! Es ist ewig her. Ich habe die Bilder aus den Pyrenäen gefunden. Nach Lourdes sind wir ja nur kurz rein, es ging mir nicht gut. Und es war auch so voll! Dabei erfahren, dass Patrice als Kind schon mal da war.*

Lourdes!

Leider stand nichts weiter da als die paar Sätze, ohnehin sollte er nicht zu viel hineininterpretieren. Zig Leute besuchten den Wallfahrtsort, auch mehrmals im Leben! Wenn irgendwas Besonderes passiert wäre, hätte sie es sicher notiert.

Und Patrices Besuch in der Kindheit? Den konnte man wohl erst recht vernachlässigen.

Schließlich Tagebuch vier.

Ohne es zu merken, hatte Finot angefangen, an den Fingernägeln zu kauen. Wo kam das jetzt her? Die Erwähnung der Symptome? Lourdes? Eine mysteriöse Vorahnung, die ihn nervös machte?

Wie auch immer; etwas später war von einer Unterhaltung mit dem Bürgermeister zu lesen: *Er hat mir ein Kompliment gemacht. Oh, là là! Sicher will er mich nur aufmuntern, weil Patrice so oft weg ist. Er ist ein Charmeur, nichts weiter.* Aubert hatte offenbar mit einem schlagfertigen Kompliment reagiert: Kein Wunder, sie sei nun mal eine schöne Frau! *Der Verrückte.* Geheimnisse schienen die Eheleute nicht voreinander gehabt zu haben.

Auf den letzten Seiten klagte sie über Übelkeit, Marlène hatte ihr Tee gebracht. Finot hoffte auf weitere Details im nächsten Tagebuch.

Aber nein, es gab ja gar keins mehr.

Hatte sie etwa aufgehört zu schreiben? Warum? Weil sie nicht mehr konnte? Aber so abrupt würde sich ihre Verfassung nicht verschlechtert haben.

Finot rechnete anhand der vorhandenen Tagebücher hoch, dass etwa drei weitere fehlten. Hatte Raphaël irgendwas übersehen? Zur Sicherheit rief er ihn noch mal an, aber nein, Fehlanzeige.

Kurzerhand ging er rüber zu Hippo. „Haben Sie einen Moment Zeit?"

29

„Wo sind die restlichen Tagebücher?"

Statt zu antworten, nahm Hippo sein Häkelzeug, das helfe ihm beim Überlegen. Erst nach ein paar Maschen kam er zur Sache: „Vielleicht hat sie aufgehört zu schreiben?" Er sah Finot an. „Ja, Sie haben recht, unwahrscheinlich."

Hippo stach erneut mit der Häkelnadel zu. „Dann gab es keinen ... einheitlichen Aufbewahrungsort? Was ich sagen will: Hat Monsieur Aubert die neueren Tagebücher weggetan, ohne zu wissen, dass es noch ältere gibt?"

„So intensiv, wie sie geschrieben hat, müsste er es doch mitbekommen haben. Und diese vier Tagebücher hier", Finot klopfte mit der Hand auf den Stapel, „waren ja auch nicht versteckt, sondern lagen ganz offen bei Madame Auberts anderen Sachen."

„Oder vielleicht so", fuhr Hippo fort, ohne von der Arbeit aufzusehen: „Er hat nur die Bände weggetan, in denen ihre Krankheit vorkam?"

„Warum hätte er das tun sollen?"

„Weil ihn die Erinnerung zu sehr geschmerzt hat?"

Finot war unsicher. „Einerseits kann ich das Argument nachvollziehen. Andererseits fände ich es komisch, wenn Aubert ausgerechnet diesen Teil ausgespart hätte. Das passt nicht zu ihm, ansonsten hat er sich doch auch auf ihre Krankheit eingestellt."

Letztlich interessierte Finot vor allem eine dritte Alternative. „Oder ..."

Hippo schien gerade mit einer komplizierten Stelle beschäftigt zu sein und sprang nicht auf den Köder an.

„Oder es steht etwas drin, das niemand wissen sollte …"

Nun ließ er seine Handarbeit doch sinken. „Das heißt? Aubert hat sie verschwinden lassen?"

„Oder jemand anderes …"

Skeptisch verzog Hippo den Mund. „Wäre es dann nicht sinnvoller gewesen, *alle* Tagebücher wegzuschmeißen?"

Finot stand auf und begann, im Zimmer umherzulaufen. „Wer könnte uns etwas darüber sagen …? Was ist mit der Pflegekraft?"

„Delphine?"

„Ach ja, stimmt!" Der Name war Finot eben noch über den Weg gelaufen.

Er rief die Frau an. „Tut mir leid, Sie vor Weihnachten zu behelligen. Sie hatten bereits mit meinem Mitarbeiter gesprochen …"

Hippo, der mithörte, begrüßte sie.

„Bonjour Monsieur Vian!"

„Es geht um Madame Auberts Tagebücher."

„Ach Mensch, die Tagebücher!", sagte sie in einem Anflug von Wehmut. „Sie lagen immer auf ihrem Nachtschränkchen, ich erinnere mich."

„Sie erinnern sich?" Der Einwurf entsprang weniger Finots Überraschung als seiner Freude, dass Delphine etwas beisteuern konnte.

„Liliane hat mir manchmal daraus vorgelesen … Meist ging es um irgendwelche Kleinigkeiten; etwas, das sie im Fernsehen gesehen hatte, zum Beispiel. Es war niedlich, wie sie sich über unbedeutende Details amüsieren konnte."

Das Fernsehprogramm war Finot bei seiner Lesestunde nicht untergekommen. Dann sprach sie also von jüngeren Aufzeichnungen?

„Wie viele Tagebücher waren es?", fragte Hippo.

„In der Zeit, in der ich bei ihr war, habe ich drei gesehen. Warum?"

„Und das waren aktuelle Bücher?" Nach der Vorinformation konnte Finot sich die Frage eigentlich sparen.

„Das Datum stand ja vorne drauf. Die älteren lagen bestimmt irgendwo im Schrank – zumindest dachte ich das." Gedehnt fragte sie: „Warum?"

„Wo sind die Tagebücher nach Madame Auberts Tod hingekommen?"

„Hm, ich schätze, Monsieur Aubert hat sie an sich genommen? Es war ja niemand anderes da." Einen Moment später fügte Delphine hinzu: „Sind sie etwa weg? Komisch, die beiden waren doch sonst so ordentlich!"

„Könnte Marlène Lefebvre die Tagebücher haben?" Abgesehen von ihrem Mann schien sie Madame Auberts engste Bezugsperson gewesen zu sein.

„Ihre Freundin? Die Frau des Bürgermeisters?" Delphine ließ sich Zeit mit der Antwort. „Ausgeschlossen ist es natürlich nicht, aber ich bezweifle es. Ich glaube nicht, dass Monsieur Aubert sie aus der Hand gegeben hätte."

„Haben Sie Madame Lefebvre kennengelernt?"

„Nein. Ich weiß nur, dass sie einen Teeladen hat. Und die Freundschaft verlief ja auch im Sande. Eigentlich schade, ich meine, wofür sind Freunde denn da? Natürlich nicht nur, aber auch für Krisenzeiten."

„Gab es Streit zwischen den beiden?" Zwar sprach Finots Informationen nach wenig dafür, aber irgendwas musste doch vorgefallen sein ...

„Keine Ahnung, Madame Aubert hat jedenfalls nichts in die Richtung erwähnt." Das sei aber kein Gegenargument, sie habe selten über andere gelästert.

„Und ich begann auch erst mit der Pflege, als das Verhältnis schon abgekühlt war."

Finot fragte, ob sie sonst noch etwas zu den Tagebüchern sagen könne, aber das war nicht der Fall.

„Gut, dann ..." Er ließ noch einen Weihnachtsgruß folgen und beendete das Gespräch.

Kaum war sein Handy zurück in der Hosentasche, packte Hippo das Häkelzeug weg. „Fahren wir dann?"

„Wohin?"

„Nach Neufchâtel-en-Bray!"

30

Sie trafen die Frau des Bürgermeisters in ihrem Laden an. Diesmal war eine junge Mitarbeiterin anwesend, und die schien Madame Lefebvre auch zu brauchen. Eben hatte ein Kunde den Laden verlassen, dafür kamen zwei weitere Leute herein. Finot und Hippo hatten bei ihrem ersten Besuch wohl einen günstigen Moment erwischt.

„Hätten Sie kurz Zeit für uns?"

Madame Lefebvre lächelte entschuldigend in die Runde und wandte sich an ihre Mitarbeiterin: „Kann ich Sie einen Moment allein lassen, Jacqueline?"

„Kein Problem, ich komme schon klar!", zwitscherte sie übertrieben fröhlich, sodass Finot Zweifel kamen.

Er zeigte auf die Tür des kleinen Hinterzimmers, aber Madame Lefebvre schlug vor, zum Rathaus zu gehen. „Auf die Minute kommt es dann auch nicht an." Übergangslos wandte sie sich an Jacqueline, die dabei war, Reste von Geschenkband wegzuwerfen. „Nein, nein, packen Sie das in die Tüte in der obersten Schublade, das können wir noch gebrauchen."

Eine sehr nachhaltige Einstellung.

Sie eilten im Nieselregen über die Straße und betraten das Gebäude; der Herr an der Information nickte ihnen freundlich zu. „Madame Lefebvre ..."

Genau wie das Kommissariat war auch das Rathaus weihnachtlich dekoriert: Auf den Fenstern prangten Motive aus künstlichem Schnee, außerdem waren Lichterketten angebracht. Den Christbaum hatte eine hiesige Vorschulgruppe mit selbst Gebasteltem ausgestattet, wobei unbändige Fantasie und viel Herzblut auf leichte Unbeholfenheit getroffen war.

Es sah einfach zauberhaft aus.

Sie setzten sich auf schwarz gepolsterte Stühle; Finot und Hippo nebeneinander, Madame Lefebvre gegenüber. „Hier ist es ein bisschen geräumiger."

Auch Finot fühlte sich wesentlich wohler als in dem kleinen Hinterzimmer und nickte dankbar. Dann sprach er die Frau des Bürgermeisters auf ihre Freundschaft mit Madame Aubert an.

Einen bedrückten Ausdruck im Gesicht erklärte sie: „Ich bedaure wirklich sehr, dass es so zu Ende gegangen ist ..."

„Wie kam es dazu? Hatten Sie Streit?"

„Nein, das war ja das Merkwürdige! Sie hat einfach nicht mehr auf meine Anrufe und Nachrichten reagiert. Oder nur sehr knapp. Und von sich aus hat sie sich erst recht nicht gemeldet. Ich habe dann aufgegeben, man will sich ja auch nicht aufdrängen."

Madame Lefebvre ließ ihren Blick durchs Foyer schweifen und konzentrierte sich wieder auf Finot. „Dabei habe ich sie immer unterstützt, auch bei ihrem Schmuckkurs ... Ich weiß nicht, ob Sie im Bilde sind; Liliane wollte sich selbstständig machen."

„Wann war das?", hakte Hippo nach. „Ich meine, als der Kontakt abbrach. War Madame Aubert zu dem Zeitpunkt schon krank?"

„Ich wollte ihr natürlich helfen, habe Patrice noch gefragt, was man tun kann. Aber er meinte, unser Austausch würde sie zu sehr belasten."

Hippo runzelte die Stirn. „Belasten?"

Sie zuckte mit den Achseln. „Ich habe es ja auch nicht verstanden! Es muss schwer für Liliane gewesen sein und ich wäre gern für sie da gewesen!" Ein paar Tränen liefen ihre Wangen herunter.

Mit einer fahrigen Bewegung wischte sie sie weg. „Ich habe mir immer geschworen, nicht eine von diesen Schönwetterfreundinnen zu sein, auch damals schon, bei …"

Finot sah sie aufmunternd an.

„Eine alte Geschichte mit einer anderen Freundin, ziemlich tragisch." Sie presste die Lippen zusammen und rückte noch ein paar Tränen zu Leibe. „Wie auch immer, ich musste ihr Verhalten wohl oder übel akzeptieren. Monsieur Aubert, Patrice …"

„Was ist mit ihm?"

„Er hat sie von allem abgeschottet!"

„Warum hätte er das tun sollen?"

„Das weiß ich nicht … Ich schätze, er war ein vereinnahmender Charakter? Manche Leute sind ja so."

Madame Lefebvre schaute besorgt auf ihre Uhr. „Oh je …" Etwas geschäftsmäßiger fuhr sie fort: „Als er noch in Paris arbeitete, ging es, aber dann …" Sie begann, unruhig auf dem Stuhl hin und her zu rutschen. „Florence, ich meine Madame Burel, sieht das ähnlich, wir haben kürzlich noch miteinander gesprochen."

„Wissen Sie etwas davon, dass Madame Aubert Tagebücher geschrieben hat?"

Die Antwort kam wie aus der Pistole geschossen. „Natürlich, die waren ja ihr ständiger Begleiter. Haben Sie sie gelesen? Ich nehme an, bis zu unserem Bruch kam ich auch darin vor? Hat sie was dazu geschrieben?"

„Wo hat Madame Aubert die Bücher aufbewahrt?", fragte Hippo.

Irritiert zog sie die Stirn in Falten. „Irgendwo zu Hause? Warum?"

Finot brummte etwas Unbestimmtes. „Können Sie sonst noch was dazu sagen?"

„Nein, tut mir leid." Sie stand auf und auch Finot und Hippo erhoben sich. Hände wurden geschüttelt.

„Vielen Dank für Ihre Zeit!"

Madame Lefebvre verließ das Rathaus, sie setzten sich noch mal hin.

„Hat Aubert seine Frau wirklich isoliert?", fragte Hippo.

„Er war nicht gerade ein Partylöwe, wie es scheint. Und in den Tagebüchern klang es so, als ob sie zumindest die Wochenenden immer allein verbracht hätten. Warum?"

„Nur so ein Gedanke. Sollen wir dann …?"

Im Vorbeigehen nickte Finot dem Herrn an der Information zu, doch der war in ein Gespräch vertieft und bemerkte es nicht. „Hauptsache, sie ist weiterhin mit ihrem Teeladen die Nummer eins", sagte seine Gesprächspartnerin lachend.

31

Zurück in Dieppe bat Finot Raphaël um alle Unterlagen, die mit Madame Auberts Krankheit zu tun hatten; irgendwas stimmte da nicht. Sobald ihm die E-Mail vorlag, leitete er sie samt Anhang zur Prüfung an Serge weiter.

Der Gerichtsmediziner rief postwendend an. „Was genau willst du wissen? Was hat Madame Auberts Erkrankung mit dem aktuellen Fall zu tun? Glaubst du jetzt, es war doch der Käse?"

„Ich weiß es nicht."

„Wie bitte?"

„Nein, ich weiß nicht, was es mit dem aktuellen Fall zu tun hat."

„Du glaubst, sie ist keines natürlichen Todes gestorben?"

Finot erzählte von den Tagebüchern. „Und dann sind ausgerechnet die Bände nicht auffindbar, in denen es um ihre Krankheit geht?"

Serge stimmte zwar nicht zu, widersprach aber auch nicht. „Ich schaue mir das mal an …"

„Merci beaucoup!"

Und jetzt? Bis zu diesem Punkt hatte sich jeder Schritt ganz natürlich aus dem vorherigen ergeben, aber nun wusste Finot nicht weiter.

Hippo und er hatten unterwegs zum Mittagessen Halt gemacht. Dann vielleicht eine Papillote zum Kaffee?

Nur welche Farbe? Wo verbarg sich das Fruchtgelee?

Finots Hand schwebte über dem Teller, als sein Mitarbeiter hereinkam.

„Rot!", sagte er.

„Und wenn es Fruchtgelee ist?"

Er schüttelte den Kopf. „Ist es nicht."

„Wie können Sie so sicher sein?"

Hippo schnaufte, nahm eine rote Papillote und hielt sie Finot unter die Nase. Dabei erklärte er, dass Auberts Arbeitgeber die Überwachungsvideos geschickt habe. „Mit ein bisschen Glück ergeben sich daraus Hinweise auf den Täter? Hat er Auberts Tagesablauf ausgekundschaftet?"

Sie setzten sich zusammen, um die Aufzeichnungen durchzugehen; Finot an seinen Rechner, Hippo ans Notebook. Der Plan war, sich vom Todestag aus in die Vergangenheit zurückzuarbeiten. Dabei wollten sie zunächst den Arbeitsbeginn und vor allem dessen Ende ins Visier nehmen, bevor sie den Rest prüfen würden.

An Tag null, dem Mittwoch, passierte nichts Besonderes, am Dienstag gab es ebenfalls keine Auffälligkeiten. Dann ging's mit noch mehr Kaffee einen weiteren Tag zurück. Aubert war jeweils kurz zu sehen, einmal morgens bei der Ankunft und einmal nachmittags beim Verlassen des Gebäudes. Dabei hatte er mit niemandem gesprochen und sich auch nicht besorgt umgeschaut, als hätte er Angst. Er schien einfach einer von vielen Mitarbeitern zu sein, der zur Arbeit kam und wieder ging.

Eine kleine Abweichung gab es aber doch, Hippo hatte schon davon erzählt: An Auberts Todestag war mittags ein Regenschauer niedergegangen und ein Kollege hatte ihm Zuflucht unter seinem riesigen Schirm geboten. Fast hätte Finot ihn daher übersehen.

Neben den Versicherungsleuten beobachtete er Vierbeiner, die irgendeiner Spur folgten und ihre Herrchen und Frauen vom Gehweg zerrten. Ein Kind fuhr mit seinem Laufrad auf den Parkplatz und drehte schlingernde Runden. Die Mutter stand wartend auf dem Bürgersteig, bis sie nach ein, zwei Minuten ihren Weg fortsetzten.

Die bekannten Bilder ...

Finot knüllte das Papillote-Papier zusammen, Hippos Vorhersage war zum Glück richtig gewesen.

Auf dem Bildschirm verließ ein Mann das Gebäude, stand eine Weile telefonierend und rauchend an einem Auto und ging wieder hinein. Zwei Leute kamen raus, küssten sich verstohlen und fuhren in ihren jeweiligen Pkws davon.

Die Lichtverhältnisse änderten sich nach und nach; sie zeigten den Verlauf des Tages an, der Finot ansonsten über die größtenteils ereignislose Aufnahme entgangen wäre.

Noch mehr Hunde und ihre Besitzer – dieser eine Pfosten zog die Tiere wirklich magisch an! –, ein streitendes Mitarbeiter-Pärchen, knallende Autotüren. Der Hausmeister marschierte mit Werkzeugkasten in der einen und dickem Schlüsselbund in der anderen Hand zielstrebig durchs Bild.

„Ist das nicht Zacharie?", fragte Hippo in die Stille hinein.

„Wie bitte?" Finot stand so abrupt auf, dass sein Schreibtischstuhl rumpelnd nach hinten rollte. Gespannt sah er Hippo über die Schulter, dessen Perspektive sich teilweise mit der auf seinem eigenen Bildschirm überschnitt. Nur dass Hippo zeitlich weiter fortgeschritten war.

Sie sahen sich die Szene gemeinsam an.

„Natürlich ist er das!"

Zacharie lief in bekannter Aufmachung über den Parkplatz, guckte sich desorientiert um und schaute dabei auch zur Kamera, was aber mehr wie ein Versehen wirkte.

Sie gingen zu Finots Schreibtisch und spulten zum betreffenden Zeitpunkt vor; die Bilder waren ähnlich.

„Was hat das zu bedeuten?"

„Möglicherweise gar nichts …", sagte Hippo. „Er läuft ja den ganzen Tag in der Stadt herum; es könnte purer Zufall sein, dass er von den Kameras erfasst wurde."

Finot gab ihm recht; nichtsdestotrotz sollten sie Zacharies Verbindungen zu Aubert prüfen und jemanden zur Versicherung schicken. Kannte man ihn dort oder hatte ihn gesehen?

Er holte sein Smartphone hervor. „Monsieur Vidal? Ich bräuchte Zacharies Adresse … Ach ja, und wissen Sie seinen Nachnamen?"

„Guerin", sagte der Pfarrer. „Er heißt Zacharie Guerin."

32

Die Werkstatt befand sich in einem alten Backsteingebäude mit großen, an der Oberseite halbrund geformten Sprossenfenstern. Das durchdringende Geräusch einer Kreissäge drang heraus, ein hohes Dröhnen gepaart mit einem tiefen Heulen.

Finot drückte die Klingel an der Eingangstür, und obwohl er kein Läuten gehört hatte, verstummte die Säge wie eine abfallende Kurve. Vermutlich meldete ein optisches Signal die Besucher.

Ein Mann von etwa fünfzig Jahren öffnete die Tür. Er war mittelgroß, untersetzt und trug Sweatshirt und Arbeitshose. Rund um seinen Kopf war ziemlich viel los: Dicke, gelbe Kopfhörer klemmten seitlich über den Ohren; seine Schutzbrille hatte er sich über die Stirn nach oben geschoben, wo eine kleine Mütze einen Teil der grauen Haare verdeckte.

„Wir sind auf der Suche nach Monsieur Guerin", sagte Finot. „Ach ja, Entschuldigung, François Finot und Hippo Vian von der Kriminalpolizei Dieppe." Sie streckten ihm ihre Ausweise entgegen.

„Was wollen Sie von Zacharie?", blaffte der Mann.

„Wir möchten mit ihm sprechen."

„Warum?"

Finot stieß hörbar Luft aus. „Wo ist er?"

„Mir scheint, das weiß er manchmal selbst nicht so genau", erwiderte der Schreiner milder. Dann, wieder harsch: „Er wohnt nur hier, er ist mir keine Rechenschaft schuldig!"

„Wo sind seine Räumlichkeiten?"

„Haben Sie ein Durchsuchungs…dings?"

„Ein Blick von außen genügt."

Widerwillig führte der Mann sie über Kies und Unkraut zum hinteren Teil des Gebäudes. Bislang immer brav bei Finot geblieben, setzte Blanche sich ein bisschen ab und erkundete das angrenzende Gebüsch.

„So, hier ist es!", sagte der Schreiner. „Es ist nicht feudal, aber trocken und warm!"

Neben der unscheinbaren Eingangstür stand eine verwitterte Holzbank. Finot stellte sich vor, wie der ungewöhnliche Mieter abends darauf saß und den Tag ausklingen ließ.

Er klopfte gegen die Tür und rief: „Zacharie?" Durch das dumpfe Fensterglas versuchte er vergeblich hineinzugucken.

„Um die Uhrzeit ist er meist unterwegs", sagte der Schreiner mit finsterer Miene.

„Ist er Ihr Angestellter? Wovon lebt er?"

„Von etwas Erspartem; so viel braucht Zacharie nicht."

„Was hat er beruflich gemacht?"

„Er ist – war – ebenfalls Schreiner."

„Verstehe, ein alter Kollege … Könnten Sie mir den Mietvertrag zeigen?"

Sein Gesicht lief rot an. „Da muss ich mal gucken …"

„Ist das ein Problem?", fragte Hippo.

„Zacharie … Er zahlt eher eine symbolische Miete."

„Das heißt?" Wieder Hippo.

„Er hilft mir ab und zu, dafür lasse ich ihn hier wohnen."

„Geburtstag und Geburtsort?", fragte Finot.

„Er stammt aus der Nähe von Montpellier und wurde Ende der Fünfzigerjahre geboren. Genauer weiß ich es nicht."

Eine ziemlich magere Ausbeute dafür, dass er Zacharie beherbergte. „Hat er ein Smartphone?"

Der Schreiner holte sein eigenes Gerät aus der Hosentasche und gab die Nummer weiter. Hippo machte sich daran, die erhaltenen Informationen überprüfen zu lassen und trat ein Stück zur Seite.

Während Finot noch überlegte, dass der abwesende Untermieter moderner war als gedacht, kam Vidal angelaufen. Atemlos fragte er: „Was wollen Sie von Zacharie? Er hat bestimmt nichts mit dem Mord zu tun!"

Mit aufgerissenen Augen rief der Schreiner: „Mord?"

„Vielleicht klärt sich alles ganz schnell", wiegelte Finot ab. Dabei war er alles andere als zuversichtlich. Große Mitteilungsfreude hatte Zacharie bisher nicht bewiesen ...

„Was wissen Sie über ihn, Monsieur Vidal? Wo hat Zacharie gearbeitet?" Finot wandte sich an den Schreiner. „Er war also ein Berufskollege?"

Der Mann nickte. „Zacharie hatte eine eigene Schreinerei ..."

„Wie haben Sie sich kennengelernt?"

„Auf einem Flohmarkt. Wir interessierten uns beide für dieselbe Vitrine und kamen ins Gespräch."

„Sie kamen ins Gespräch?" Finot konnte es kaum glauben „Und Sie, *Monsieur le Curé?* Woher kennen Sie Zacharie?"

„Es wäre schwer gewesen, ihn nicht kennenzulernen. Er streunte immer wieder vor der Kirche herum und ich habe ihn ermuntert, in den Gottesdienst zu kommen."

Das war alles? Wenn die beiden wirklich so wenig über Zacharie wussten, gönnten sie ihm einen ziemlichen Vertrauensvorschuss! Finot zeigte dem Schreiner Auberts Foto.

„Ist er das Opfer?"

„Kennen Sie ihn?", fragte Finot barsch zurück. „War er mal hier?"

„Weder noch, tut mir leid ..."

„Hat Monsieur Guerin jemals die ABI France erwähnt? Ich meine die Versicherung?" Die Frage richtete Finot auch an Vidal.

Beide Männer schüttelten den Kopf.

Hippo, der sein Telefonat beendet und sich zu ihnen gesellt hatte, fragte: „War er mal in Lourdes?"

Vidal zuckte mit den Schultern.

„Keine Ahnung", kam es vom Schreiner.

Und wenn, würden Sie es nicht sagen ..., dachte Finot ärgerlich. „Melden Sie sich bitte, wenn Zacharie nach Hause kommt!"

Sein Vermieter nickte. „Ja, mache ich."

Finot glaubte ihm kein Wort.

33

Zusammen mit Vidal gingen sie zurück in die Stadt. Der Pfarrer wirkte verstimmt, was sich noch steigerte, als Finot ihn auf die Verwechslungstheorie ansprach: „Ist Ihnen inzwischen jemand eingefallen, der wütend auf Sie sein könnte?"

„Lassen Sie mich mit Ihren Hirngespinsten in Ruhe!"

Blanche fing an zu knurren.

Finot bedankte sich innerlich für ihre Solidarität. Gleichzeitig kam ihm der trotzige Gedanke, dass er nicht angetreten war, die Leute in Ruhe zu lassen: „Hat Zacharie den Diebstahl der Maria eigentlich mitbekommen?"

Wenn er der Mörder war, müsste er die Figur aus der Garage geholt haben – sofern sie nicht anderweitig den Weg in die Kirche gefunden hatte.

„Keine Ahnung, ich habe jedenfalls nicht mit ihm darüber gesprochen." Er presste die Lippen aufeinander, als wollte er verhindern, dass noch irgendein Wort aus seinem Mund kam.

An der Touristeninformation trennten sie sich; der Pfarrer schien erleichtert. Er war so erpicht darauf wegzukommen, dass er fast ein älteres Ehepaar umrannte. *„Je suis desolé!"*

Auf der Suche nach Zacharie kämpften sie sich anschließend den *Quai Henri IV* hinauf und wieder hinunter und an hungrigen Menschen vorbei, die vor den Restaurants Speisekarten studierten.

Hippo blieb stehen. „Ich versuche es noch mal telefonisch. Nicht, dass wir hier ganz umsonst herumlaufen!"

Doch leider war nur der Anruf umsonst.

„Wofür hat er ein Smartphone, wenn er nicht drangeht!"

Weiter ging es durch das Gedränge auf dem Weihnachtsmarkt Richtung Kirche. Frustriert stellte Finot fest, dass es viele Männer mit grauem Haarkranz gab. Und immer die Frage, ob man sich auf dieses Merkmal überhaupt verlassen konnte: Hatte Zacharie sich inzwischen eine Mütze zugelegt?

Am Suppenstand war ihre Zielperson vor einer halben Stunde gesichtet worden.

„Hat er irgendwas gesagt?"

Die Damen lächelten milde. *Traumtänzer!*

„Versuchen Sie's mal bei der *Église Saint-Jacques*. Da gibt es einen Bäcker, der ihm manchmal Brot vom Vortag schenkt."

Sie fragten erfolglos dort nach und setzten sich nach weiteren zwanzig Minuten Suche zum Aufwärmen in ein Café.

Finot hatte gehofft, Zacharie mit etwas Ausdauer und gutem Willen unkompliziert aufzuspüren, aber dieser Wunsch schien nicht in Erfüllung zu gehen.

Eine Fahndung kam leider nicht infrage – auf welcher Basis hätte er sie einleiten sollen? Weil Zacharie in Auberts Dunstkreis gesichtet wurde? Aber war das angesichts seines Lebenswandels wirklich etwas Besonderes?

Finot würde die Streifenbeamten bitten, ihre Augen offenzuhalten.

Kaum war das entsprechende Telefonat beendet, rief Martine an. „Wo sind Sie?"

„Wir trinken gerade Kaffee."

„Na super!", sagte sie. „Bin ich hier die Einzige, die arbeitet?"

„Sicher nicht", erwiderte Finot genervt. „Vorher sind wir auf der Suche nach Zacharie durch die Stadt gerannt."

„Diesem Stadtstreicher?"

Er war nicht glücklich mit dem Begriff, wusste aber, was Martine meinte. „Er heißt Guerin, wie wir inzwischen wissen. Und er ist auf Videoaufnahmen vor Auberts Büro zu sehen."

„Woher wusste er, dass unser Opfer dort arbeitet? Kannten sie sich? Woher? Und warum hätte er ihn umbringen sollen?"

Finot lachte. „Sie bringen es auf den Punkt."

„Was denn?"

„All das, was wir nicht wissen. Noch nicht …"

„Wie auch immer", fuhr sie geschäftig fort. „Ich lege dann mal los mit den Kindern …"

Die Formulierung entlockte ihm ein Grinsen. „Ja, tun Sie das. Und erkundigen Sie sich bitte in einem Zug, ob Zacharie gesehen wurde …" Finot fügte noch an, dass sie jetzt auch ins Kommissariat kämen, dann war das Gespräch beendet.

34

Auf dem *Boulevard Georges Clemenceau* kam ihnen eine dunkelhaarige Frau Mitte vierzig entgegen.

„Bitte schön!", sagte Finot, als klar war, dass sie auch ins Kommissariat wollte. Er wies auf den Eingang.

Doch statt hineinzugehen, sagte die Unbekannte: „Verzeihung, sind Sie Commissaire Finot?"

Er hob die Augenbrauen. „Ja, der bin ich. *Bonjour Madame …?*"

„Ségolène Jacquet", sagte sie und schüttelte die dargebotene Hand. „Ich habe Sie an Ihrem Hund erkannt. Könnten wir kurz reden?" Ein unruhiger Blick auf die Uhr.

„Natürlich, folgen Sie mir!"

Auf dem Flur vor seinem Büro, Hippo hatte sich schon verabschiedet, eilte Martine vorbei. In der einen Hand hielt sie ein paar Zettel, die andere hatte sie stützend in die Hüfte gestemmt. Sie nickte den beiden beiläufig zu und verschwand.

„Ihre Mitarbeiterin sollte sich ein bisschen schonen …", sagte Madame Jacquet.

„Wie bitte?"

„In ihrem Zustand … Auch am Anfang belastet eine Schwangerschaft den Körper. Die hormonelle Umstellung und das alles …"

Finot nickte irritiert. „Äh ja, natürlich."

Er fühlte sich wie ein Idiot; waren wirklich nur ihm die Zeichen entgangen? Zu seiner Ehrenrettung machte er sich klar, dass sie ganz am Anfang stehen musste. Zumindest vor der vierzehnten Woche, da binnen dieser Frist der Arbeitgeber zu informieren war.

Sie betraten sein Büro und setzten sich an den Besuchertisch. Madame Jacquet verzichtete darauf, ihre Jacke auszuziehen, so als wäre sie eigentlich schon wieder weg. In der Hand hielt sie einen Zettel. „Ich habe nur eine kleine Frage – und eine Bitte."

„Ja?"

„Nun also … zunächst mal: Muss mein Sohn wegen des Diebstahls mit einer Anzeige rechnen?"

„Sie wissen davon?", entfuhr es ihm überrascht.

War sie auch über seine Studienwünsche informiert? Finot hätte gerne gefragt, doch er wollte Damiens Vertrauen nicht enttäuschen und verzichtete darauf.

Sie strich sich ein paar widerspenstige Haare hinter das Ohr. „Ja. Aber es wäre gut, wenn mein Mann nichts davon erführe … Das ist die Bitte, von der ich sprach – und der eigentliche Grund, warum ich hergekommen bin. Damien ist ja volljährig und so schätze ich, dass …" Sie brach ab.

„Wie auch immer, sollte es doch nötig sein, wenden Sie sich bitte an mich und nicht an meinen Mann." Sie reichte ihm den kleinen Zettel, der inzwischen ganz zerknittert war. Ihre Telefonnummer stand darauf.

Eigentlich sei ja kein Schaden entstanden, erklärte Finot, wenn man von der vorübergehenden Abwesenheit der Figuren absehe. Er fügte noch hinzu: „Außerdem hat sich Damien nie zuvor etwas zuschulden kommen lassen."

Sie nickte. „Ich wollte nur wissen, worauf wir uns einstellen müssen." Noch mal die Uhr wie zu Beginn ihrer Begegnung. „Das war es schon", sagte sie und erhob sich.

Finot brachte sie zur Tür. „Ach, Madame Jacquet ... Wie hat Ihr Mann eigentlich von meinem Besuch erfahren?"

Sie deutete ein Lächeln an. „Alizée war so begeistert von Ihrem Hund und konnte es nicht für sich behalten."

„Wie geht es ihr denn? Ich hatte den Eindruck, die Sache hat sie sehr erschreckt."

Ihre Tochter habe sich beruhigt, erklärte Madame Jacquet.

„Es tut mir wirklich leid, was passiert ist. Ich ..."

„Schon gut", schnitt sie ihm das Wort ab. „Also dann, *au revoir.*"

Wieder allein wandte er sich seinen E-Mails zu. Hatte Serge schon geantwortet? Aber das war nicht der Fall, und der Gerichtsmediziner hätte auch eher angerufen. Einmal dabei befasste Finot sich mit ein paar anderen Nachrichten, die eine Rückmeldung erforderten.

Irgendwann klopfte es an der Tür und Martine schaute herein. „Chef, es gibt hier ein kleines Problem ..."

Sie sprach weiter, aber Finot bekam es nicht mit. Ihm war eingefallen, dass Martine in Mutterschutz ginge, sollte das mit der Schwangerschaft stimmen.

Was würde er ohne sie tun?

„Chef? Che-ef!"

„Ja?"

„Warum schauen Sie mich so an?"

„Tu ich das?"

„Ja."

„Oh ... Bitte entschuldigen Sie! Ich war in Gedanken."

„Hab' ich gemerkt. Bis wohin haben Sie mitbekommen ...?"

„Ein Problem?"

„Ernsthaft jetzt?" Sie schien fassungslos. „Wir haben einen Treffer ...! Die Abdrücke passen und Proben der Fingerfarbe werden gerade zu Laura gebracht!"

Er brauchte einen Moment, um sich zu orientieren. Treffer? Fingerabdrücke? Fingerfarbe? Ach ja, die Kinder aus Théos Nachbarschaft! Schnell sprang er auf. „Tatsächlich?"

„Ja! Ich habe Manou dazu befragt ..." Martine fuhr sich durch die Haare. „Vielmehr habe ich es versucht – das Mädchen will einfach nicht reden! Ich habe ihr gesagt, dass ich den Chef hole, das schien ihr zu gefallen." Ein Kopfschütteln. „Das geht ja wirklich früh los!"

„Wie heißt die Familie?", fragte Finot auf dem Weg in das andere Zimmer.

„Thorell."

„Vorstrafen?"

„Negativ."

„Alibis?"

„Werden gerade überprüft. Die Eltern waren zum Tatzeitpunkt laut eigener Aussage arbeiten."

Finot begrüßte zunächst das verängstigte Ehepaar. Und korrigierte seine spontane Einschätzung sofort: Da war nicht nur Angst, sondern auch Hilflosigkeit und Frustration. *Unschuldig*, dachte er spontan und schalt sich innerlich unprofessionell.

Die Tochter mit den roten Pausbäckchen und dem Topfschnitt wirkte alles andere als ängstlich, hilflos oder frustriert. Die Arme vor der Brust verschränkt schien sie darauf zu warten, dass endlich Bewegung in die Sache kam.

„Hallo Manou, ich bin der Kommissar." Finot streckte ihr seine Hand entgegen.

Sie sah sich nach den anderen Erwachsenen um. „Der soll Polizist sein? Der hat ja nicht mal eine Uniform an!"

„Du kannst gerne mit Martine sprechen!", sagte Finot schnell.

Manou schüttelte den Kopf.

„Aber sie trägt doch Uniform!", wandte die Mutter ein.

„Sie hat gesagt, sie holt den Chef. Also kann sie nicht der Chef sein!"

An der Logik gab es nichts auszusetzen.

Der Vater versuchte es mit: „Er hat keine Uniform an, weil er sogar ein ganz besonderer Polizist ist!"

Zur Bestärkung zeigte Finot seinen Ausweis, aber das überzeugte sie nicht. Sollte er seine Pistole holen?

Nein, keine gute Idee …

„Schau mal, der Teddy hat eine Uniform an", versuchte Martine ihr Glück. „Du kannst mit ihm reden."

„Ich bin doch kein Baby mehr!"

Es sei wirklich wichtig, dass sie dem Herrn sage, was sie wisse, bekräftigte die Mutter.

Kopfschütteln.

Wie machten die das in Filmen?, überlegte Finot. War Blanche die Lösung? Er holte sie dazu. „Möchtest du mit ihr sprechen? Sie ist eine gute Zuhörerin."

Das war sie wirklich!

„Warum ist er der Chef, wenn er keine Uniform anhat!"

Finot unterdrückte ein Seufzen.

Martines fordernde Miene.

Die verschränkten Arme Manous.

Hilflose Eltern.

„Bei allem, was recht ist ...", murmelte er.

Und gab sich geschlagen.

Er trottete wie ein begossener Pudel in sein Büro und zog sich die alte Uniform an. Als hätte Manou geahnt, dass sie gerade verfügbar war ...

Und Finot fühlte sich schrecklich! Dabei war die Kluft nicht mal zu eng, was nach der Völlerei der vergangenen Tage zu verstehen gewesen wäre. Sie saß einfach an keiner Stelle so, wie sie sollte. Die Hose war zu lang, die Ärmel reichten nicht mal bis zu den Handgelenken, an der Schulterpartie spannte es. Was war in den letzten Jahren mit seinem Körper passiert?

Auf dem Flur wurde gelacht. „Halt, Moment! Bleiben Sie mal eben stehen?" Ein vorwitziger Neuling zückte sein Handy. Eine andere Kollegin fragte: „Geschrumpft seit damals, François?"

„Haha!"

In voller Montur betrat er das Zimmer. Blanche reagierte irritiert, Martine mit einem Grinsen.

„Kein Wort!", zischte Finot und nahm Platz.

Manous Gesicht entspannte sich, ihre Zweifel an seiner Autorität schienen ausgeräumt.

Und dass, obwohl er alles andere als respektabel aussah.

Sie fing an, mit ihren Händen zu spielen. „Hm, also ... das mit der Figur ging so ..."

Finot war gespannt wie ein Flitzebogen, aber Manou wurde erst noch los, dass sie eigentlich gar nicht mehr mit Fingerfarben male. „Weil, ich glaube ja auch nicht mehr an den Weihnachtsmann!"

Zum Glück kam sie irgendwann doch zur Sache und gab zu, die Figur angefasst zu haben. „Ich habe Théo damit in die Garage gehen sehen und wollte wissen, was das für ein Ding ist!"

Es stellte sich heraus, dass sie überlegt hatte, die Figur komplett anzumalen. „Wie eine meiner Action-Figuren sollte sie aussehen, aber dann habe ich Angst bekommen." Treu blickte sie in die Runde. „Weil es doch Théos Figur war."

„Verstehe. Und dann? Was hast du mit ihr gemacht?"

„Ich hab' sie in der Garage gelassen", sagte Manou, „und bin gegangen."

35

Finot schlich an der Wand entlang zurück in sein Büro und zog sich um. Wirklich gut, dass bald Feierabend war!

Eine Sache wollte er allerdings noch erledigen …

„Ich schätze, Zacharie ist jetzt zu Hause", erklärte er Hippo.

Finot rechnete es seinem Mitarbeiter hoch an, dass er keine Bemerkung über die Uniform machte. Wie er gesehen hatte, kursierten die Bilder des Neulings schon im Intranet.

Zwar hatte er den Schreiner gebeten, in dem Fall Bescheid zu geben, aber erstens würde er das sowieso nicht getan haben. Zweitens konnte es sein, dass er Zacharie tatsächlich nicht getroffen hatte, wenn der erst nach Feierabend zurückgekehrt war.

Der Kies knirschte unter ihren Füßen, als sie die Schreinerei umrundeten. An der Grenze zum Gebüsch waren Leuchten im Boden eingelassen, die den Weg wiesen.

Als hätte sich jemand Gedanken gemacht, schoss es Finot durch den Kopf.

Aus Zacharies Kammer drang Licht. „Sie hatten recht", sagte Hippo.

„War nicht so schwierig …"

Nach dem Klopfen hörte man lange Zeit nichts, dann waren Schritte zu vernehmen und die Tür ging auf.

Finot verschlug es für einen Moment die Sprache.

Zacharie war von einem Lichtschein umgeben und sah aus wie der Messias persönlich! Wie auf einem dieser altertümlichen Bilder. Es lag an der Zimmerlampe, die ihn von hinten anstrahlte.

„*Bonsoir Monsieur Guerin*", begann er stockend. „Ich bin François Finot von der Kriminalpolizei Dieppe." Er zeigte nach rechts. „Das ist mein Kollege Hippo Vian. Wir haben uns zuletzt vor der Kirche getroffen. Sie erinnern sich? Das Gespräch mit Pfarrer Vidal?"

Zacharie nickte und trat einen Schritt zurück, um sie hineinzulassen.

Wie? Einfach so? Vor Freude machte Finots Herz einen Satz. So einfach hatte er es sich nicht vorgestellt.

Sie traten ein und sahen sich um.

Und Finot war ein bisschen enttäuscht. Die Einrichtung kam ihm viel zu normal vor, zumindest für eine Person wie Zacharie. Eine kleine Küchenzeile, Esstisch, zwei Stühle; ein Sessel, Bücherregal und Kommode. Auf der Fensterbank ein paar Blumen und Bilder an der Wand. Sogar einen Fernseher gab es!

Finot war nicht ganz klar, was er erwartet hatte. Mystische Symbole? Blubbernde Kessel mit giftigen Tinkturen? Exotische Tiere in selbst gezimmerten Käfigen?

Da Zacharie ihnen keinen Sitzplatz anbot, blieben sie mitten im Raum stehen.

„Es geht um den Mord in der Kirche", sagte Finot nach einem nervösen Räuspern. „Kennen Sie den Toten? Patrice Aubert?" Er zeigte ihm dessen Konterfei auf seinem Smartphone.

Zacharie sah erst das Foto und dann Finot und seinen Mitarbeiter genau an. Anschließend ging er zur Tür, nahm seine Jacke vom Haken und trat nach draußen.

„Monsieur Guerin!", rief Finot und machte sich auf eine Verfolgungsjagd gefasst. Aber der Mann wollte nicht weglaufen, er setzte sich auf seine Bank.

„Da ist nur Leben", sagte er.

Finot erschrak, als er die kratzige Stimme hörte. Dann überlegte er: *Da ist nur Leben?* War das ein schlechter Papillote-Spruch? „Könnten Sie sich ein bisschen klarer ausdrücken?"

Er tippte und wischte auf seinem Smartphone herum und zeigte ihm eine Video-Sequenz. „Warum waren Sie bei der ABI France-Versicherung?"

Keine Reaktion.

„Monsieur Guerin", machte er weiter, „es ist wirklich wichtig, dass Sie uns eine Auskunft geben!"

Hippo schaltete sich ein, indem er Zacharie nach seinem Alibi fragte.

Doch der starrte nur Finot an und sagte: „Sie ist tot."

„Wer ist tot? Madame Aubert? Das wissen wir."

Zacharie schüttelte den Kopf. „Sie ist tot."

„Wer, zum Donner?"

„Sie wissen es."

Die Welt vor Finots Augen verschwamm. Er fing so stark an zu schwanken, dass Hippo ihn panisch am Arm packte: „Chef!"

Finot stützte sich an der Hauswand ab und atmete ein paar Mal tief durch. Gedankenlesen, von wegen! Er hatte ja gar nicht an Hélène gedacht! Dieser verrückte Mann! „Könnten Sie weitermachen, Hippo …?"

„Natürlich", sagte er schnell und wandte sich an Zacharie. „Was wissen Sie über den Diebstahl der Maria, Monsieur Guerin?"

Seine Augen weiteten sich. „Maria?"

„Ja, die Holzfigur aus der Kirche."

Zacharie blieb stumm.

„Waren Sie je in Lourdes?"

Als wieder keine Antwort kam, erklärte Hippo, das auch ohne sein Zutun herauszufinden.

Er machte noch ein paar Versuche, den Mann zum Reden zu bringen, dann gab er auf. Und auch Finot hatte nichts mehr hinzuzufügen.

Sie sagten *au revoir*, aber nicht mal ein Nicken deutete darauf hin, dass Zacharie sie gehört hatte. Finot kam es komisch vor, den Mann einfach so sitzen zu lassen. Sein Kompromiss war, sich beim Weggehen noch zwei Mal umzudrehen und leicht zu verneigen.

„Puh", sagte Hippo. „Das war eine schwere Geburt."

Wenn es wenigstens eine gewesen wäre, dachte Finot verdrossen.

VI

36

Finot wurde wenige Minuten vor dem Wecker wach und griff zum Handy, um ihn auszustellen. Auf dem Display leuchtete drohend das Datum: 22. Dezember! Nur noch zwei Tage bis Heiligabend und seine Stimmung hätte nicht weiter von „besinnlich" entfernt sein können. Vor allem: Er hatte immer noch kein Geschenk für Laura. Manche schworen ja darauf, die Präsente erst am 24. zu kaufen, „da ist es so schön leer ...", doch solcherart Wagemut lag ihm fern.

Schade nur, dass ihn diese Einsicht nicht dazu gebracht hatte, frühzeitig aktiv zu werden. Den gestrigen Abend hatte er zum Beispiel damit verbracht, Bilder zu rahmen. Außerdem hatte ihn Zacharies ominöse Bemerkung beschäftigt, auch wenn er seine Reaktion darauf im Nachhinein übertrieben fand.

Bestimmt hatte Zacharie mit *„sie ist tot"* seine eigene Frau gemeint. Das war ja viel naheliegender, als es auf Hélène zu beziehen!

„Auf geht's!", murmelte er und verließ das Bett.

Eine knappe Stunde später fand er sich mit Blanche im Kommissariat wieder. Hippo kam zur Lagebesprechung, im Gepäck ein paar seiner gehäkelten Werke: Stern, Tannenbaum, Glocke.

„Ich muss die Teile noch spannen und stärken, damit sie nicht so labberig sind und schön am Baum hängen."

Finot zog kennerhaft die Mundwinkel herunter. „Sehr beeindruckend!"

Sein Mitarbeiter packte alles zurück ins Täschchen. „Martine sitzt an dem Bericht über die Befragung gestern; Sie wissen ja schon Bescheid mit Manou."

Der Gedanke an das hartnäckige Mädchen brachte ihn zum Schmunzeln. „Sagen Sie, Hippo, eine ganz andere Frage: Was bastelt Martine eigentlich für den Verkauf?" Er wollte noch hinzufügen: *Jérôme hat wohl kaum jemanden verschont.* Aber dann fiel ihm ein, dass die Aufgabe nicht für jeden eine Bürde war.

„Sie hat Weihnachtskarten entworfen."

Heureka!, dachte Finot, er könnte ein paar davon gebrauchen! Zur Abwechslung würde er seinen Neffen das Geldgeschenk nicht in einem weißen Umschlag überreichen, sondern als Beigabe zu einer hübschen Karte. Vielleicht sogar *mit* Text, aber festlegen wollte er sich nicht. Wer hätte gedacht, dass ihm der Basar doch noch von Vorteil war.

Sie begannen die Besprechung mit dem Unfalltod von Zacharies Frau. Hippo berichtete, dass sie auf der Autobahn unterwegs gewesen sei, als ein Lkw auf das Stauende auffuhr. „Sekundenschlaf. Der Fahrer erlitt einen Schock, sie starb noch an der Unfallstelle. Eine schreckliche Geschichte …"

„War Aubert darin verwickelt?" Das müsste er, damit man Zacharie ein Motiv unterstellen könnte.

Hippo schüttelte den Kopf. „Unser Opfer hatte mit dem Unfall nichts zu tun, und es gab auch keinen Materialschaden am Auto. Will sagen, es wies nichts auf irgendwelche Manipulationen hin, die den Unfall hätten verursachen können. Es war einfach … furchtbares Pech." Mit trauriger Miene fuhr er fort: „Das gemeinsame Kind starb an einer seltenen Hirnerkrankung." Die Bezeichnung vergaß Finot sofort wieder.

„Gibt es schon Rückmeldung von der Versicherung? Oder aus Lourdes?"

„Nein, leider nicht, da müssen wir uns wohl gedulden. Wahrscheinlich können wir froh sein, wenn vor Weihnachten überhaupt noch was kommt …"

„Okay, vielen Dank! Dann sind wir eigentlich durch, oder?" Die Gelegenheit war günstig, er könnte schnell zum Juwelier laufen.

„Hm, ja", druckste Hippo herum.

Warum zauderte sein Mitarbeiter so?

Dass er sich sofort Sorgen machte, brachte Finot zu Bewusstsein, wie unkompliziert Hippo normalerweise war – wenn schon das kleinste Zögern ihn verunsicherte! Manchmal musste er wohl erst das Gegenteil erfahren, um einen Zustand zur Kenntnis zu nehmen. Als wäre er ohne Kontrast blind für die Fakten.

„Irgendwas nicht in Ordnung?"

Endlich rückte Hippo mit der Sprache heraus. „Was war das eigentlich gestern mit Ihrer Schwindelattacke? Geht es Ihnen besser?"

Zwar hatte Finot erwartet, dass Hippo irgendwann fragte, trotzdem fühlte er sich überrumpelt. Umso besser, so konnte er nicht lange über eine Antwort nachdenken. „Ich dachte für einen Moment, er bezieht sich auf Hélène."

„Hélène?"

„Meine Frau."

Hippo verschluckte sich an seinem Kaffee. „Ihre Frau?"

Er wirkte so verdutzt, dass Finot fast lachen musste.

„Sie sind verheiratet?"

„Keine Angst, Laura weiß Bescheid."

Beruhigt atmete Hippo auf. Er hatte vielleicht befürchtet, zum heimlichen Mitwisser zu werden und ein Geheimnis wahren zu müssen. Finot, der Bigamist.

„Warum waren Sie so überrascht?", fragte Hippo. „Wenn sie tot wäre, wüssten Sie es doch vermutlich." Pause. „Auch wenn Sie … getrennt leben?"

Finot schüttelte den Kopf. „Sie ist verschwunden."

„Verschwunden? Einfach so?" Hippo war zu sehr Polizist, als dass nicht alle Alarmglocken geschrillt hätten. „Was ist passiert?"

„Ich habe versucht, es herauszufinden. Nicht nur ich persönlich, natürlich. Der ganze Apparat war in Betrieb. Die Tage vor ihrem Verschwinden wurden bis ins kleinste Detail rekonstruiert, aber es gab einfach keinen Anhaltspunkt."

Mit zweifelnder Stimme fragte Hippo: „Haben Sie Zacharie gegenüber Ihre Frau erwähnt?"

„Nein. Und ich glaube auch nicht, dass er von ihr gesprochen hat ..."

Hippo guckte so besorgt, dass Finot nicht anders konnte als weiterreden. „Bevor ich nach Dieppe kam – so lange bin ich ja noch nicht in der Normandie – habe ich in Orleans gelebt. Dort haben wir uns auch kennengelernt, Hélène und ich. Wir hatten ein Haus gekauft, wollten ein Kind ..."

Man sah Hippo an, wie es in seinem Kopf arbeitete. „Ist sie entführt worden?"

„Ich weiß es nicht."

„Mord?"

„Möglich."

Keine Variante, die er sich nicht in düsteren Farben ausgemalt hätte. Inklusive derjenigen, dass er selbst in irgendeiner Form der Grund für ihr Verschwinden war.

Finot hatte vor geraumer Zeit in seinem Abstellraum klar Schiff gemacht und Hélènes Familie die meisten ihrer Habseligkeiten übergeben. Nur die Heiratsurkunde war noch da und eine Kiste mit persönlichen Gegenständen: Uhren, Schmuck, ihre Tagebücher, die heiß geliebten Porzellanfigürchen, Fotos, ein besonderes Halstuch, die Puppe, mit der sie als Kind gespielt hatte. Die Eheringe bewahrte Finot in einer kleinen Kiste auf, die Pauline ihm geschenkt hatte.

„Sie ist noch nicht für tot erklärt worden und ich bin offiziell noch verheiratet."

Laut Gesetz konnte er sie nach einer Frist von zwanzig Jahren, unter bestimmten Umständen auch zehn Jahre früher, für abwesend erklären lassen. Damit gälte sie als tot, er wäre nicht mehr verheiratet und der Nachlass würde eröffnet.

„Und wie sind Sie in Dieppe gelandet?", fragte Hippo.

„Motas hat mich zu sich geholt; wir kennen uns schon länger. Seine und meine Eltern waren befreundet." Finot zog seine Brille aus und rieb sich die Augen. „Ich war davon ausgegangen, Sie wüssten es längst. Hat niemand aus dem Kommissariat geplaudert?"

Hippo schüttelte den Kopf.

„Was ist mit Ihnen?", fragte Finot. „Wie viele Geschwister werden Sie noch aus dem Hut zaubern?" Er zählte auf: „Socken für den Bruder, ein veganes Kochbuch für Schwester Nummer eins, eine Pflanze für Schwester zwei, südkoreanischen Tee …"

„Noch einen Bruder", sagte Hippo schnell.

„Und Sie sind der Wievielte in der Reihe?"

„Der Letzte, das Nesthäkchen." Er sah Finot grinsend an. „Es hat mir viele Freiheiten beschert."

„Ach deshalb …!"

„Wie bitte?"

„Schon gut, nur ein Scherz … Sie hatten die Möglichkeit, unter dem Radar zu bleiben?"

„So ist es. Am Ende des Tages wurde einmal durchgezählt. Alle da? Sämtliche Arme und Beine noch dran?" Er habe selten Ruhe oder Zeit für sich gehabt. „Heute liebe und hasse ich das Alleinsein gleichermaßen."

„Das kann ich gut verstehen."

„Mein Vater ist Arzt", erzählte Hippo weiter. „Er hatte große Hoffnungen, dass wenigstens ich in seine Fußstapfen trete … Meine Geschwister wollten alle nicht."

„Und Sie auch nicht!"

„Ich auch nicht ..." Hippo wirkte einen Moment abwesend, als würde er nachdenken. Dann fuhr er fort: „Mittlerweile hat er es akzeptiert. Und ist sogar stolz auf mich."

„Das kann er auch sein", sagte Finot. „Sie machen das hier ausgezeichnet!"

37

„Lust auf einen kleinen Spaziergang?" Das hatte Finot schon fragen wollen, bevor es um die Schwindelattacke gegangen war.

Hippo schaute verdutzt auf seine Armbanduhr. „Jetzt?"

„Ich brauche Ihre Hilfe bei einer persönlichen Angelegenheit."

Wo sie gerade schon derart offen miteinander gewesen waren ...

„Madame Traverts Weihnachtsgeschenk?"

„Bin ich so durchschaubar?"

Blanche reagierte überrascht und voller Vorfreude auf den unerwarteten Ausflug und zog Finot an der Leine hinter sich her. Zielstrebig steuerte sie den *Parc François-Mitterrand* an, womit die Route auch gleich feststand.

Um diese Jahreszeit war der Park natürlich nicht die grüne Oase, die Spaziergänger sonst anzog. Niemand saß auf den Bänken, kein Kind turnte ausgelassen auf dem Spielplatz. Trotzdem konnte man wunderbar ein bisschen Abstand vom Trubel gewinnen.

Ein Fahrradfahrer düste vorbei.

An einer Weggabelung kam Hippo auf die Unterhaltung mit Madame Lefebvre zu sprechen. „Die ging gestern ein bisschen unter durch die Sache mit Zacharie ... Irgendwas irritiert mich an der Aussage, dass

Aubert seine Frau isoliert habe." Passend zu diesen Worten kratzte er sich nachdenklich am Kopf.

„Worauf wollen Sie hinaus?", fragte Finot, obwohl er eine Ahnung zu haben glaubte.

Hippo setzte ein paar Mal zu sprechen an; er schien zu überlegen, wie er seine Gedanken am besten ausdrücken sollte. „Vielleicht war sie kurz davor, sich von ihm zu ... emanzipieren? Mit ihrer Weiterbildung?"

Finot dachte an den Schmuck in der Wohnung. „Sie war ziemlich geschickt – soweit ich das beurteilen kann."

Nickend ergänzte Hippo: „Er konnte das nicht zulassen?"

Sie blieben stehen, weil Blanche einen Baumstamm beschnupperte.

„Nach allem, was wir wissen, gab es in Auberts Leben kaum andere Bezugspersonen als seine Frau. Hatte er Angst, sie zu verlieren?"

Finot zog den Reißverschluss seiner Jacke ein Stück höher. „Sie glauben, Aubert hat seine Frau umgebracht? Wie? Mit Gift?"

„Geben Sie's zu", Hippo klang ungewohnt forsch, „Sie vermuten etwas Ähnliches! Sonst hätten Sie die Krankenakte doch nicht zur Gerichtsmedizin geschickt ..."

„Ertappt!"

Da Blanche fertig war, setzten sie ihren Weg fort.

„Vielleicht sollte Madame Aubert auch gar nicht sterben? Er wollte nur, dass sie weiter von ihm abhängig ist. Und als sie dann starb, hat er die Schuld nicht ertragen und alles auf Burel und seinen Käse abgewälzt!"

Hippo war richtig in Fahrt, so hatte Finot ihn selten erlebt. Plötzlich war da eine Ernsthaftigkeit im Gesicht, die ihn viel älter wirken ließ.

„Hat Madame Lefebvre es herausbekommen und ihre Freundin gerächt?"

„Gut möglich", gab Finot zu. „Dann stellt sich nur die Frage, woher sie es wusste."

„Die Tagebücher?"

„Madame Lefebvre hat sie? Woher? Ist sie bei Aubert eingebrochen? Dafür gibt es keine Hinweise."

Hippo zuckte mit den Achseln. „Er hätte wohl kaum zur Polizei gehen können, um den Diebstahl zu melden."

Ein schlagendes Argument.

Leider hatte Finot weitere Einwände: „Woher hätte Madame Lefebvre wissen sollen, dass die entscheidende Information in den Tagebüchern steht?"

„Es ist doch eine logische Annahme, da Madame Aubert so gut wie alles aufgeschrieben hat!"

„Um welches Gift soll es sich gehandelt haben?" Finot wollte eigentlich kein Spielverderber sein. Und er stellte die kritischen Fragen genauso sich selbst wie seinem Mitarbeiter. Denn Hippo lag richtig: Er hatte Serge die Akten zukommen lassen, weil er Aubert verdächtigte, seine Frau umgebracht zu haben.

„Weiß ich doch nicht!", rief Hippo jetzt. „Aber Aubert war doch der große Koch! Es wäre ein Leichtes gewesen, die Portion seiner Frau zu vergiften! Ich finde, wir sollten Madame Lefebvre nach ihrem Alibi fragen!"

„Ja, das sollten wir."

Sie verließen den Park und arbeiteten sich durch das vorweihnachtliche Getümmel zum Juwelier durch.

„Also dann!" Hippo hielt Finot die Tür auf. „Nach Ihnen, Chef ..." Er fügte noch hinzu: „Und natürlich nach dir, Blanche!"

Er wolle das Set mit den rosa Steinen aus dem Schaufenster kaufen, sagte Finot zur Verkäuferin.

„Sehr gerne!" Sie kam hinter dem Tresen hervor und machte sich an der Auslage zu schaffen. Anschließend breitete sie Kette, Armband und Ohrringe auf einer

Filzunterlage aus und rückte die Stücke sorgsam mit den gepflegten Händen zurecht.

Hippo verzog skeptisch den Mund. „Sind Sie sicher?"

Finots Nackenmuskeln verkrampften sich. Natürlich war er nicht sicher! Es hatte ihn schon Nerven genug gekostet, den Gang zum Juwelier überhaupt zu machen. „Aber sie hat mir extra das mit den rosa Steinen gezeigt!"

Entschlossen stiefelte Hippo zu einer Glasvitrine und zeigte auf ein Set aus Weißgold. „Das hier wäre doch gut! Ein bisschen moderner. Die Steine erscheinen mir zu verspielt."

„Etwas in der Art hat sie schon", sagte Finot und war froh, dass die Verkäuferin ihn bestärkte, nicht noch mal das Gleiche zu kaufen.

Hippo zuckte mit den Achseln.

„Wenn Sie möchten, kann ich das andere Set bis nach Weihnachten zurücklegen? Dann können Sie sich gegebenenfalls umentscheiden? Ihre Frau …"

Damit war Finot einverstanden; er ließ das Geschenk einpacken. Die Papiertüte mit dem Schatz baumelte an seiner Hand, als sie den Laden verließen. Schade nur, dass die Erleichterung nicht so groß war wie erhofft.

Zurück im Park nahm Finot das anfängliche Gespräch wieder auf. „Ich habe noch eine andere Idee, was Madame Auberts Tod angeht. Leider enthält sie mindestens genauso viele Fragezeichen wie die Variante mit der rachsüchtigen Freundin."

Doch Hippo war sofort Feuer und Flamme. „Raus mit der Sprache!"

„Vielleicht sollten wir uns Florence Burel genauer angucken?"

„Sie glauben, es geht um Eifersucht?" So schnell, wie Hippo antwortete, hatte er sich darüber auch schon Gedanken gemacht.

„Ihr Mann war in Liliane Aubert verliebt. Könnte sie sie vergiftet haben? Hat Aubert die Zeichen nur halb falsch gedeutet? Als Chemielaborantin hätte sie die passende Vorbildung."

„Aubert ist dahintergekommen, weswegen sie ihn gleich auch noch umgebracht hat?" Hippo wartete die Antwort nicht ab. „Wie hätte er nach all der Zeit davon erfahren sollen? Und woher hätte sie wissen können, dass er im Bilde ist? Und dass er in die Kirche wollte?"

Finot winkte ab. „Ja, schon klar, auch hier gibt's einen Haufen Fragen – die teils aber auch für Madame Lefebvre als Täterin zu beantworten wären." Er seufzte. „Jedenfalls hat die Landwirtin kein vernünftiges Alibi."

„Im Gegensatz zur Frau des Bürgermeisters hatte sie aber auch keinen engen Kontakt zu Madame Aubert. Wenn man den Tagebüchern glaubt."

„Die leider unvollständig sind."

Sie landeten immer wieder bei den verdammten Dingern!

38

Kaum hatte Finot sich wieder am Schreibtisch niedergelassen, stürmte Martine herein. „Manou ist hier!", sagte sie atemlos. „Sie hat noch was zu berichten ... Scheint wichtig zu sein!"

„Ich komme!"

Finot überlegte, seine Uniform anzuziehen; einen Fortschritt in den Ermittlungen wäre es allemal wert. Aber er blieb erst mal so, wie er war und gabelte Hippo auf. „Es gibt Arbeit ..."

Die Familie saß im Besucherzimmer; Louise hatte sie schon mit Keksen und Tee versorgt. „Vielen Dank!", rief Finot ihr zu und setzte sich mit seinem Mitarbeiter zu den Leuten.

„Manou", begann der Vater, „erzähl' dem Herrn Kommissar bitte, was du uns erzählt hast!"

Die Mutter ergänzte in Finots Richtung: „Wir sind nicht ganz schlau daraus geworden, es kann also sein, dass es gar nichts bedeutet. Aber in Anbetracht der Lage schien es uns sicherer …"

„Es ist gut, dass Sie vorbeigekommen sind!", ging Finot sofort dazwischen. Zu Manou sagte er: „Ich zieh' mir schnell die Uniform an, es dauert nicht lange …" Er erhob sich und steuerte die Tür an.

„Ich wusste ja nicht, dass die Figur geklaut war …!"

Finot blieb stehen und drehte sich um. „Ist doch klar, woher solltest du das auch wissen? Und so ein interessantes Ding sieht man ja auch nicht alle Tage; kein Wunder, dass du es dir genauer ansehen wolltest!"

Sie nickte zustimmend und machte plötzlich große Augen. „Als er da so vor mir stand, habe ich mich ganz schön erschreckt …"

„Wie bitte?" Finot machte einen Schritt auf Manou zu. „Er? Wen meinst du?" Langsam ging er zurück an seinen Platz. „Da war also noch jemand?"

Sie nickte.

Er zog behutsam den Stuhl nach hinten und setzte sich. „Hat derjenige dir wehgetan oder dich geärgert?"

Manou schüttelte den Kopf.

Finot atmete auf, das war schon mal das Wichtigste. Er warf den Eltern einen hoffentlich beruhigenden Blick zu. „Du hast dich also mit dem Mann unterhalten?"

Sie rieb sich unsicher die Nase. „Hm … Der Mann hat eher mit der Figur geredet, es war irgendwie komisch!"

„Was hat er gesagt?"

„Da bist du ja!", kam es mit tiefer Stimme aus ihrem Mund. Dann, wieder in normaler Stimmlage: „Als wäre die Figur eine Klassenkameradin, die er nach der Ferien wiedersieht." Manou breitete hilflos die Arme aus; eine Geste, die viel zu erwachsen schien.

„Wirklich komisch", sagte Finot. „Es ist ja eine Figur und kein Mensch. Sie kann ja gar nicht antworten."

Das Kind nickte. „Andererseits rede ich ja auch mit meinen Puppen, von daher war es okay. Aber wenn Erwachsene das machen ... Die sollten sich wirklich ein bisschen zusammenreißen."

„Verstehe. Und was ist dann passiert?"

„Er hat gesagt, er bringt sie zurück."

„Zurück?"

„Da, wo sie hingehört. Das fand ich eigentlich okay, weil so in der Garage ist ja auch doof. Andererseits dachte ich, dass die Figur ja dem Théo gehört und er sie nicht einfach nehmen kann."

„Das sind sehr vernünftige Argumente, finde ich. Nicht leicht, da das Richtige zu tun!"

Ein erneutes Nicken von Manou.

„Das heißt, du hast die Figur nicht in der Garage gelassen und bist gegangen, sondern der Mann hat sie mitgenommen?"

„Ja ...", gestand Manou verlegen.

„Tut uns wirklich leid", murmelte die Mutter, aber Finot machte eine abwehrende Geste. „Du hattest wohl Angst, die Wahrheit zu sagen? Gibt es dafür einen besonderen Grund? Hat der Mann dich gebeten, das Treffen für dich zu behalten?"

„Nein, nein!", sagte Manou. „Ich hab' ja schon gesagt, dass er eigentlich gar nicht richtig mit mir gesprochen hat. Ich wollte ... ich dachte ..."

Sie wandte sich hilfesuchend an ihre Eltern, die ihr aufmunternd zunickten. So aufmunternd, wie es ihnen unter den gegebenen Umständen möglich war.

„Der Weihnachtsmann sollte doch keinen Ärger bekommen!"

„Der Weihnachtsmann?" Finot zog die Augenbrauen hoch. „Du wolltest den Weihnachtsmann schützen?"

„Ja!"

„Was hat der damit zu tun?"

„Weil er das Geschenk aus Versehen Théo gegeben hat!"

Bisher hatte Finot Manous Logik mühelos folgen können, aber jetzt war er raus. „Das musst du mir erklären."

Manou sah ihn etwas enttäuscht an und so, als hätte sie von einem Chef deutlich mehr Grips erwartet. „Die Figur war ja wohl nicht für Théo gedacht! Und da haben seine Leute … ihn geschickt, das Geschenk zurückzuholen."

„Seine Leute? Ihn?"

„Na seinen Bruder!"

„Théos Bruder?"

Sie rollte mit den Augen. „Natürlich nicht! Der ist doch viel jünger!"

Finot überlegte, von wessen Bruder sie sprach. *Seine Leute* waren vielleicht die Mitarbeiter des Weihnachtsmanns. Und wenn die wiederum *seinen* Bruder schickten, blieb nur eine Möglichkeit: „Der Mann, der die Figur mitgenommen hat, war der Bruder vom Weihnachtsmann?"

„Klar, er hatte doch so einen weißen Bart!"

Finots Herz schlug von einem Moment zum nächsten schneller.

„Was hatte der Mann für Haare?", brachte Hippo sich in das Gespräch ein.

Etwas zögerlich, vielleicht weil Finot nicht selbst gefragt hatte, antwortete Manou: „Wie ein Heiligenschein."

Er nickte. „Und die Anziehsachen?"

Manou schüttelte bedauernd den Kopf. „Ich finde, der Weihnachtsmann sollte nicht so geizig sein und ihm mal was Neues kaufen!"

Finot griff frustriert zum Telefon: „Könnten Sie bitte ein Handy für mich orten?"

39

Sie erwischten Zacharie vor der Bäckerei an der *Église Saint-Jacques*. Finot und Hippo waren da, außerdem zwei Uniformierte mit ihrem Streifenwagen. Der Mann wehrte sich im wahrsten Sinne des Wortes mit Händen und Füßen. Passanten blieben stehen und verfolgten das Geschehen mit offenen Mündern und gezückten Handys.

In der einen Hand seinen Ausweis, wies Finot sie zurecht. „Keine Fotos, bitte!"

Er konnte es nicht ändern, der Mann musste aufs Kommissariat. Zacharie hatte die Figur mitgenommen; das schien nach Manous Aussage unbestritten. Sie hatte ihn auf Fotos eindeutig als Bruder des Weihnachtsmanns identifiziert. Sicher würde der Abgleich der Fingerabdrücke bestätigen, dass er die Maria in der Hand gehabt hatte.

War er Aubert in der Kirche über den Weg gelaufen? Welches Motiv könnte er gehabt haben, ihn umzubringen? Oder hatte er ihn für Vidal gehalten? Aber das passte ja noch viel weniger ins Bild, wenn man die beiden Männer zusammen erlebte! Und warum hätte er dann zu Auberts Arbeitsplatz gehen sollen?

War Letzteres doch Zufall?

Fragen über Fragen, aber eins nach dem anderen. Zuerst mussten sie Zacharie in den Streifenwagen befördern, und irgendwann saß er wirklich drin.

Finot hätte es lieber weniger dramatisch über die Bühne gebracht, gern auch ohne Polizeiauto. Aber der Aufruhr wäre bestimmt noch größer gewesen, wenn *keine* Uniformierten dabei gewesen wären. Wenn Finot und

Hippo, zwei Zivilisten, Zacharie unter starkem Widerstand abgeführt hätten.

Im Kommissariat ging das Spiel weiter: Zacharie versuchte sich loszureißen und rief immer wieder „nein, nein!" und „gehen Sie weg!" Dabei hatte er die Augen weit aufgerissen.

„Bitte, Monsieur Guerin, kooperieren Sie!"

Um die Situation zu entschärfen, ließ Finot ihn nicht in den Vernehmungsraum, sondern direkt in sein Büro bringen. Dort wurden Zacharie Fingerabdrücke abgenommen, was sich ebenfalls als Herausforderung erwies. Ein ums andere Mal zog er seine Hand von der Oberfläche des Geräts.

„Bitte beruhigen Sie sich doch, es geht ganz schnell!"

Schließlich mussten sie ihn irgendwie dazu bringen, Jacke und Pullover auszuziehen, damit Laura diese auf Fasern hin untersuchen konnte.

Das Schauspiel war schwer zu ertragen; irgendwas sperrte sich in dem Mann, mit anderen zu kommunizieren. Vielleicht war er einfach ein paar Mal zu oft missverstanden worden? Vielleicht, überlegte Finot weiter, gab es eine Welt, in der Zacharie normal war und alle anderen verrückt?

In Gedanken setzte er die Adjektive in Anführungszeichen.

„Lassen Sie die Tür ruhig auf!", bat Finot, als Zacharie ihm im Ersatzpullover gegenübersaß. Komischerweise befürchtete er nicht, dass der Mann abhauen würde. Und es wäre auch nicht so einfach gewesen, weil ein Uniformierte vor der Tür stand und aufpasste.

„Möchten Sie einen Anwalt?"

„Nein!"

„Verstehen Sie die Frage? Sind Sie sicher, dass sie keinen Anwalt wollen? Jemanden, der Sie rechtlich vertritt?"

„Keinen Anwalt", sagte Zacharie.

Finot nickte. „Es geht immer noch um den Mord in der Kirche und die Maria." Er zeigte ihm ein Foto der Figur. „Sie haben sie in einer Wohngegend gefunden, wo ein Kind damit spielte."

„Sie gehörte da nicht hin!"

Das lief doch schon ganz gut, munterte Finot sich innerlich auf. Trotz der anfänglichen Widrigkeiten hatten sie so etwas wie eine Unterhaltung begonnen. „Woher wussten Sie, dass die Figur in der Garage war?"

Zacharie antwortete nicht.

Hatte Finot sich zu früh gefreut? Waren die bisherigen Brocken das Einzige, was sie aus ihm herauskriegen würden?

Er beugte sich vor. „Warum waren Sie dort?"

Schweigen.

„Monsieur Guerin?"

Als Nächstes versuchte Hippo sein Glück, doch als sich kein Erfolg abzeichnete, ging der Staffelstab zurück an Finot.

„Sind Sie von der Garage aus direkt zur Kirche gegangen?"

Der bärtige Mann sah sich im Zimmer um.

„Was ist in der Kirche passiert?"

„Sie gehört nicht in die Garage!"

Finot klammerte sich an den Satz wie an einen Rettungsring. Er musste die Gelegenheit nutzen, an den Mann heranzukommen. Mit einer neuen Strategie!

„Ja, Sie haben recht, die Figur gehört nicht in die Garage! Gut, dass Sie sie gefunden und in die Kirche gebracht haben." Er lehnte sich lässig zurück und tat uninteressiert.

Leider sprang Zacharie nicht darauf an. Seine Augen flackerten weiter gehetzt und ziellos durch den Raum.

Enttäuscht richtete Finot sich wieder auf. „Haben Sie Monsieur Aubert mit der Figur niedergeschlagen?"

Hippo ergänzte: „Einen Mann mit roter Jacke. So eine, wie der Pfarrer sie trägt?"

Er schüttelte den Kopf.

Finot war geneigt, ihm zu glauben „Woher kennen Sie Monsieur Aubert? Warum waren Sie bei der Versicherung?"

„Sie ist tot."

Das nun wieder! So ging das nicht weiter!

Er flüsterte Hippo ins Ohr: „Rufen Sie bei der ABI France an; beide Dependancen: Paris und Dieppe. Machen Sie Druck, bringen Sie im Zweifel Motas ins Spiel, drohen Sie damit, dass das Weihnachtsfest ins Wasser fällt … Die sollen in ihren Unterlagen gucken, ob Aubert Zacharie als Kunden betreut hat!"

Nickend erhob er sich.

„Ach, und noch was."

Hippo beugte sich zu Finot hinunter. „Machen Sie Abbas ausfindig und schicken Sie ihn her." Dass er nicht direkt daran gedacht hatte, den Polizeipsychologen anzurufen!

Während Hippo sein Glück am Telefon versuchte, wandte Finot sich erneut Zacharie zu. Die gleichen Fragen, leicht abgewandelt, die gleichen oder keine Antworten.

So freute er sich wie ein Schneekönig, als Abbas dazukam. Hippo habe ihn schon eingeweiht, raunte er, außerdem sei ein Arzt unterwegs. Finots Mitarbeiter blieb an der Tür stehen. „Kommen Sie mal? Es gibt Neuigkeiten …"

Im Flur berichtete Hippo, was Sache war. Erstens, Zacharies Fingerabdrücke passten zu denen auf der Figur. Zweitens und drittens: Die Beschlüsse für sein Smartphone und die Wohnung waren da.

„Haben Sie bei der Versicherung etwas erreicht?"

Hippo sah ihn enttäuscht an.

„Er ist kein Kunde dort?"

„Und war es nie ..."

Finot schlug mit der flachen Hand gegen die Wand. „Verdammter Mist!" Dann ging er zurück in sein Büro, aber Abbas schüttelte den Kopf. „Monsieur Guerin, Sie müssen erst mal hierbleiben."

Es kam keine Gegenwehr; hatte Zacharie nicht verstanden?

Das zu klären, musste er Abbas und dem Arzt überlassen. „Kommen Sie, Hippo! Vielleicht finden wir in seiner Wohnung irgendwas, das uns weiterhilft!"

Vor dem Kommissariat trafen sie auf Vidal. Seine Haare waren vom Wind zerzaust und er atmete schwer, so als wäre er gerannt.

„Was wollen Sie?", blaffte Finot, den das Ganze an die Situation beim Schreiner erinnerte. Statt Zacharie hinterherzulaufen, sollte er zur Abwechslung mal die Wahrheit sagen!

„Sie müssen Zacharie gehen lassen! Er war es bestimmt nicht!" Mit zitternden Fingern strich er sich die Haare glatt.

„Warum? Weil Sie es waren?"

„Nein!"

„Hat Zacharie die Figur gestiftet? Wussten Sie es?"

„Ja ..."

„Warum haben Sie nichts gesagt?"

„Um genau das zu verhindern, was hier gerade abläuft!"

„Wollen Sie nicht, dass der Mord in der Kirche aufgeklärt wird? In *Ihrer* Kirche?"

„Ich wusste doch nicht, dass er die Maria gefunden hat! Er muss irgendwas mitbekommen haben ..."

„Sie können sich auf eine Anzeige gefasst machen. Wegen Behinderung der Polizeiarbeit!"

Finot ließ den Pfarrer stehen.

40

In Zacharies Wohnung überkam Finot wieder dieses merkwürdige Gefühl, dass alles viel zu normal wirkte. War das der Beweis dafür, dass er ihnen etwas vormachte? Ließen sie sich von dem Mann und seinen schauspielerischen Fähigkeiten an der Nase herumführen?

Hippo ging, es wunderte Finot nicht, als Erstes zu einem kleinen Bücherregal. Er selbst entschied sich für das Schlafzimmer. Darin ein Bett, die Bezüge schmuddelig, aber ansonsten ordentlich gemacht. Ein Nachtschränkchen mit einem Buch, Wecker, Taschentüchern und einem Blister Tabletten.

Im Schrank fand Finot eine Handvoll Klamotten. Zwei, drei Hosen, ein paar Pullover, T-Shirts, Hemden. In einer Kommode Unterwäsche. Alle Teile wirkten alt und gleichzeitig zu selten und zu oft gewaschen. Vom Geruch her hätten sie weiterer Wäschen bedurft. Aber der Stoff war teilweise so fadenscheinig, dass es sinnvoll war, darauf zu verzichten.

Was Finot nicht fand, war ein blauer Schal. Oder blaue Handschuhe! Überhaupt schien die kühle Farbe so gar nicht nach Zacharies Geschmack zu sein. Alles war beige, grau, braun. Ein bisschen bordeauxrot …

„Irgendwas Besonderes bei Ihnen?", rief Finot.

Hippo ließ sich Zeit mit der Antwort. „Nein."

„Lesen können Sie zu Hause!"

„Ich les' doch gar …!" Und dann: „Ich gucke mir jetzt den Küchenschrank an."

„Brav", sagte Finot leise und wandte sich Zacharies Schreibtisch zu. Ein Geschenk seines Vermieters? Es sah schwer danach aus, da er im Gegensatz zu Bett und Schrank aus hochwertigem Holz bestand.

Auf der Platte lagen ein paar geöffnete Briefe, es waren Rechnungen, nichts Auffälliges. Selbst jemand wie Zacharie kam um diese Erledigungen offenbar nicht herum.

Als Nächstes zog Finot die oberste Schublade auf und sah den übersichtlichen Inhalt durch. Ein paar Stifte und andere Schreibwaren lagen darin. Zerknitterte Quittungen, Bonushefte aus Lebensmittelgeschäften und Imbissbuden, eine stehen gebliebene Armbanduhr.

„Und?", fragte Finot, als Hippo sich zu ihm gesellte.

„Nichts. Bei Ihnen?"

Finot lag ebenfalls ein *Nichts* auf den Lippen, als er ohne große Erwartung die zweite Schublade öffnete.

„Was ist das hier?" Hippo entnahm ihr eine Prospekthülle. „Das ist Madame Auberts Todesanzeige!" Sie lag zuoberst in der Hülle. Er holte die Anzeige sowie zwei weitere Zettel heraus. „Der Artikel über Aubert und seine Frau, den ich Ihnen gezeigt habe! Und Burels Erwiderung. Zacharie scheint Auberts Schicksal verfolgt zu haben!"

„Dann kannte er ihn schon länger?" Aufgeregt wühlte Finot in der Schublade, bis ein kleines Logo mit drei gelben Vögeln seine Aufmerksamkeit erregte. Es war auf der Vorderseite eines alten Heftchens aufgedruckt. *Les Compagnons du Devoir et du Tour de France* stand in blauen Lettern darauf.

Anfang der Vierzigerjahre gegründet und auf der Liste der immateriellen Weltkulturgüter, hatte sich der gemeinnützige Verein mit Ausbildungszentren und Herbergen junger Handwerker und Handwerkerinnen angenommen.

„Er war auf der Walz?"

„Sieht ganz danach aus!" Finot nahm das vergilbte Heftchen heraus und öffnete es an einer beliebigen Stelle.

„Zacharie hat seine Stationen aufgelistet! War er mal in der Nähe von Lourdes?"

Finot jagte durch die Seiten, ohne richtig zu lesen.

„Halt!", rief sein Mitarbeiter und blätterte das Heft in Finots Händen zurück. „Wie wäre es mit Pau? Das ist doch in der Gegend. Wann war er da?"

Sie bemühten sich gemeinsam, das Datum zu entziffern.

„Ende der Siebzigerjahre." Finot ließ das Heft sinken. „Das heißt, Zacharie könnte die Figur damals mitgebracht …"

„Und Aubert dort getroffen haben! Bei seinem ersten Aufenthalt in Lourdes, als er noch ein Kind war!"

Finot wollte gerade vorschlagen, in Pau nachzuhaken, da meldete sich sein Telefon. Die Stimme am anderen Ende der Leitung erklärte, dass Zacharies Smartphone zum Tatzeitpunkt in der Innenstadt eingeloggt gewesen war.

„Wo genau?"

„Bei der Kirche …"

41

Zacharie hatte die Figur also wirklich in die Kirche gebracht. Dass er Aubert auch noch kannte und das Schicksal seiner Frau verfolgt hatte, machte ihn nicht gerade weniger verdächtig. Fehlendes Motiv hin oder her!

Finot schlug vor, noch den Rest der Wohnung zu durchsuchen und dann zurück ins Kommissariat zu fahren. Doch blieb kaum etwas übrig, wenn man keine Geheimverstecke vermutete. Und so widmeten sie sich der Kommode und einigen anderen Ecken und saßen bald wieder im Auto.

Um Zeit zu sparen, rief Finot von dort aus in Pau an. „Hoffentlich erreichen wir noch jemanden so kurz vor Feierabend!" Er wählte die Nummer des

Ausbildungszentrums und atmete erleichtert auf, als er eine weibliche Stimme vernahm. *„Allô?"* Schon das kleine Wort klang wie Musik, da war jemand fürs Radio geboren.

Finot stellte sich vor und legte sein Anliegen dar.

„Guerin ist der Nachname? Ende der Siebzigerjahre?"

„Ja, genau."

„Na, mal schauen ...", erwiderte sie langsam. Einen Moment später hörte man die Frau tippen.

„Hm", machte sie.

Hm?

Dann, murmelnd: „Ich versuche noch mal was anderes ..." Wieder das Tipp-Geräusch. „Nein, schade. Liegt wohl zu lange zurück ..."

Sie sprach ihn an: *„Monsieur le Commissaire?* Ich mache mich schlau und melde mich wieder bei Ihnen."

Finot fand, sie hörte sich zuversichtlich an, geradezu optimistisch. Oder war hier der Wunsch Vater des Gedankens? Klang bei dieser Stimme einfach alles positiv? Er hätte gerne gefragt, wann mit einer Antwort zu rechnen sei. Doch er tat es nicht, ohne zu wissen, warum.

Im Kommissariat gingen sie Zacharies Handydaten durch, aber die waren mehr als unauffällig. Eigentlich hätte der Mann gar kein Smartphone gebraucht; er nutzte lediglich vereinzelt SMS und das auch nur mit seinem Vermieter.

„Also ich sehe hier keine Verbindung zu Aubert ...", sagte Hippo. „Das gibt's doch nicht! Woher wusste Zacharie überhaupt, wo er arbeitet?"

„Moment!" Finot zog die gesammelten Zeitungsartikel heran und überflog sie. „Hier ist vom Mitarbeiter einer großen Versicherung die Rede. Das könnte gereicht haben, um Zacharie zur ABI France zu locken. So viele Läden dieser Art gibt's in Dieppe ja nicht."

„Warum sollte ihn Aubert so interessiert haben?"

„Weil er ebenfalls seine Frau verloren hat?"

Es klopfte, die Tür ging auf und Martine kam rein. „Wer hat seine Frau verloren?" Die Antwort gab sie sich gleich selbst. „Ach, Sie sprechen von Zacharie. Wegen ihm bin ich da."

Sie reichte Finot einen Zettel. „Die Aussage einer Anwohnerin aus Théos Straße. Die gute Dame war eben mit ihrer Tochter da ... Ich wollte es direkt sagen, aber dann ging plötzlich alles drunter und drüber."

Finot sah sie neugierig an.

„Die Frau hat Zacharie an dem Tag beobachtet, als er Manou die Figur abgenommen hat. Eine ihrer Freundinnen arbeitet in einer Bäckerei, wo er sich gern Brot vom Vortag holt. Daher kennt sie ihn und das ist auch der Grund, warum er ihr aufgefallen ist. Sie hat sich gewundert, dass er in ihrer Wohngegend rumläuft."

„Wo genau hat sie ihn gesehen? Vor der Garage? Als er mit Manou gesprochen hat?"

„Es ist doch noch gar nicht Weihnachten", sagte Hippo trocken.

Ja, das war wirklich etwas zu viel verlangt. „Hatte er die Figur dabei?"

„Sie meinte, er hätte eine schwarze Tüte unter dem Arm gehabt. Mit etwas Großem darin." Martine breitete entschuldigend die Hände aus. „Na ja, wirklich neu ist die Info nicht mehr ..."

Sie erklärte, demnächst Feierabend zu machen und verschwand.

„Jetzt bleibt nur noch die Frage, woher er wusste, wo die Figur zu suchen war ..."

Finot nickte und hob wie Lehrer Lämpel bei Wilhelm Busch den Zeigefinger, als sein Telefon zu klingeln begann.

Rückmeldung aus Pau?

Aber nein, es war Laura. Sie hatte Zacharies Klamotten untersucht: „Keine blauen Fasern, aber solche Accessoires passen auch gar nicht zu ihm!"

Wo sie recht hatte, hatte sie recht.

Im nächsten Augenblick meldete Finots Smartphone einen parallelen Anruf. „Ich muss Schluss machen, da kommt noch ein Gespräch rein!" Sonst freute er sich nicht, Laura abzuwürgen, doch er hatte die Vorwahl Paus erkannt.

„Haben Sie was zu schreiben?" Die Radiofrau gab eine Nummer durch. „Ein Monsieur Pelletier. Fragen Sie nicht, wie ich an den Namen gekommen bin!"

„Dabei würde ich die Geschichte wirklich gerne hören!", erwiderte Finot.

Sie lachte und berichtete, dass ihr Vater auch im Ausbildungszentrum gewesen sei. „Ein paar Jahre nach Ihrem Monsieur Guerin. Ich habe ihn angerufen, und dann hat er einen Freund angerufen, der wiederum jemanden kennt, der mit Ihrem Monsieur hier gewesen sein muss. Akten zu wälzen hätte länger gedauert und wird hoffentlich nicht nötig sein?"

Ihr Tonfall erinnerte ihn an den strengen Pförtner und es war offensichtlich, dass sie ein *Ja* als Antwort erwartete.

Finot blieb bei der Wahrheit. „Sicher bin ich leider nicht, aber die Chancen stehen einigermaßen gut. Wenn wir mit Monsieur Pelletier gesprochen haben, wissen wir mehr."

„Verstehe", seufzte sie, aber es klang nicht unfreundlich.

Er dankte ihr und rief Zacharies ehemaligen Gefährten an. Die Radiofrau hatte ihm eine Handynummer gegeben und Finot war hoffnungsvoll, dass schnell jemand dranging.

Doch es klingelte …

Und klingelte.

Finot fühlte sich, als wartete er vergeblich auf einen Bus. Wann war der richtige Zeitpunkt, auf ein Taxi umzusteigen? Das Fahrrad zu nehmen?

Noch zwei Pieptöne, dann würde er auflegen.
Drei ...
Vier.

„*Allô?*" Eine alte Stimme, etwas zittrig. Kein Hinweis darauf, dass hier jemand ans Telefon gehetzt war.

„Geduld ist eine Tugend", murmelte Finot und stellte sich vor. „Spreche ich mit Monsieur Pelletier?" Er schilderte den Grund seines Anrufs.

„Ich hätte nicht gedacht, dass man mich heute noch in die Siebzigerjahre katapultiert!", sagte Pelletier fröhlich. *„La Tour de France!"*

Er erinnere sich gern an die Zeit damals, an die Gemeinschaft. „Diese verrückte Mischung aus Tradition und Aufbruchstimmung! Wir wollten unser Handwerk perfektionieren, von den Alten lernen und gleichzeitig die ganze Welt umkrempeln. Hach!"

Finot war ungeduldig, zu dem Teil der Geschichte vorzudringen, der mit Zacharie und Aubert zu tun hatte.

Sofern es ihn denn gab.

„Hm ...", machte er.

„Zacharie kam mit dieser Maria von einem Besuch in Lourdes wieder. Er hat sie zu seinen Eltern nach Hause geschickt, bevor er weiterzog. Wäre ja unsinnig gewesen, die Figur mitzuschleppen."

Die Maria! Endlich hatten sie Gewissheit, war das Puzzle komplett! Doch die Information ließ Finot merkwürdig kalt.

Pelletier fügte noch hinzu: „Ich persönlich hatte mit diesem Thema ja nichts am Hut, an Wunder glaube ich bis heute nicht." Seiner guten Laune schien das nicht abträglich zu sein.

„Aber Zacharie hatte damit zu tun?"

Ein vieldeutiges Schweigen setzte ein. „Können Sie ihn nicht selbst danach fragen? Sagten Sie nicht eben, dass er auf dem Kommissariat ist?"

„Mich interessiert Ihre Sichtweise."

Pelletiers Mitteilungsfreude siegte: „Na gut, also ... Ich glaube, er war nicht im klassischen Sinne religiös, aber doch sehr an den großen Fragen der Menschheit interessiert. Wo kommen wir her, wo gehen wir hin ... In dieser Art."

„Verstehe. Wissen Sie, ob er damals einen Jungen namens Patrice Aubert kennengelernt hat?" Schon bei der Frage schnellte Finots Puls in die Höhe.

„Patrice Aubert, wer soll das sein? ..." Pelletier machte ein schmatzendes Geräusch. „Ah! Der Junge! Der vom Campingplatz!"

„Zacharie kannte ihn?", sagte Finot aufgeregt. „Was können Sie uns dazu sagen?"

„Die beiden haben sich auf einer Wanderung kennengelernt. Der Junge hatte sich den Knöchel verstaucht und Zacharie kam mit ihm und seinen Eltern ins Gespräch. Dabei stellte sich heraus, dass die Familie direkt nebenan kampierte. Patrice kam dann abends zu Besuch gehumpelt – und von da an jeden Tag bis zum Ende des Urlaubs. Er hatte wohl keine gleichaltrigen Freunde und saß mit uns am Lagerfeuer."

Pelletier verfiel in Nostalgie und beschwor Bilder von lodernden Flammen und Gitarrenmusik herauf. „Es hatte etwas Magisches!"

So ganz unempfänglich für das Übersinnliche war der alte Herr offenbar doch nicht.

„Patrice hat sich gut mit Zacharie verstanden. Sie saßen zusammen unterm Sternenhimmel und sprachen über Gott und die Welt. Er wollte Physik studieren und dann Astronom werden. Ein schlaues Kerlchen, hat tiefgründige Fragen gestellt, die manchem Erwachsenen nicht einfallen. Er war dann irgendwann weg, aber er ist Zacharie bestimmt noch lange in Erinnerung geblieben."

„Das kann ich mir gut vorstellen."

„Und jetzt ist er tot? Ermordet? Wie tragisch! Ist er denn Astronom geworden?"

„Nein, Mathematiker."

„Ja, das passt." Der Mann lachte traurig. Doch dann hellte sich seine Stimme wieder auf. „Und Zacharie? Wie geht es ihm?"

Finot umriss die Lage, ohne zu viele Details zu verraten. „Vielleicht rufen Sie ihn mal an?"

Dann beendeten sie das Gespräch.

VII

42

Finot stand gegen halb acht in der Küche und war kurz davor, nach einer Papillote zu greifen. Eine von mehreren, die auf der Küchenzeile verlockend darauf warteten, gegessen zu werden. Das war wirklich schrecklich in der Vorweihnachtszeit, überall diese Dinger! Und dann waren sie auch noch lecker. Aber nein, nein, nein! Wenn er schon einen kleinen Frühstückshunger verspürte, sollte er wenigstens etwas Anständiges essen.

Vielleicht einen Joghurt? Er öffnete die Kühlschranktür und inspizierte den Inhalt. Nanu, so viel Milch, Butter und Eier horteten sie doch sonst nicht.

„Was sind denn das für Sachen hier im Kühlschrank?", rief Finot ins erste Geschoss, wo Laura sich gerade fertig machte.

„Ich möchte eine *Bûche de Noël* backen!"

Das traditionelle Weihnachtsgebäck, eine Biskuitrolle, war von Schokoladenbuttercreme überzogen und mit Rillen versehen, sodass sie einem Holzscheit glich. Dazu kam weitere Dekoration, Marzipanblätter zum Beispiel oder Baiser-Pilze. Die Torte stand stellvertretend für ein Holzscheit, das in früheren Zeiten zu Weihnachten im Kamin verbrannt worden war. Es sollte möglichst lange brennen, denn das versprach eine gute Ernte.

„Wann?"

„Heute Abend, für die Feier im Kommissariat. Weil ich ja nichts basteln musste. Es ist mein erstes Mal, deshalb habe ich ein bisschen mehr eingekauft. Falls es schiefgeht."

Aber was solle schon schiefgehen, fügte sie hinzu. So schwer könne es doch nicht sein, einen Biskuitboden und Schokoladenbuttercreme zu machen ...

Finot war weniger zuversichtlich, seine Mutter hatte regelmäßig geflucht. Es gab wohl einige Hürden zu überwinden, wie den Biskuitboden zu rollen, ohne dass er brach. Und die Buttercreme war auch nicht ohne.

Im Stehen aß er seinen Joghurt und beobachtete Laura, die geschäftig die Treppe herunterrauschte.

„Was ist jetzt eigentlich mit der WG?" Sie verschwand im Gästebad. „Wird Madame Caron zu Pauline und Yvonne ziehen?"

Als sie herauskam, zog sie eine Parfümwolke hinter sich her.

„Keine Ahnung. Ich schätze, das erfahren wir morgen."

Sie drückte ihm einen Kuss auf die Wange. „*Salut!* Bis heute Abend." Auch Blanche wurde gebührend verabschiedet, dann steuerte sie die Tür an.

„Ach, ich glaube, du hast recht mit Martine ..."

Laura blieb stehen und drehte sich um. „Das sagst du mir zwischen Tür und Angel?"

„Ich hab's vergessen, wirklich!"

Er gab wieder, was Madame Jacquet gesagt hatte. „Ich könnte mir vorstellen, dass sie als Krankenschwester einen sechsten Sinn für so was hat."

„Als ob man den bräuchte ...", murmelte Laura amüsiert und verschwand.

Gleichmütig kratzte Finot den letzten Rest Joghurt aus dem Becher.

„Na, Blanche, wird das was mit dem Kuchen?" Der Löffel landete klirrend in der Spülmaschine, der Joghurtbecher im Müll. „Wie, du findest, ich sollte nicht so pessimistisch sein? Ja, du hast recht ..."

Als er aus der Tür trat, schlug ihm feiner Nieselregen entgegen, schaudernd zog er die Kapuze hoch. Zwar liebte er es, spazieren zu gehen, aber bei diesem Wetter war selbst Finot lieber drinnen.

Ob Zacharie das genauso sah?

Zacharie ...

Er hatte die Figur in die Kirche gebracht, daran gab es keine Zweifel. Möglichkeit eins: Dort war er auf Aubert gestoßen und hatte ihn umgebracht.

Das Motiv?

Noch offen.

Möglichkeit zwei: Zacharie war zur falschen Zeit am falschen Ort gewesen und wieder gegangen, *bevor* der Mörder die Figur genommen und Aubert damit getötet hatte.

Der wahre Mörder?

Oder die Mörder*in*, wenn sich ihre Spekulationen bewahrheiten würden. War Madame Lefebvre schuldig? Hatte sie ihre Freundin gerächt, die dem kontrollsüchtigen Aubert zum Opfer gefallen war? Oder doch Madame Burel? Hatte sie Liliane aus Eifersucht umgebracht und war Aubert ihr auf die Schliche gekommen?

Bei all den offenen Punkten, die damit zusammenhingen, war der wichtigste noch ungeklärt: Gab Madame Auberts Krankenakte diese Möglichkeit überhaupt her?

Finot zog seine Kapuze wieder auf; der Wind hatte sie heruntergeweht. Dabei gingen seine Gedanken zurück zu Zacharie. Er wusste nicht, was er ihm wünschen sollte: Dass er umherstreifte wie gehabt oder im Trockenen zu Hause saß? Wie auch immer, bei der Polizei war er jedenfalls nicht mehr.

Vidal hatte ihm tatsächlich einen Anwalt besorgt und dieser hatte auf das fehlende Motiv und die Tatsache hingewiesen, dass bei Zacharie keine Fluchtgefahr bestand. Außerdem war da noch die Sache mit den blauen Wollfasern ...

Sie hatten keine Handschuhe, keinen Schal dieser Farbe bei ihm gefunden, was allein natürlich kein Beweis der Unschuld war. Doch hätten Fasern an seiner Jacke haften müssen und auch das war nicht der Fall.

Im Moment tendierte Finot also zu Möglichkeit zwei: Zacharie hatte die Figur einfach nur in die Kirche gebracht. Sein Interesse an Auberts Schicksal und die Bekanntschaft aus längst vergangenen Tagen war nicht mehr als eine interessante Koinzidenz.

Also alles auf Anfang?

Im Kommissariat war Jérôme dabei, der Weihnachtsfeier den letzten Schliff zu verpassen. Er hatte Mühe, seine Telefonate und die persönlichen Anweisungen zu jonglieren und registrierte Blanche und ihr Herrchen beim Hereinkommen nicht.

Auf der Treppe klingelte Finots Handy. „Serge, was gibt's?" Eine einfache Frage, aber Finots Ruhe war dahin, seit er auf dem Display den Namen des Gerichtsmediziners gelesen hatte. Sicher rief er wegen Madame Aubert an …

Finot nahm das Handy in die linke Hand und schloss mit der anderen sein Büro auf.

„Ich habe mir diese Krankenakte angeguckt …"

„Ja und?"

„Du musst mir versprechen, mich nicht zu zitieren …"

„Natürlich!" Finot zog die Tür zu und setzte sich in seiner Jacke an den Schreibtisch.

„Es ist nur eine Vermutung, die ich von Freund zu Freund äußere … Eine Theorie, die im Bereich des Möglichen liegt."

„Serge, bitte! Spann' mich nicht auf die Folter!"

„Also gut …", sagte der Gerichtsmediziner langsam.

Finot hätte ihm am liebsten den Hals umgedreht.

„Sie könnte vergiftet worden sein. Ich betone: könnte. Hörst du?"

Nein, Finot hörte nicht, er sprang vom Stuhl auf und rief: „Wirklich?"

„Langsam, François!" Serges Tonfall deutete an, dass er den Anruf bereute. „Ich habe Madame Aubert nicht obduziert, ich habe mir nur ihre Akte angeguckt! Wenn du dich auf mich berufst, komme ich in Teufels Küche."

Finot, der inzwischen am Fenster stand, sagte: „Das weiß ich doch!"

„Gut … Ich habe ein Herbizid in Verdacht, genauer gesagt eine Ammoniakverbindung, die bei Verabreichung unter anderem die Lunge angreift."

„Ist das Zeug frei verkäuflich?", preschte Finot vor. Die Frage entsprang rein praktischen Überlegungen: Wo konnte man bei der Recherche ansetzen?

„Nein, es ist in der EU seit 2007 verboten. Aber du kriegst den Unkrautvernichter in einigen anderen Ländern, den USA zum Beispiel, Kanada, Neuseeland, Japan." Serge fügte noch hinzu: „Die Chemikalie ist geschmacklos, kann also unauffällig mit der Nahrung verabreicht werden." Er erzählte von einer Mordserie in den Achtzigerjahren, die Finot schaudern ließ.

„Meistens wird dem Gift zwar ein Farbstoff mit stechendem Geruch sowie Brechmittel zugesetzt …"

„Aber nicht immer?"

„Genau."

„Und es verursacht Lungenschäden?" Finot war auf dem Rückweg zum Schreibtisch.

„Ich denke, dass die Symptome denen ähneln, die in Madame Auberts Akte beschrieben werden – wenn über einen längeren Zeitraum kleinere Dosen verabreicht werden."

„Könnten die Ärzte eine Vergiftung übersehen haben?"

„Tja, ohne die entsprechenden Untersuchungen … Und warum hätten sie die veranlassen sollen? Das

Augenmerk lag ja auf dem Gift aus dem Abfallskandal, und das wurde als Krankheitsursache explizit ausgeschlossen." Er finde es nachvollziehbar, dass die Ärzte unter den gegebenen Umständen zu der genannten Diagnose gekommen seien.

„Verstehe", erwiderte Finot, der ein Kribbeln am ganzen Körper spürte. „Könnte man die Vergiftung jetzt noch nachweisen?"

„Bei einer Exhumierung? Ja, das könnte man."

„Vielen Dank für deine Hilfe, ich weiß das wirklich zu schätzen!"

„Schon gut", sagte Serge grummelnd und verabschiedete sich. *„À demain!"*

„Ja, bis morgen!" Finot ließ sein Handy polternd auf den Tisch fallen.

Und jetzt? Was machte er mit diesem Wissen?

Als Erstes rief er Hippo wegen der Lagebesprechung an. Sein Mitarbeiter war nicht etwa spät dran, sondern Finot ungeduldig, die Sache mit ihm zu besprechen.

„Bin schon auf dem Weg!"

Kurz darauf klopfte es an der Tür und Hippo trat ein. Ohne Häkelzeug, es war ein ungewohnter Anblick.

„Wo hätte Aubert das Gift herhaben sollen?", fragte er, nachdem Finot die Neuigkeiten losgeworden war. „Madame Burel wüsste bei ihrer Vorbildung vielleicht noch eher, wie man drankommt ... Und dann wären wir wieder beim Käse!"

Finot zuckte frustriert mit den Achseln; er wusste es nicht.

„Madame Burel hat ein Alibi, wenn auch ein etwas wackeliges. Madame Lefebvre haben wir bisher nicht gefragt ..."

Das müssten sie auf jeden Fall nachholen.

„Woher sollten die beiden gewusst haben, wo Aubert ist?", fragte Hippo. „Hinweise auf eine Verabredung gibt es nicht."

Tja, woher sollten sie es gewusst haben ..., dachte Finot. Er drehte sich im Schreibtischstuhl hin und her.

Hippo hatte nicht die Möglichkeit, seinem Gehirn mit derlei Manövern auf die Sprünge zu helfen. Trotzdem wartete er mit einem Vorschlag auf: „Aubert und die Täterin haben sich vorher durch Zufall getroffen und dann ist sie ihm heimlich gefolgt?"

„Wo hätten sich ihre Wege kreuzen können?" Finot ging Auberts Todestag durch. „Letztlich muss es irgendwo zwischen Arbeit, Restaurant, Apotheke und Kirche gewesen sein."

„Wie wär's, wenn wir Restaurant und Apotheke noch mal abklappern? Bevor wir nach Neufchâtel-en-Bray fahren und mit Madame Lefebvre sprechen?"

„Aber da haben Sie doch schon nachgefragt ..." Es war ein schwacher Protest. „Egal, versuchen wir unser Glück!"

43

Das Restaurant war schnell erledigt, da sie auf verschlossene Türen trafen. Sie mussten wohl oder übel später wiederkommen und spazierten erst mal weiter zur Apotheke.

Deren Auslage blieb von Weihnachten ebenso wenig verschont wie jede andere dieser Tage. Es gab sowohl direkte Hinweise auf das Fest als auch indirekte: Weihnachtskugeln, Lichterketten, Tannenzweige auf der einen Seite, Mittel gegen Sodbrennen und Übelkeit sowie pflanzliche Beruhigungsmittel auf der anderen.

Inmitten der Medikamente waren Taschentücher-Packungen, Halsbonbons, Desinfektionsmittel und andere Werbeartikel mit dem Apotheken-Logo verteilt. Letzteres bestand aus dem bekannten grünen Kreuz und einer stilisierten Ansicht des Geschäfts.

Finot und Hippo betraten den Laden. Die Luft wirkte drinnen noch feuchter als draußen und der Schirmständer war nur einen Kunden vom Explodieren entfernt.

Wie erwartet riefen sie den Unmut der Leute hervor, als sie an ihnen vorbei direkt zum Tresen gingen. „He, wir stehen hier alle an!"

„Tut mir leid", sagte Finot und zeigte seinen Ausweis in die Runde. Die Kritik wurde von einem vielsagenden Raunen abgelöst.

Bevor Finot noch etwas sagen konnte, sprach Hippo eine der beiden Verkäuferinnen an: „Ich war vor ein paar Tagen schon mal hier und habe mit Ihnen und Ihrer Chefin gesprochen."

„Ja, ich erinnere mich, einen Moment bitte." Sie bat auch ihren Kunden um Geduld und ging ins Hinterzimmer.

Ein paar Sekunden später war sie zurück und streckte den Zeigefinger aus. „Gehen Sie einfach durch!"

Dank ihrer strengen Frisur hatte die Chefin eine gewisse Ähnlichkeit mit Louise. Finot schickte Motas' Sekretärin einen stillen Dank ins Kommissariat, da sie gerade auf Blanche aufpasste.

Nach der Begrüßung fragte er: „Hat Monsieur Aubert bei seinem Besuch etwas Besonderes erzählt? Wo er im Anschluss an den Einkauf hinwill zum Beispiel? Oder hat er sich irgendwie auffällig verhalten?"

Die Chefin sah hilfesuchend zu Hippo. „Nein, wie ich Ihrem Mitarbeiter schon gesagt habe."

„Hat er eventuell mit einem anderen Kunden gesprochen? Einer Kundin?"

„Nein, aber auch das habe ich ja schon ..." Sie brach ab und hob bedauernd die Arme. „Vielleicht nicht *im* Laden, sondern draußen?"

Das war natürlich denkbar, doch leider schwer zu erfassen.

Hippo hatte getan, was möglich war, das heißt in den Geschäften rund um die Apotheke ermittelt. Aber sie könnten den entscheidenden Zeugen natürlich verpasst haben. Oder es gab ihn nicht! Davon abgesehen hatte Hippo nicht nach den Damen aus Neufchâtel-en-Bray gefragt. Wie auch, zu dem Zeitpunkt war es um Aubert gegangen!

Finot holte das jetzt nach, doch die Apothekerin schüttelte bei beiden Konterfeis den Kopf. Dabei fielen ihm die kleinen Weihnachtsmänner auf, die an ihren Ohrringen baumelten. Manou hätte sicher ihren Spaß daran gehabt. „Sie haben die Frauen an dem Tag ganz bestimmt nicht gesehen?"

„Wenn ich es doch sage!" Die Apothekerin guckte unruhig an ihm vorbei. „Sind wir dann fertig? Sie haben ja mitbekommen, was vorne los ist."

Es dauere nicht mehr lange, erklärte Finot. „Wer war vor oder nach Aubert im Laden? Wem könnte er beim Rein- oder Rausgehen begegnet sein?"

Er hoffte sehr, dass sie sich erinnerte. Andernfalls müssten sie den offiziellen Weg über die Kartenzahlungen wählen, was natürlich länger dauerte.

„Puh, ich weiß es nicht!"

„Vielleicht eine Ihrer Mitarbeiterinnen?" Er zeigte Richtung Verkaufsraum.

Die Frau zögerte.

„Würden Sie sie bitte nacheinander zu uns schicken?"

„Na gut", erwiderte sie unwillig und verschwand. Finot hörte die Chefin reden, bald darauf erschien die Verkäuferin, mit der sie eingangs gesprochen hatten.

Sie erinnere sich nur an eine einzige Kundin, eine ältere Dame, knapp neunzig. „Sie kommt schon seit Jahren regelmäßig vorbei. Aubert und sie gaben sich die Klinke in die Hand. Mehr oder weniger ..."

Finot bat Hippo, den Namen aufzuschreiben.

„Es waren natürlich noch mehr Kunden da", fuhr die Verkäuferin fort, „aber wenn es nicht gerade Leute sind, die ich kenne, vergesse ich die Gesichter oder verwechsle die Tage. Es ist einfach so viel Betrieb, tut mir leid!"

Sie ging zurück und schickte ihre Kollegin nach hinten. „Ich weiß nur noch, dass Monsieur Le Tallec an dem Mittag da war – ich glaube vor Monsieur Aubert, aber es waren ein paar Minuten dazwischen."

„Monsieur Le Tallec?"

„Er wohnt bei meinen Eltern um die Ecke, daher kenne ich ihn."

Finot kratzte sich am Kopf. „Kann es sein, dass er in der Kirche aktiv ist?" Er beschrieb den Mann, mit dem er sich beim Weihnachtscafé unterhalten hatte.

„Das mit der Kirche weiß ich nicht, aber die Beschreibung passt." Es tue ihr leid, fuhr sie fort, sie würde gerne mehr beitragen, aber Aubert habe einfach seine Geschenke in die Tasche gepackt und sei dann gegangen. „Die Chefin hatte ein paar Proben zusammengestellt, eine Tüte Bonbons, Taschentücher, das Übliche halt." Sie zeigte auf ein Regal, in dem die Artikel gelagert wurden. „Da er ja leider umsonst reingekommen war." Ihre Wangen röteten sich. „Jetzt braucht er seine Salbe nicht mehr ..."

Finot interessierte das Missgeschick eher am Rande. „Tasche?" Er sah sich im Raum um, als wäre sie dort zu finden. „Welche Tasche?"

„Ein roter Baumwollbeutel. Er ist mir anfangs gar nicht aufgefallen – wegen der Jacke. Wie bei einem Chamäleon, das mit der Umgebung verschmilzt. Erst als ich ihn gefragt habe, ob er eine Tüte will ..."

Das war wirklich merkwürdig, sie hatten keinen Beutel bei der Leiche gefunden! Konsterniert fragte Finot: „Hat er irgendwas zu der Tasche gesagt?"

„Nur, dass er deswegen keine Tüte braucht."

„Sie haben nicht zufällig eine Idee, was drin war?", fragte Hippo.

„Jedenfalls nichts Voluminöses."

Nichts Voluminöses ... In Finot machte sich eine Vermutung breit. „Fällt Ihnen sonst noch was dazu ein?"

„Leider nicht. Ich war schon so perplex, dass da überhaupt eine Tasche war, dass ich kaum drauf geachtet habe."

Finot bedankte sich für die Auskunft und gab ihr seine Visitenkarte. „Nur für den Fall ..."

Dann verließen sie den Laden.

„Glauben Sie das Gleiche wie ich?", fragte Finot.

„Dass er die fehlenden Tagebücher dabeihatte?"

Nickend sagte Finot: „Hat der Mörder sie an sich genommen?"

„Fakt ist: Tasche und Tagebücher sind verschwunden. Und die Aussage, dass nichts Voluminöses drin war, passt auch."

Finot stieß einen Laut der Überraschung aus: „Aubert war nach der Arbeit nicht mehr zu Hause, also muss er die Tasche morgens mitgebracht haben!" Er wedelte mit seinem Zeigefinger vor Hippos Gesicht herum. „Rufen Sie Auberts Kollegen an, den Nuschelnden."

Sie gingen zum Telefonieren in eine ruhige Nebenstraße und hatten ihn bald darauf an der Strippe.

„Die rote Tasche?", fragte er überrascht. „Stimmt, ja! Ich weiß leider nicht, ob er sie mitgenommen hat, als er ging."

„Der blöde Schirm!", sagte Hippo beiläufig.

Erst verstand Finot nicht, was er meinte, aber dann fielen ihm die Videoaufzeichnungen wieder ein. Sein

Mitarbeiter hatte recht: Ohne den Schirm wären sie der Tasche schon früher auf die Schliche gekommen; Aubert war ja kaum zu erkennen gewesen unter dem riesigen Teil!

„Aber er brachte sie morgens von zu Hause mit?", fragte Hippo.

Finot war drauf und dran, die Frage für den Mann zu verneinen. Das immerhin meinte er im Video gesehen zu haben.

Oder doch nicht?

Er dachte an den erwähnten Chamäleon-Effekt.

„Nein, also ja ..." Der Kollege lachte unsicher. „Patrice hat sie zwar mitgebracht, aber nicht an *diesem* Morgen. Sie hing schon ein paar Tage an seinem Stuhl. Ich habe überhaupt nicht mehr daran gedacht. Wenn Sie jetzt nicht gefragt hätten ..."

Finot hatte Mühe, den Mann zu verstehen. „Warum sollte er die Tasche von zu Hause mitbringen?", klinkte er sich in das Gespräch ein. Offiziell richtete er die Frage an Auberts Kollegen, aber eigentlich stellte er sie sich selbst.

„Kommt wohl drauf an, was drin war?"

„Wie bitte?", fragte Finot.

Der Kollege wiederholte den Satz ein wenig lauter, was zum Glück auch dazu führte, dass er deutlicher sprach.

„Haben Sie diesbezüglich eine Vermutung?" Wieder Hippo.

„Was heißt Vermutung ... Ich weiß nur, dass etwas Flaches, Eckiges drin war."

„Vielleicht Bücher?", fragte Finot.

Ob der Mann das Zittern in seiner Stimme hören konnte?

„Gut möglich."

„Hat er irgendwem den Inhalt der Tasche gezeigt?"

„Meines Wissens nicht. Dafür wäre er aber auch nicht der Typ gewesen, über sein Privatleben sprach er selten. Er hat höchstens mal von irgendwelchen Menüs erzählt, die er am Wochenende gekocht hat. Da lief mir dann schon das Wasser im Mund zusammen ... Eigentlich schade, dass er nicht öfter aus sich rausgekommen ist. Wenn man so drüber nachdenkt, war er ein angenehmer Kollege."

Schließlich fragte Finot noch, wann genau Aubert die Tasche mitgebracht habe.

„Ich glaube, es war an dem Freitag davor."

44

„Wie geht's jetzt weiter?", fragte Hippo.

„Mit Madame Caron, ich rufe sie an."

Die ehemalige Pfarrsekretärin erwiderte seinen Gruß freundlich. „Was kann ich für Sie tun?"

„Sie könnten mir mit Monsieur Le Tallecs Adresse aushelfen. Und seiner Telefonnummer, wenn Sie die haben."

„Monsieur Le Tallec?"

„Ich möchte nur kurz mit ihm sprechen ..."

Finot wappnete sich für eine neugierige Nachfrage, aber das war gar nicht nötig.

„Sie können einfach zum Suppenstand kommen", sagte Madame Caron, „ich halte ihn so lange hier fest."

Wortwörtlich, dachte Finot. Er traute ihr zu, dass sie sich an seine Beine klammerte, sollte er weglaufen wollen. Die Vorstellung erheiterte ihn. „Wir sind gleich da!"

Zu Hippo sagte er: „Kommen Sie, wir müssen zum Suppenstand!"

„Hm, ja." Sein Mitarbeiter setzte sich zögerlich in Bewegung. „Tut mir leid!"

„Was genau?"

„Die Tasche! Warum habe ich nicht danach gefragt, ob er etwas dabeihatte?"

„Los, los!", machte Finot Dampf. „Schleichen Sie nicht so." Dann beantwortete er Hippos Frage: „Gewöhnen Sie sich dran. Wenn wir immer wüssten, was die richtigen Fragen sind, bräuchten wir keine Antworten mehr."

Nach einem kurzen Fußmarsch am Stand angekommen, schlugen sie Madame Carons Angebot einer heißen Suppe aus. Ganz anders Monsieur Le Tallec, den sie mit bunt gestreiftem Schal um den Hals an einem Stehtisch antrafen. Vor sich eine leere Suppenschüssel, daneben ein Glas Weißwein, halb voll.

„Sie waren Mittwoch vor einer Woche in der Apotheke?"

„War ich das?" Er trank einen Schluck Wein. „Ja, stimmt. Warum?"

„Haben Sie in der Nähe des Ladens diesen Mann gesehen?" Finot zeigte ihm Auberts Foto.

„Das Opfer aus der Kirche?" Er schüttelte den Kopf. „Sein Bild war ja in der Zeitung. Wenn ich ihm begegnet wäre, hätte ich mich längst gemeldet."

Finot nickte. „Dann eine andere Frage. Ist Ihnen an dem Tag eine dieser beiden Frauen aufgefallen?" Er zeigte Le Tallec Fotos von Marlène Lefebvre und Florence Burel.

Erneutes Kopfschütteln. *Je suis desolé.*"

Ein weiterer Schluck Wein förderte einen Vorschlag zutage: „Wie wäre es, wenn Sie mit Madame Fournier sprechen?"

„Wer ist das?"

„Eine gute Bekannte. Wir standen eine Weile zusammen und unterhielten uns. Nicht direkt vor der Apotheke, ein paar Meter weiter bei der Bäckerei. Vielleicht hat sie irgendwas mitbekommen …?"

Finot bedankte sich und winkte Madame Caron zum Abschied zu.

„Ich werde übrigens gleich den Mietvertrag unterzeichnen!", rief sie ihm hinterher.

Lächelnd hob er den Daumen. „Das freut mich!"

Weiter ging's zu Madame Fournier, die gerade mit Kochen beschäftigt zu sein schien. Es roch schon ganz vorzüglich, da hatten sie das Mietshaus kaum betreten. Und es wurde umso schlimmer, je näher sie ihrem Ziel im zweiten Stock kamen. Hungrige Nachbarn blieben im Moment besser drinnen.

Eine Frau um die sechzig öffnete ihnen die Tür, um den Körper eine rote Schürze mit weißen Punkten. In der Hand hielt sie ein großes Messer, dessen Spitze sie den Besuchern entgegenstreckte. „Ja, bitte?"

Finot und Hippo wichen erschrocken zurück. „Madame Fournier, könnten Sie bitte ..."

„Was denn?" Fragend schaute sie sich um.

„Ihr Werkzeug da ..."

„Ach so!" Sie ließ die Hand sinken. „Und Sie sind?"

Finot und Hippo zückten ihre Ausweise.

„Das passt wirklich gerade überhaupt nicht, aber gut ..." Madame Fournier ließ sie stehen und rief: „Sie müssen mit in die Küche kommen, sonst gibt's ein Unglück mit dem *Boeuf Bourguignon*." Truthahn habe sie noch nie gemocht, den gebe es in diesem Haus an Weihnachten nicht.

Sie legte das Messer neben ein großes Holzbrett. Den Resten nach zu urteilen hatte sie darauf Zwiebeln, Knoblauch, Möhren und Champignons geschnitten, die gerade zusammen mit Speck in einer Pfanne schmurgelten. Die Mischung war wohl maßgeblich für den Geruch im Treppenhaus.

Gleichzeitig briet sie in einer Kasserolle gewürfeltes Fleisch an, löste es jetzt mit einem Holzlöffel vom Topfboden. Ein Sträußchen mit Kräutern sowie Rotwein warten neben dem Herd auf ihren Einsatz.

„Es geht um den Mord in der Kirche", begann Finot, „Sie haben sicher davon gehört. Im Zusammenhang damit interessiert uns Ihr Treffen mit Monsieur Le Tallec letzten

Mittwoch vor der Bäckerei. Genauer gesagt die Frage, wen sie dabei möglicherweise gesehen haben." Als Erstes zeigte er ihr Auberts Foto. „Was ist mit diesem Mann?"

Die Köchin wandte ihre Augen vom Kochtopf ab und dem Bild zu. „Nein."

Dann das Foto der Landwirtin. „Was ist mit dieser Dame? Kam sie vorbei?"

Madame Fournier rührte Gemüse und Speck in der Pfanne um und sah sich anschließend das Porträt an. „Nein, bedaure ... Moment bitte." Sie gab eine große Portion bereits angebratenen Fleisches zurück in die Kasserolle, bestäubte alles mit Mehl und goss nach und nach Rotwein dazu. Es zischte und dampfte und begann anschließend zu brodeln und noch köstlicher zu riechen als ohnehin schon. Sie gab die Kräuter, Salz und Pfeffer in den Topf.

Finot zeigte ihr noch Madame Lefebvres Konterfei, aber auch hier Fehlanzeige.

„Es kann natürlich sein, dass dieser Monsieur oder eine der Damen vorbeigegangen sind. Ich war so in das Gespräch vertieft, ich habe mich nicht auch noch nach anderen Leuten umgeguckt." Sie setzte den Deckel auf die Kasserolle und reduzierte die Hitze. Dann wischte sie sich die Hände an der Schürze ab. „Es ging um die Kirche. Darum, wie schön sie von innen ist, und dass man das gar nicht glaubt, wenn man sie von außen sieht ..."

„Haben Sie auch über die Maria gesprochen?", fragte Hippo.

Madame Fournier sah ihn an. „Ja, das haben wir. Wegen der verschwundenen Krippe, es war ja *das* Gesprächsthema ..."

Finot war traurig und froh zugleich, als sie die Wohnung der Frau, das ganze Haus, hinter sich ließen. Zwar war sein Magen hochgradig frustriert, aber sie hatten ein sehr interessantes Gespräch geführt.

Vor dem nächstbesten Café blieb er stehen und schlug seinem Mitarbeiter vor, eine kleine Pause zu machen und die Neuigkeiten zu bewerten.

„Aubert war also in der Apotheke, um seine Salbe zu holen", begann Finot, als sie mit ihren Kaffeetassen in einer ruhigen Ecke saßen. „Im Gegensatz zu dem, was ich anfangs dachte, hatte er da noch nicht vor, in die Kirche zu gehen?" Es war genauso Aussage wie Frage.

„Keine Ahnung, aber nehmen wir es doch einfach mal an. Gehen wir davon aus, dass er die Unterhaltung zwischen Madame Fournier und Monsieur Le Tallec mitbekommen hat und erst daraufhin entschied, sich die Kirche anzugucken. Vielleicht ein Anflug von Nostalgie, da die Maria erwähnt wurde? Und wie weiter? Ihrer Logik zufolge müsste eine der Frauen ebenfalls bei der Apotheke gewesen sein."

„Genau. Sie folgt ihm in die Kirche, wo die Maria dank Zacharie gerade wieder aufgetaucht ist."

„Okay ...", sagte Hippo, „akzeptiert. Die Täterin schlägt Aubert nieder und nimmt die Tasche an sich. Warum? Weil die Tagebücher drin sind? In denen etwas über Madame Auberts Tod steht?"

„Möglich", sagte Finot.

Er starrte eine Weile nachdenklich aus dem Fenster, dann seufzte er und drehte sich zu Hippo. „Rekapitulieren wir noch mal: Da ist Kandidatin eins, die Frau des Bürgermeisters. Hat sie ihre Freundin gerächt? Hat sie durch die Tagebücher herausgefunden, dass Aubert für Lilianes Tod verantwortlich ist und ihn deshalb ermordet?"

„Warum waren die Tagebücher dann bei Aubert?"

„Er hat sie zurückgeholt?"

„Selbst wenn es irgendeinen Hinweis auf diesen ... Transfer gäbe, warum sollte Aubert mit den Büchern herumlaufen? Sie für alle zugänglich in seinem Büro lassen? Wenn wirklich etwas Kritisches drinstände, etwas, das ihm gefährlich werden könnte, hätte er sie doch direkt nach ihrem Tod entsorgt!"

Finot rückte seine Brille zurecht. „Damit wäre diese Theorie wohl raus. Dann doch Madame Burel und die Eifersucht? Und Aubert ist durch die Tagebücher dahintergekommen?"

„Sie glauben, Liliane hat sich darin über Madame Burels Eifersucht ausgelassen? Aber wir wissen doch schon, dass sie das getan hat. Sie haben es selbst gelesen!"

„Aber es könnte sein, dass sich die Lage später zuspitzte. In der Textstelle, die Sie meinen, amüsiert sich Madame Aubert nur ein bisschen über die Burels. Ist es dabei nicht geblieben? Hat sie irgendwann einen konkreten Verdacht geäußert?"

Er überlegte, wie sich das angehört haben könnte: *Vielleicht hat Patrice doch recht? Nur, dass es nicht der Käse war, sondern irgendwas anderes, was ich im Hofladen gekauft habe? Aber eine Vergiftung? Aus Eifersucht? Sei nicht albern, Liliane! Es reicht, wenn Patrice verrückt spielt!*

Mit unzufriedener Miene machte Hippo ein Zugeständnis: „Unter diesen Umständen hätte Aubert zumindest keine Sorgen haben müssen, die Bücher offen herumliegen zu lassen. Wobei ..."

„Wobei?"

„Mir leuchtet immer noch nicht ein, warum er sie überhaupt mit zur Arbeit genommen hat. Weil er etwas damit tun wollte? Jemanden um Rat fragen? Sie jemandem zeigen? Nur wem ...?"

Hippo schien fieberhaft über die Frage nachzudenken und auch in Finots Kopf ratterte es. Es ratterte und ratterte, bis der Zug zu einem plötzlichen Halt kam und er gedanklich nach vorne geschleudert wurde. „Uns! Er wollte sie *uns* zeigen!"

„Uns?"

„Der Polizei!" Finot blieb vor Aufregung fast die Luft weg. „Die Entscheidung wird Aubert nicht leichtgefallen sein nach der Vorgeschichte. Sicher hatte er Sorge, für verrückt erklärt zu werden!" Eilig sprach er weiter: „Trotzdem nimmt er all seinen Mut zusammen und die Bücher mit zur Versicherung. Als ersten Schritt sozusagen … Und ein paar Tage später ist es dann so weit. Er bringt die Arbeit hinter sich, den Besuch bei der Apotheke …" Finot boxte sich mit der Faust auf seinen Oberschenkel. „Die Apotheke …"

„Wo er auf Madame Burel trifft …?", führte Hippo die Vermutung fort.

„Gibt es in der Nähe eigentlich Videoüberwachung?"

Hippo schüttelte den Kopf. „Habe ich schon überprüft."

„Mist …"

„Sie treffen sich", nahm Hippo den Faden wieder auf. „Haben sie sich unterhalten? Hat er durchblicken lassen, dass er zur Polizei will? Dass in den Tagebüchern etwas drinsteht? Dann hätte sie schnell handeln müssen!"

Finot nickte. „Alles andere macht keinen Sinn. Dann ist das Alibi gelogen?" Er stand auf. „Wir müssen mit ihr sprechen!"

45

„Ich war nicht in Dieppe! Und in dieser Apotheke schon gar nicht. Was soll ich da? Wir haben eigene Apotheken!" Madame Burel schnäuzte sich die Nase und stopfte das Taschentuch in die Hosentasche. Offenbar hatte sie sich zwischenzeitlich einen tüchtigen Schnupfen eingehandelt.

„In dem Zustand kann ich nicht im Laden stehen", hatte sie zur Begrüßung erklärt. Und Finot die ausgestreckte Hand zurückgezogen.

Jetzt saßen sie zusammen in Monsieur Burels Büro.

„Wussten Sie, dass Madame Aubert Tagebuch schreibt?"

„Tagebuch? Was ist denn das für ein Unsinn! Sie war doch kein Teenager mehr!"

„Besitzen Sie einen blauen Wollschal? Handschuhe? Oder eine Mütze?"

„Ich hasse blau! Außerdem haben Sie mich schon danach gefragt." Sie wischte sich erschöpft über die Stirn. „Warum sollte ich Aubert umbringen? Ich dachte, wir hätten klargemacht, dass das mit dem Käse keine große Sache war."

„Es geht um Madame Aubert."

Nicht schon wieder diese Frau!, schienen ihre Augen zu sagen.

„Sie waren eifersüchtig?"

Madame Burel trommelte mit den Fingern auf den Tisch. „Ja, ich war eifersüchtig, wie Sie schon gemerkt haben. Es hat mich verletzt zu sehen, wie Christian unter ihrer Krankheit gelitten hat. Dass er immer ganz aufgeregt war, wenn sie in den Laden kam. Wie ein junger Hund ist er um sie herumscharwenzelt ... Da war etwas an ihr, das ich nicht habe, und ja, deswegen mochte ich sie nicht."

Die Landwirtin pfriemelte das Taschentuch hervor und putzte sich erneut die Nase. Anschließend landete der zerfetzte Zellstoff im Papierkorb neben dem Schreibtisch.

„Aber was hat das alles mit dem Mord an Aubert zu tun?" Sie überlegte eine ganze Weile und sagte dann: „Nein! Sie glauben jetzt nicht wirklich, dass ..."

Finot sah sie interessiert an.

„Ernsthaft? Ich bringe Madame Aubert um? Und ihn gleich hinterher, weil er mich durchschaut hat? Ist es das, was sie glauben? War sie gar nicht ... normal krank?"

Er wiegte unbestimmt den Kopf hin und her.

„Wirklich, *Monsieur le Commissaire,* ich habe keine Zeit für solche Sperenzchen! Ob Sie's glauben oder nicht, ich weiß, was ich an meinem Mann habe, und er weiß es umgekehrt auch. Wir haben den Tiefschlag mit Aubert und seinen Käsefantasien zusammen gemeistert, wir schmeißen den Laden seit Jahren zusammen! Daran kann auch diese Schwärmerei nichts ändern!" Sie fügte noch hinzu: „Ich bin doch nicht so blöd und setzte alles aufs Spiel, was wir uns aufgebaut haben!"

Finot kam nicht umhin, die Frau zu bewundern. Auf merkwürdige Weise ging eine große Kraft von ihr aus.

Während er vor sich hin grübelte, holte Madame Burel eine Packung Taschentücher aus ihrer Strickjacke. Das Logo darauf kam ihm ungemein bekannt vor …

Ein lähmendes Gefühl überkam ihn.

„Ich dachte, Sie gehen nicht in Dieppe zur Apotheke?"

„Hä?" Sie sah ihn perplex an. „Tu ich auch nicht!"

Finot zeigte auf die Packung. „Wo haben Sie die her?"

„Die Taschentücher?" Sie setzte an, eins davon herauszunehmen.

„Legen sie sie auf den Tisch!"

„Wie bitte?"

„Los!"

Erschrocken ließ sie die Packung fallen.

Hippo rannte raus und kam mit einem Plastikbeutel aus dem Auto zurück. Als das Beweisstück verstaut war, wandte Finot sich an Madame Burel. „Also, wo haben Sie die Taschentücher her?"

„Sind denn hier alle verrückt geworden?" Sie kramte in den Schubladen des Schreibtisches nach Ersatz. Als sie ihn gefunden hatte, putzte sie sich die Nase und sagte: „Von Marlène, ich habe sie vorgestern getroffen! Als ich niesen musste und keine Taschentücher hatte, gab sie sie mir."

Finot ließ sich im Stuhl nach hinten fallen. „Madame Lefebvre?" Er beugte sich wieder vor. „Ist sie manchmal in Dieppe?"

Madame Burel breitete entgeistert die Arme aus. „Was ist denn das für eine Frage! Möglich, ja. Es ist ja auch nicht so, dass ich *nie* dort hinführe …"

„Könnte sie letzte Woche Mittwoch in Dieppe gewesen sein?"

„Weiß ich doch nicht! Vielleicht war sie bei dieser neuen Freundin, von der sie mal erzählt hat." Mehr zu sich selbst fügte sie hinzu: „Keine Ahnung, wie sie das macht. Marlène schnappt immer wieder neue Leute auf."

„Und diese Freundin wohnt in Dieppe?"

Die Landwirtin nickte. „Ja, sie kommt aus Deutschland, glaube ich. Sie und ihr Mann sind so merkwürdige Kunstleute …" Sie schüttelte verständnislos den Kopf. „War's das dann?"

Abgelenkt erwiderte Finot: „Fürs Erste ja."

Seine Aufforderung, die Stadt in nächster Zeit nicht zu verlassen, quittierte sie mit einem spöttischen Gesichtsausdruck. „Sie haben wirklich überhaupt keine Ahnung von meinem Leben."

Als sie im Auto saßen, sagte Hippo: „Die Taschentücher sind von Madame Lefebvre? Glauben Sie ihr?"

Finot nickte.

„Warum sollte sie – wenn sie die Täterin ist, was ich jetzt irgendwie überhaupt nicht verstehe – die Taschentücher verschenken?"

„Dummheit? Hybris?", sagte Finot achselzuckend.

„Glauben Sie, diese neue Freundin ist die Frau von *Team genial*?"

„Dem Organisator der Kunstausstellung in *Saint Rémy*? Gut gesagt. Ja, das glaube ich. Wir müssen dringend mit ihr sprechen. Wenn Madame Lefebvre in Dieppe war und

Auberts Abdrücke auf der Packung sein sollten ...", er hielt inne, „dann ist das zumindest verdächtig."

„Aber wir hatten Madame Lefebvre doch als Täterin ausgeschlossen!"

„Vielleicht stimmt unserer Rache-Theorie nicht? Vielleicht hatte sie ein anderes Motiv, ihn umzubringen? Wir wissen ja nicht sicher, dass Madame Aubert vergiftet wurde. Dazu müsste sie exhumiert und untersucht werden. Aber das können wir natürlich nur veranlassen, wenn es einen vernünftigen Anhaltspunkt gibt."

Hippo beobachtete einen kleinen Traktor, der gerade auf das Gelände gefahren wurde.

„Haben Sie mir zugehört?", fragte Finot.

„Hat nicht irgendwer erzählt, dass Madame Lefebvre schon mal eine Freundin verloren hat? Wer war das noch?"

„Sie selbst ...", sagte Finot, „als wir im Rathausfoyer saßen." Er nahm sein Telefon zur Hand. „Warten Sie, ich habe eine Idee."

„Monsieur le Commissaire?", hörte man Madame Burels Stimme im Auto. „Sie sind ja immer noch da, ich kann Sie sehen." In einem Fenster des Backsteinhauses bewegte sich der Vorhang.

„Nur eine kurze Frage, nein zwei Fragen."

„Wenn es denn sein muss ..."

„Wir haben läuten hören, dass Madame Lefebvre schon mal auf tragische Weise eine Freundin verloren hat. Wissen Sie etwas darüber?"

„Warum fragen Sie mich eigentlich dauernd nach anderen Frauen?"

Finot grinste und schwieg.

„Nicht wirklich." Ein Seufzen folgte. „Sie war alleinstehend, ungefähr mein Alter. Moment ..." Ein lautes *Hatschi* bebte durchs Auto.

„À vos souhaits!

„Hm, danke", sagte sie unwirsch, schnäuzte sich und fuhr fort: „So eng sind Marlène und ich nicht, aber über die Jahre kommt man doch ab und zu ins Gespräch. Vor allem durch den Laden. War's das?"

„Was ist mit ihr passiert?"

Madame Burel atmete genervt durch. „Sie starb, irgendwas mit dem Herzen. Marlène war ganz geknickt, sie hatte sich ein bisschen um sie gekümmert."

„Ah, verstehe. Dann nur noch eine Sache: Wissen Sie, welche Berufsausbildung Madame Lefebvre hat?"

„Ihre Eltern hatten eine Landschaftsgärtnerei, aber das war ihr zu dreckig. Sie ist gelernte Rechtsanwaltsfachangestellte …" Florence Burel verabschiedete sich und legte auf.

„Landschaftsgärtnerei", murmelte Hippo.

„Ja …"

46

Ihre deutsche Herkunft war Madame Lucille deutlich anzuhören. „Es geht um Marlène? Was ist mit ihr?"

„Sie kennen Sie also wirklich …" Die Information musste Finot erst mal verdauen.

„Ja, warum?"

Ausweichend fuhr er fort: „Mein Mitarbeiter und ich sitzen gerade im Auto vor dem Teeladen, haben Madame Lefebvre sogar schon zugewunken und gehen gleich rein. Darf ich fragen, wie Sie sich kennengelernt haben?"

„Selbstverständlich", erwiderte Madame Lucille, aber ihre Stimme klang unsicher. „Ich war im Sommer mit meiner Verwandtschaft in Neufchâtel-en-Bray, da haben wir ihren Laden entdeckt. Wir kamen ins Gespräch und danach bin ich öfter hingefahren. Ich trinke unheimlich gern Tee und die Auswahl ist ja wirklich groß. Dabei ergab dann eins das andere: Wir haben uns immer mehr auch über persönliche Themen unterhalten …"

Ohne besonderen Grund fragte Finot: „Könnten Sie uns ein Beispiel nennen?"

„Ein Beispiel?" Sie lachte. „Was es bedeutet, mit einem Bürgermeister verheiratet zu sein ... Es ist nicht so spannend, wie ich jetzt weiß, aber Neufchâtel-en-Bray ist ja auch klein. Hm ...", überlegte sie weiter, „es ging auch um das Geschäft, meine Arbeit ..."

„Was machen Sie beruflich?"

„Ist das wichtig?" Madame Lucille klang erstaunt. „Ich sitze ein bisschen zwischen den Stühlen; bin nicht mehr angestellte Übersetzerin, aber auch noch nicht selbstständig. Gerade versuche ich, alles unter Dach und Fach zu kriegen, habe auch mein Portfolio erweitert. Marlène ist da ganz offen; sie sagt, sie könne diesen Wunsch nach Veränderung gut verstehen. Das hat mich gefreut; es ist ja nicht die Regel, unterstützt und auf mögliche Fallstricke aufmerksam gemacht zu werden."

„Hat sie das? Sie auf Fallstricke hingewiesen?"

„Sie kennt sich da aus. Ist ja auch irgendwie klar mit dem Laden."

„Verstehe", sagte Finot, wobei sich ein unangenehmes Gefühl in seinem Inneren breitmachte. Hatten sie es mit einem Muster zu tun? Bevorzugte Madame Lefebvre Freundinnen, die in einer Umbruchsituation steckten, sich gerade neu erfanden?

Ihm kam die Bemerkung über Schlechtwetterfreundin Céleste in den Sinn, die immer wieder von längst geklärten Problemen angefangen hatte. *„Als hätte sie was dagegen, dass es mir gut geht!"*

In Célestes Fall schien sich die Helferrolle verselbstständigt zu haben. Es ging nicht mehr darum, den anderen zu unterstützen, sondern nur noch um das positive Selbstbild.

Die kleine Geschichte erinnerte ihn wiederum an das Münchhausen-Stellvertretersyndrom, bei dem Mütter

Krankheitssymptome ihrer Kinder erfanden, übertrieben darstellten oder sogar selbst verursachten.

Ihr Ziel war einerseits, eine medizinische Behandlung zu erwirken und dabei die Rolle einer aufopferungsvollen Person zu spielen. Andererseits wurde das Kind dadurch in Abhängigkeit gehalten.

Es waren nicht nur, aber meistens Mütter, die so handelten. Und obschon wesentlich seltener, gab es das Syndrom auch mit erwachsenen Opfern.

Er konzentrierte sich wieder auf das aktuelle Gespräch. „Hat Madame Lefebvre Sie letzten Mittwoch besucht? Gegen Mittag?"

„Ja, warum?"

Zwar hätte er viel darauf verwettet, dass es wirklich so war, trotzdem überraschte ihn die prompte Bestätigung und sein Herz setzte für einen Schlag aus.

Nervös fragte er: „Hat Sie Ihnen jemals irgendwas zu Essen mitgebracht?"

„Etwas zu essen?" Sie klang alarmiert. „Ja, warum? Marmelade."

Vor der nächsten Frage hatte Finot Angst, aber er musste sie stellen: „Haben Sie sie gegessen?"

„Hm, also ...", begann sie zögerlich. „Es ist mir ehrlich gesagt ein bisschen unangenehm, dass Sie das fragen, weil ..."

Das war immerhin kein Ja!

„Kennen Sie das, wenn man versäumt, jemandem zu sagen, dass man etwas nicht mag? In unserem Vorratsschrank stehen drei Gläser; ich dachte, ich verschenke sie demnächst an andere Freunde. Mein Mann mag Aprikosenmarmelade leider auch nicht ..."

Finot versuchte, sich seine Erleichterung nicht anmerken zu lassen. „Ich werde jemanden bei Ihnen vorbeischicken, der die Gläser abholt."

„Sie abholt?"

Neugierige Stille. Überlegte Madame Touissant, ob Finot die Marmelade selbst essen wollte?

„Ja, natürlich. Darf ich fragen, warum?"

„Im Moment kann ich Ihnen das leider nicht sagen. Ich möchte Sie nur bitten, vorerst keine Geschenke von Madame Lefebvre anzunehmen, bevor wir ein paar Dinge geklärt haben."

Finot versprach, sich noch einmal zu melden und alles in Ruhe darzulegen, dann wünschte er ihr ein frohes Fest und verabschiedete sich.

„Ich bin so erleichtert", sagte Hippo.

Finot sah ihn an. „Ich auch ..."

Sie stiegen aus dem Auto aus und betraten den Laden.

„Oh, hallo!", sagte Madame Lefebvre überrascht, dabei hatten sie sich bereits zugewunken. Mit Blick auf Hippo, der an der Tür stehen geblieben war, fragte sie: „Was soll das?"

„Mein Mitarbeiter verschafft uns nur ein bisschen Ruhe für ein kurzes Gespräch." Ohne Umschweife ließ Finot die erste Frage folgen. „Was haben Sie letzte Woche Mittwoch um die Mittagszeit herum gemacht?"

Madame Lefebvres Augen weiteten sich, aber sie hatte ihren Gesichtsausdruck schnell wieder im Griff. „Ich ... ich war zu Hause und habe den Haushalt gemacht."

Da war sie prompt in die Falle getappt.

„Komisch", sagte Finot. „Wir haben gehört, dass Sie bei einer Freundin in Dieppe waren."

Erschrocken legte sie sich die Hand auf die Brust. „Ach ja, stimmt ...! Ich habe es wohl mit einem anderen Tag verwechselt."

Leichthin erwiderte Finot: „Verstehe, dann wäre das ja geklärt. Wo sind Sie nach dem Besuch bei Ihrer Freundin hingegangen?"

„Ich bin nach Hause gefahren", sagte sie schnell.

„Ohne Umweg?"

Ein Nicken.

„Sie haben vorgestern Madame Burel getroffen?", fuhr Finot fort.

Etwas entspannter sagte sie. „Ja?"

„Ihre Bekannte war ganz schön verschnupft …"

„Das können Sie laut sagen! Aber bei diesem Wetter ist es ja auch kein Wunder. Blöd nur, dass Weihnachten vor der Tür steht. Aber was hat das …?"

„Sie haben ihr mit einer Packung Taschentüchern ausgeholfen?"

„Ja, warum?"

Im nächsten Moment erstarrte sie.

„Wo hatten Sie die her?"

„Die …", ihre Augen flackerten, „ich … die habe ich gefunden!"

„Gefunden? Wo?"

„Äh … auf dem Parkplatz in Dieppe, neben meinem Auto, als ich zurückfahren wollte. Irgendjemand muss sie dort verloren haben."

Nachdem Hippo einen Kunden mit ausgestrecktem Polizeiausweis weggeschickt hatte, fragte er: „Sie haben die Packung vom Boden aufgehoben und weiterverschenkt?"

„Natürlich! Es war doch nichts dran!"

Mist!, dachte Finot, aber er war ja noch nicht fertig. „Könnten Sie mir bitte Ihre Jacke zeigen?"

„Meine Jacke?", rief Madame Lefebvre erstaunt. Dann ging sie ins Hinterzimmer und kam mit einem beigen Steppmantel zurück.

Finot betrachtete das Stück argwöhnisch. Es sah so aus, als wäre das Preisschild gerade erst abgeschnitten worden. „Seit wann haben Sie diesen Mantel?"

„Ach, schon ewig! Ich habe ihn Anfang Dezember endlich mal aus dem Schrank gekramt. Wäre ja zu schade drum."

„Besitzen – oder besaßen – Sie einen blauen Schal oder blaue Handschuhe?"

Mit gesenktem Blick fragte sie: „Nein, warum?"

„Reine Routine ... Vielen Dank, das war alles. Also fast. Könnten Sie uns noch die Kontaktdaten Ihrer Mitarbeiterin Jacqueline geben?"

„Jacqueline? Äh ja, natürlich." Sie kramte ein Notizbuch hinter dem Tresen hervor und Finot fotografierte Adresse und Telefonnummer ab.

Zum Abschied wünschte er ihr ein frohes Fest und zog Hippo dann mit nach draußen. „Was ...?"

„Steigen Sie einfach ein", zischte er.

Sie setzten sich ins Auto und fuhren los.

Als man sie vom Laden aus nicht mehr sehen konnte, rangierte Finot den Pkw wieder in eine Parklücke. „Mal schauen, was sie macht!"

Er bat Hippo, den Seitenspiegel im Auge zu behalten. „Ich rufe derweil Jacqueline an."

„Ist was mit Madame Lefebvre?", fragte sie mit ihrer hellen Stimme. Finot sah das Gesicht der jungen Frau vor sich. „Sie hat mich früher gehen lassen, weil ..."

„Ich habe nur ein paar Fragen, machen Sie sich keine Sorgen. Waren Sie letzte Woche Mittwoch im Laden?"

„Letzten Mittwoch? Ja. Vormittags von halb zehn bis halb eins und dann wieder von halb drei bis sechs. Warum?" Da sie so prompt antwortete, handelte es sich wohl um ihre gängigen Arbeitszeiten.

„War Madame Lefebvre auch da?"

„Ja, bis etwa halb zwölf", sagte sie zögerlich. „Sie ging ungefähr eine Stunde früher als ich, wenn ich mich richtig erinnere. Dann habe ich sie am Nachmittag wiedergesehen; sie kam um schätzungsweise drei rein, jedenfalls eine Weile nach mir."

„Gegen drei?"

„Ja." Sie erklärte noch: „Eigentlich macht es mir nichts aus, allein im Laden zu sein, aber an dem Tag war wirklich die Hölle los. Ich wurde richtig panisch, als sie früher ging. Und nachmittags habe ich die Minuten gezählt, bis sie wieder zurückkam."

Drei Uhr passte zeitlich hervorragend zu Auberts Todeszeitpunkt! „War Madame Lefebvre anders als sonst?"

„Am Nachmittag?" Jacqueline überlegte. „Sie wirkte ein wenig hektisch, wobei das eigentlich nichts heißt, weil sie immer mit irgendwas beschäftigt ist ..."

„Hat sie erzählt, dass sie mittags in Dieppe war?"

„Nein."

„Besitzt Madame Lefebvre einen blauen Schal oder blaue Handschuhe?"

Hippo, dessen Augen eigentlich am Seitenspiegel klebten, guckte zu ihm herüber.

„Ja, die hat sie. Hatte sie! Ein sehr schönes Set, aber seit Kurzem trägt sie es nicht mehr."

„Seit wann?", fragte Finot mit erstickter Stimme.

„Seit sie die neue Jacke hat, die beige. Wann war das? Montag?"

„Am Montag kam sie damit in den Laden?"

„Genau."

Das wurde ja immer verdächtiger! Hatte Madame Lefebvre von irgendwem erfahren, dass die Polizei hinter blauen Accessoires her war? Von der Landwirtin zum Beispiel?

„Sie wissen nicht zufällig, was mit den alten Sachen passiert ist?"

„Vielleicht hat sie sie in den Altkleidercontainer geworfen? Madame Lefebvre ist sehr darauf bedacht, dass gebrauchte Gegenstände ein neues Zuhause finden."

Hippo wedelte mit der Hand.

„Vielen Dank für Ihre Hilfe, ich muss Schluss machen!" Er werde sich noch mal melden. *„Salut!"*

„Da ist sie!", rief Hippo aufgeregt. „Die Jacke ist noch nicht im Müll!"

Finot sah in den Rückspiegel.

Madame Lefebvre stand mit einer prall gefüllten Plastiktüte am Auto und guckte sich ängstlich um; ihre Beobachter entdeckte sie nicht. Sie schmiss die Tüte auf den Beifahrersitz, stieg ein und fuhr los.

Finot und Hippo schwiegen, als sie ihr in gemäßigtem Abstand folgten. Beweise für den Mord an Aubert schienen in greifbarer Nähe. Unklar war, ob sie der Frau die Tötung Lilianes nachweisen konnten.

Zwar war Madame Lefebvre nicht so schlau gewesen, Jacke und Accessoires loszuwerden, aber bei den Tagebüchern hatte Finot weniger Hoffnung.

Die Fahrt dauerte nicht lange und endete vor einem Altkleidercontainer auf einem abgelegenen Parkplatz. Madame Lefebvre war gerade mit der Tüte ausgestiegen, da hielten Finot und Hippo hinter ihrem Auto an.

In Windeseile verließen auch sie ihr Fahrzeug.

„Nein!", rief die Frau hysterisch und lief auf den großen Kasten zu.

Als würde es jetzt noch etwas nützen!

Und Hippo war sowieso schneller. Bald stand er neben ihr und streckte die Hand aus. „Madame Lefebvre, darf ich bitten?"

Sie schlug ihm die Tüte gegen die Schulter, machte auf dem Absatz kehrt und lief los.

„Das bringt doch nichts!", rief Hippo ärgerlich. Er holte die Frau schnell ein und packte sie am Arm.

Finot kam dazu und fragte seinen Mitarbeiter, ob er Handschuhe habe. „Ja? Dann nehmen Sie die Tüte, ich halte Madame Lefebvre fest."

Hippo stellte die Tüte auf den Boden, holte ein paar Handschuhe aus seiner Hosentasche und zog sie über.

Warum dauerte das so lange!, dachte Finot ungeduldig. Er verstärkte noch einmal den Griff um Madame Lefebvres Arme.

Endlich war Hippo dabei, den Knoten zu lösen.

„Und?" Finots Herz klopfte ihm bis zum Hals.

„Ja doch!"

Dann war die Tüte offen.

„Eine graue Wolljacke …", begann Hippo. Er wühlte weiter und wurde blass.

Langsam fischte er einen blauen Schal heraus …

47

Nachdem sie Madame Lefebvre verhaftet und über ihre Rechte aufgeklärt hatten, verfrachteten sie sie ins Auto und fuhren zurück nach Dieppe. Es wurde nicht gesprochen auf der Fahrt; in Finots Kopf spukte nur eine Frage herum: Wo waren die Tagebücher?

Hatte Madame Lefebvre sie entsorgt?

Würden sie Lilianes Sicht der Dinge nicht mehr erfahren?

Im Kommissariat angekommen übergaben sie die Verhaftete zwei Uniformierten und setzten sich anschließend in Finots Büro zusammen. Er brauchte nicht nur eine Pause, er wollte die Beweise noch mal mit eigenen Augen sehen. So zog er sich Handschuhe über und öffnete die Tüte.

Vorsichtig nahm er die Wolljacke heraus und sah sich die blauen Accessoires einen tiefen Atemzug lang an. Dann sagte er: „Schwein gehabt" und drückte sie zurück in den Beutel.

„Moment, was ist das denn? Da steckt irgendwas in der Jackentasche."

„Wie bitte?" Hippo beugte sich zu ihm herüber, während Finot hektisch nach dem Gegenstand tastete. Endlich bekam er ihn zu fassen. Wie ein Zauberer das Kaninchen aus dem Hut beförderte er einen kleinen Plastikdrachen ins Freie. Es war kein furchteinflößendes Wesen, eher ein heiteres mit freundlichem Gesicht. „Was ist *das* denn?"

„Ich glaube, ich habe eine Idee. Machen Sie es mal auf!"

„Aufmachen?"

Hippo zeigte auf eine kleine Rille in der Mitte des Körpers.

Finot tat sich ein bisschen schwer wegen der Handschuhe, aber irgendwann hatte er zwei Teile in der Hand. „Ein USB-Stick! Er war bestimmt auch in der roten Tasche."

„Ich wette, Aubert hat eine Kopie der Tagebücher gemacht! Ist ja nur logisch: Er wusste, wenn er zur Polizei geht, muss er sie abgeben. Dass wir nicht früher draufgekommen sind!"

Ungläubig schüttelte Hippo den Kopf. „Verrückt, oder? Aber es passt zu Madame Lefebvre, dass sie den Stick nicht weggeworfen hat. Wahrscheinlich wollte sie die Dateien löschen und ihn dann weiter benutzen. Sie sah sich überhaupt nicht in Gefahr!"

„Sie hat den Verdacht ja auch schön auf Aubert gelenkt, der mit seinen Emotionen angeblich nicht klarkam und seine Frau isolierte …! Und wir hatten sie nicht mal nach ihrem Alibi gefragt!"

Finot war ungeduldig, doch der Beginn des Verhörs zog sich hin, da er die Rückmeldung der Kriminaltechnik abwarten wollte. Nicht nur Fingerabdrücke und Fasern waren zu vergleichen. Er hoffte außerdem, dass sie Gift in Madame Lucilles Marmeladengläsern fänden. Nicht, dass er der Frau irgendeinen Schaden gewünscht hätte, es machte eine Exhumierung einfach deutlich leichter.

Zudem müssten sie Neufchâtel-en-Bray dann nach selbst gemachter Aprikosenmarmelade durchforsten. Und den Tod der früheren Freundin untersuchen!

Die Wartezeit nutzten sie, um sich die Dateien auf dem USB-Stick anzugucken.

So denn welche vorhanden waren.

Hippo steckte den freundlichen Drachen in die Buchse und öffnete den Browser. „Da ist er …"

Doppelklick auf USB-Laufwerk (G:).

Finot war froh, dass sein Mitarbeiter das übernahm; er selbst hätte vor lauter Aufregung überhaupt nichts auf die Reihe gekriegt.

Drei Dateien wurden angezeigt: TB1, TB2 und TB3.

Keiner der beiden sagte ein Wort.

Hippos Hand zitterte, als er auf TB1 klickte.

Die Datei öffnete sich.

Und sie begannen zu lesen …

Madame Aubert beschrieb in den Aufzeichnungen die zunehmende Verschlechterung ihres Gesundheitszustandes mit rätselhaftem Husten. *Was ist denn nur los mit mir? Das hab' ich doch sonst nicht!* Ihr Mann konnte es sich auch nicht erklären und wurde selbst ganz krank vor Sorge.

Sie hatten Arztbesuch um Arztbesuch hinter sich gebracht, waren erst in Ratlosigkeit und schließlich in Angst verfallen. Dann irgendwann die Diagnose und der Schock: Man kann nichts dagegen tun!

Es war schon schrecklich, nur darüber zu lesen. Wie musste es erst für Madame Aubert und ihren Mann gewesen sein!

Liliane hatte immer ablehnender auf Marlènes Hilfe reagiert, auch wenn Finot nicht glaubte, dass sie wirklich von einer Vergiftung ausgegangen war. *Manchmal wirkt es so, als ob sie will, dass ich krank bin. Aber das ist natürlich Unsinn, Marlène ist ein Engel. Vielleicht bin ich einfach zu erschöpft.* Auch auf ihre Marmelade verzichtete Liliane irgendwann. *Sie schmeckt mir gar nicht mehr, komisch! Dabei habe ich sie früher so gemocht! Patrice hat sie ja von Anfang an nicht gegessen.*

„Haben genau diese Zeilen Auberts Misstrauen geweckt? Aber warum erst jetzt? Das Tagebuch hatte er doch bestimmt schon früher gelesen."

Hippo, er war ganz grau im Gesicht, ging nicht auf die Frage ein. „Ich muss hier mal raus, kommen Sie mit?"

Nanu, er sollte ihn begleiten? Hippo wusste doch, dass Finot nicht rauchte. Aber sein Mitarbeiter war auf Koffein aus, und einen Kaffee konnte auch er gut gebrauchen.

Wenig später standen sie mit ihren Tassen an einem Fenster im Flur. Finot schaute hinaus, aber da gab es auch keine Antworten.

„Warum jetzt?", wiederholte er. „Warum ist Aubert plötzlich aktiv geworden? Dafür muss es doch einen Grund gegeben haben!"

Ein Kollege sah sie grübelnd herumstehen und gesellte sich zu ihnen. Es war der Neuling, der Finot in Uniform fotografiert hatte. „Was ist denn hier los? Warum so trübsinnig kurz vor dem Fest?"

Sie berichteten von dem Fall.

„Könnte es an diesem Film gelegen haben?"

„Welcher Film?"

„Dieser Krimi, der letztens lief. Der mit der Frau, die die Medikamente ihrer Kollegin ausgetauscht hat, weil sie neidisch auf ihren Erfolg war."

Finot machte große Augen. „Den habe ich auch gesehen!" Er war etwas abgelenkt gewesen, zugegeben. „Wann lief der noch mal? Ich meine ursprünglich?" Laura und er hatten ihn gestreamt.

„Puh", erwiderte der Neue angestrengt, „in der Woche davor, glaube ich. Mittwoch?" Er tippte sich an die Stirn. „Ich bin dann mal wieder …"

Mittwoch Abend, dachte Finot. Zwei Tage später hatte Aubert die Tagebücher mit ins Büro genommen. Genügend Zeit, um sie erneut zu lesen und eine Entscheidung zu treffen …

Dabei enthielten die Notizen letztlich keine echten Beweise. Finot fragte sich: Hätten sie, also die Polizei, Aubert und sein Anliegen nach der Vorgeschichte ernst genommen? Es war ungewiss, denn nicht selten war ein Hirngespinst wirklich ein Hirngespinst. Anders in diesem Fall; Aubert hatte von Anfang an das richtige Gespür gehabt.

Aber die Zeichen falsch gedeutet …

Betriebsam ging es danach weiter, die Ergebnisse trudelten ein. Man hatte Auberts und Madame Lefebvres Fingerabdrücke auf der Taschentuchpackung gefunden und die Fasern auf der Marienfigur stimmten mit denen der sichergestellten Accessoires überein. Zudem zeigten die Bewegungsdaten ihres Smartphones, dass Madame Lefebvre zur Tatzeit bei der Kirche und vorher in der Nähe der Apotheke gewesen war.

Resultate gab es auch von der Marmelade. Ein Labormitarbeiter rief an und berichtete, sie sei tatsächlich vergiftet und nicht zum Verzehr geeignet. Entsetzt und erleichtert zugleich kümmerte Finot sich darum, dass weitere Empfänger des „Geschenks" ausfindig gemacht wurden. Auch wenn er eher nicht befürchtete, dass Madame Lefebvre aktuell noch eine Person im Visier hatte.

Er schüttelte sich bei dem Gedanken daran, das Ganze war so perfide! Wenn das Böse nicht mal als böse daherkam, wie sollte man es erkennen? Er hatte Madame Lefebvre persönlich erlebt, ihre Textnachrichten gesehen, in den Tagebücher über sie gelesen. Und er hatte nichts geahnt!

Schließlich saß er der Frau und ihrem Anwalt gegenüber und konfrontierte sie mit den Beweisen. Auch die Exhumierung sei bereits angewiesen, erklärte er.

„Ja!", sagte sie trotzig. „Ich habe Patrice getroffen und bin ihm zur Kirche gefolgt! Aber ich wusste nicht, was ich tat! Es kam einfach so über mich!" Sie senkte den Kopf und bedeckte die Augen mit der Hand.

„Meine Mandantin wollte Monsieur Aubert nicht umbringen", ergänzte der Anwalt. „Und es war ihr auch nicht klar, dass das Herbizid jemanden töten könnte!"

Ernsthaft?, dachte Finot. Unzurechnungsfähigkeit und Unwissen? „Warum haben Sie das Gift denn überhaupt in die Marmelade gemischt!", rief er wütend.

Eine Antwort blieb sie ihm schuldig.

VIII

48

Finot schlug die Augen auf.

Ah, ein neuer Morgen!

Die Zeit bis zum Wecker-Klingeln nutzte er für eine Bestandsaufnahme; leider fiel sie eher mau aus. Er fühlte sich wie gerädert, so als hätte er die Nacht nicht geschlafen, sondern wäre einen Marathon gelaufen.

Er hatte von der Bescherung geträumt und es war fast einem Albtraum gleichgekommen: Als er Lauras Geschenk holen wollte, fiel ihm plötzlich wieder ein, dass er gar keins hatte. Sie brach in Tränen aus und Pauline sah ihn enttäuscht an.

Nicht gut, gar nicht gut!

Kaum hatte er den Wecker ausgemacht und sich aufgesetzt, kam Laura ins Schlafzimmer. Sie warf ihm einen Kuss zu und kramte einen Pullover aus dem Schrank. „Ich bin dann gleich weg! Bis heute Nachmittag!"

„Pass auf dich auf! *À tout à l'heure!*"

Schwerfällig verließ er das Bett und machte sich für die Arbeit fertig. Dann ging er hinunter, um Kaffee zu trinken. Laura hatte ihm eine Nachricht hinterlassen. *Je t'aime!* Dazu ein Herzchen.

Er küsste den Zettel, versorgte sich mit Koffein und versank in Gedanken an den vergangenen Abend. In der Küche waren alle Spuren des Dramas beseitigt, die *Bûche de Noël* stand im Kühlschrank.

Oder so ähnlich.

Nichts an dem Backwerk erinnerte auch nur im Entferntesten an ein Holzscheit. Da half auch nicht, dass es über und über mit Deko verziert war wie eine überfrachtete Pinnwand.

Lag es daran, dass er so pessimistisch gewesen war? Hatte er das Unglück mit seinen negativen Gedanken heraufbeschworen? Aber wenn man den Berichten im Internet glaubte, hatten nicht nur sie die schicksalhafte Erfahrung mit der *Bûche* gemacht.

Der Biskuit war *natürlich* beim Rollen gebrochen und die Buttercreme *natürlich* geronnen. Letztere konnte gerettet werden, indem sie sie über einem warmen Wasserbad aufgeschlagen hatten.

Zum Glück war das Wasser dabei nicht so hochgekocht wie ihre Emotionen, sonst wäre die Aktion auch noch in die Hose gegangen.

„Kleine Hitze, François, klein!"

Schließlich hatte die Rinde des Holzscheits keine Rillen, sondern Furchen, was aber nicht schlimm war, da man sie sowieso nicht sah. Eigentlich ähnelte das Ganze eher einem kunterbunten Maulwurfhügel.

Er seufzte und trank noch einen Schluck Kaffee.

Hunger hatte Finot an diesem Morgen keinen. Während sie darauf gewartet hatten, dass der zweite Biskuitboden fertig wurde, hatten sie den misslungenen ersten wie Stücke eines gigantischen Kekses mit einer dicken Schicht Butter verspeist. Sehr lecker war es gewesen und irgendwie lustig, sich gegenseitig zu füttern.

Finot kicherte nachträglich über ihre Albernheit, auch wenn er unter den Folgen litt. Noch mehr Zucker und sein Körper würde Amok laufen. Vielleicht hatte er dem Süßungsmittel auch den schlechten Traum zu verdanken?

„Papperlapapp!", wischte er die Überlegungen beiseite. Jetzt hieß es erst mal arbeiten, alles sortieren, den Bericht schreiben. Auch Zacharie würde darin vorkommen …

Obgleich Finot nichts anderes übrig geblieben war, tat es ihm leid, ihn ins Kommissariat gezerrt zu haben. Wie Zacharie wohl das Weihnachtsfest verbringen würde? War ihm überhaupt nach Feiern zumute?

Und Finot selbst? So richtig entspannt war er nicht, aber das würde sich schon noch ändern.

Er stellte die Kaffeetasse in die Spülmaschine und schnappte sich seine Armbanduhr, die er zum Backen ausgezogen und auf die Küchenzeile gelegt hatte.

Die unschuldige Handlung war wie ein Zahnrad, das plötzlich einrastete und einen geistigen Film startete. Darin übergab er Laura in der WG-Küche sein Geschenk und allein die längliche Form der Packung sorgte für Ratlosigkeit statt freudiger Erwartung. Dann große Enttäuschung.

Finot, panisch: „Was ist los?"

Laura: „Ich wollte doch den Pulli!"

Der rote Pulli.

Dann war sie gar nicht wegen des Schmucks vor dem Juwelier stehen geblieben, sondern wegen … der Uhr?

Natürlich! Deshalb war sie auch so erstaunt gewesen, dass er nichts an dem protzigen Armband auszusetzen hatte. Aufzufallen lag ihm sonst eher nicht.

Aber über derlei Nebensächlichkeiten konnte er sich jetzt keine Gedanken machen. Hoffentlich war der Rolli noch da!

Wie vom Blitz getroffen lief er los.

Im Schaufenster lag er jedenfalls nicht mehr, als Finot kurz vor halb zehn bei dem Laden eintraf. Was sollte er bloß tun? Bekam man den zu Not auch woanders? Aber noch war die Tür verschlossen und unklar, ob er einen Plan B brauchte.

Die fünf Minuten zogen sich hin.

Dann endlich stand er vor der Verkäuferin. „Ich gucke mal, möglicherweise ist hinten im Lager noch einer. Welche Größe soll es denn sein?"

Welche Größe …? Woher sollte er das wissen? Und er konnte Laura ja kaum anrufen und fragen.

Ohne lange zu überlegen, wählte er Martines Nummer.

„Chef? So früh schon aktiv? Ich dachte, Sie …"
„Welche Größe hat Laura?"
„Welche Größe? Das ist jetzt aber eine etwas … pikante Frage."
„Bei Pullis!", sagte Finot. „Ein Rollkragenpulli."
„Sie sind ziemlich spät dran mit Geschenken!"
„Ich bin wirklich nicht zu Scherzen aufgelegt!"
„Das war kein Scherz. Ich schätze Größe 40 oder 42, also M oder L. Wenn es klein ausfällt L, wenn es groß ausfällt M."

Finot wiederholte Martines Worte, die Verkäuferin nickte.

„Danke, *Salut*." Finot tippte auf den roten Hörer.

Die Frau kam und kam nicht wieder.

War das ein gutes oder ein schlechtes Zeichen?

Ihr Gesicht sah betrübt aus, als sie wieder im Laden erschien, doch immerhin hatte sie etwas Rotes in der Hand. „Ich habe noch einen Rolli in M, aber es ist ein etwas anderer Ton …"

„Egal, den nehme ich."

Die Verkäuferin musterte Finot, schien die Notlage zu erfassen und bot an, den Pulli einzupacken. Es war offenbar kein gängiger Service, denn sie kratzte Papier und Band aus irgendwelchen Ecken zusammen.

So, und jetzt konnte Weihnachten wirklich kommen.

49

Oder auch nicht.

An der *Place du Puits-Salé* sprach ihn eine Frau an. *„Monsieur le Commissaire?"*

Finot drehte sich um und erkannte die kurzhaarige Mutter mit dem grünen Mantel, die mit ihrer Tochter im Kommissariat gewesen war. *„Bonjour Madame."*

„Letzte Weihnachtseinkäufe?"

„So ungefähr", gab er lächelnd zu.

„Dann wollen Sie wohl nicht zu Pfarrer Vidal?"

Fragend zog Finot die Augenbrauen hoch. „Nein, warum?"

„Ich dachte nur, weil …"

„Weil?"

„Damiens Papa war gerade am Suppenstand. Er ist auf der Suche nach Vidal. Irgendwas ist passiert, er sagte, er müsse unbedingt mit ihm sprechen. Es klang … dramatisch."

„Ich schaue mal, was da los ist." Finot klang ruhiger, als er sich fühlte. „*Au revoir!* Und … frohe Weihnachten!"

Er eilte zum Suppenstand, wo man ihn mit offenen Armen und großer Aufregung empfing: „Gut, dass Sie da sind, da stimmt was nicht!"

„Was ist los?", japste er.

„Monsieur Jacquet kam eben vorbei und brüllte herum, dass seine Ehe auf keinen Fall geschieden werde. Es hörte sich so an, als hätte Ségolène ihre Koffer gepackt und wäre mit den Kindern zu ihren Eltern gefahren." Die Frau schnappte nach Luft. „Es ging auch um Damien und sein Studium, angeblich will er jetzt doch nicht Religion studieren? Er war außer sich!"

„Und weiter?", drängte Finot.

„Er wollte wissen, wo Pfarrer Vidal ist. Er sei schon in der Kirche gewesen und im Pfarrbüro, aber da wäre er nicht."

„Obwohl er eigentlich dort sein müsste!", ergänzte die Mitstreiterin des Suppenstands.

„Er rief noch, dass Vidal nicht glauben solle, dass er sich vor ihm verstecken könne. Dann war er wieder weg."

Finot hatte genug gehört.

Zum Pfarrhaus waren es nur wenige Meter. Und während er noch überlegte, ob er Vidal anrufen sollte, hörte er schon Jacquets wütende Stimme.

Nicht lange danach sah er ihn: Jacquet hämmerte gegen Vidals Bürotür. „Was haben Sie meiner Frau für Flausen in den Kopf gesetzt! Meinem Sohn! Ich werde Sie zur Verantwortung ziehen! *Sie* zerstören meine Familie *nicht*! Ségolène liebt mich! Damien wird Pfarrer!"

Finot schmiss die Tüte mit dem Geschenk in eine Ecke. „Beruhigen Sie sich, Monsieur Jacquet!" Er versuchte, die Arme des Mannes zu packen.

„Was wollen Sie denn hier?", erwiderte er erbost.

„Geht es Ihnen gut, *Monsieur le Curé*?"

„Ja!", kam es von drinnen.

Finot stutzte: Was fing er jetzt mit seinem Heldenmut an? Schön und gut, dass Vidal in Sicherheit war, aber allein kam er mit Jacquet nicht klar. Er brauchte Hilfe!

Damiens Vater hatte sich schon wieder aus der Umklammerung befreit und schlug mit den Fäusten gegen die Tür. „Ich habe Ihnen vertraut!"

Unter Aufbietung all seiner Kraft gelang es Finot erneut, Jacquets Arme festzuhalten. Aber wie sollte er unter diesen Umständen Verstärkung rufen?

Als hätte der liebe Gott sein Stoßgebet gehört, tauchte unvermittelt ein junger Mann im Pfarrhaus auf. „Meine Mutter hat mich hergeschickt, sie arbeitet am Suppenstand. Danken Sie mir später ..."

Zusammen gelang es ihnen, Jacquet zu bändigen.

„Sie können jetzt rauskommen!", rief Finot.

Langsam drehte sich der Schlüssel im Schloss und die Tür ging auf. Ganz blass im Gesicht kam Vidal heraus. „Danke!", sagte er und legte sich erlöst die Hand auf die Brust. „Sie können Ihre Kollegen zurückpfeifen, ich habe in lauter Panik die 17 gewählt ..."

Da Finot weder Zeit noch Nerven hatte, sich mit Jacquet auseinanderzusetzen, sparte er sich das und übergab ihn bald darauf den Polizisten.

Anschließend lieferte er die etwas zerknautschte Tüte zu Hause ab und packte seine gerahmten Fotos und die Geschenke für Motas, Louise, Martine und Hippo ein.

Jetzt aber ...!

Im Kommissariat widmete er sich zunächst seinen Schreibarbeiten und half dann bei den letzten Vorbereitungen für die Feier.

Die Bastelobjekte wurden im Flur auf einem großen Tisch ausgebreitet; neben Hippos gehäkeltem Weihnachtsschmuck und Finots Rahmen auch Martines Karten und viele andere hübsche Dinge. Jemand machte Musik an, Kerzen begannen zu flackern. Die Abteilung füllte sich und die Stimmung stieg.

Dazu trug nicht zuletzt die selbst gebackene *Bûche de Noël* bei – indem sie große Erheiterung hervorrief. Viele der Anwesenden hatten ähnliche Erfahrungen mit dem Backwerk gemacht und konnten ihren Teil zur Geschichte beitragen. Und natürlich kam man überein, dass Äußerlichkeiten keine Rolle spielten und allein der Geschmack zählte.

Als Finot seinen Standdienst absolviert hatte, drückte Raphaël ihm überraschend ein Geschenk in die Hand.

„Für mich?"

Der junge Mann zuckte mit den Schultern. „Ich dachte, Sie würden sich freuen ..."

Finot öffnete das Päckchen. „*Marrons glacés!* Woher wussten Sie, dass ich welche brauche ...?"

Bis eben hatte er es selbst nicht mehr gewusst! Den Ärger mit Pauline mochte er sich gar nicht vorstellen. Sie hatte ihn ja mehrfach daran erinnert, welche mitzubringen!

Fast wäre er Raphaël um den Hals gefallen.

Gegen halb sieben verließ er mit Laura das Kommissariat; seine eigenen Geschenke hatte er Motas, Louise, Martine und Hippo zuvor verstohlen in die Hand gedrückt.

„Du François?", begann Laura nach ein paar Metern.

„Ja?"

„Bevor es gleich losgeht mit der Bescherung …" Sie blieb stehen und sah ihn an „Ich habe Angst, dass dir mein Geschenk nicht gefällt!"

„Du?", rief er überrascht. „*Ich* habe Angst!"

Mit einem Mal war Laura ganz aufgeregt. „Was hast du mir gekauft? Sag schon! Den Schmuck …? Es ist mir erst hinterher eingefallen, dass du es falsch verstehen könntest!"

„Nein, doch, fast …", stotterte Finot. „Du wolltest den Pulli, richtig?"

„Ja! Aber du nicht die Uhr?" Sie klang unsicher. „Oder?"

Er sei tatsächlich nicht so der Typ dafür. „Aber ich freue mich trotzdem, wenn ich eine Uhr kriege." Er legte den Arm um sie. „Außerdem bist du mein größtes Geschenk!"

„Und du meins!", erwiderte Laura.

Erst eine ganze Weile später fiel Finot auf, dass er zwar sein Geschenk verraten hatte, sie aber nicht ihres. Bekam er jetzt die Uhr oder etwas anderes?

Er würde sich überraschen lassen.

„Ich bin gespannt, ob es ein Junge oder ein Mädchen wird …"

Erneut blieb Laura stehen. „Martine hat dir gesagt, dass sie schwanger ist?"

Finot nickte. „Eben, beim Standdienst. Nach ihrem Urlaub wird sie es offiziell machen."

„Ach wie schön!", sagte Laura.

„Ja, finde ich auch."

Printed in Great Britain
by Amazon